Jason Starr

Die letzte Wette

Roman

Aus dem Amerikanischen von
Bernhard Robben

Diogenes

Titel der 1998 bei
No Exit Press, London,
erschienenen Originalausgabe:
›Nothing Personal‹

Umschlagfoto von
Jakob Keel

Für Sandy

www.diogenes.ch
120/01/44/1
ISBN 3 257 06274 5

I

Als einziger Zocker im Meadowlands trotzte Joey DePino der Kälte, um sich draußen das letzte Rennen des Abends anzusehen. In seiner verwaschenen Jeans und der blauroten Winterjacke der New York Giants stand er am Geländer bei der Ziellinie, und als der weiße Startwagen mit seinen langen Flügeln vorbeischoß, schrie er: »Bleib dran, Cat Man!« und hoffte, die Acht würde mit Catello Manzi in Führung gehen, aber entweder trieb Manzi ein abgekartetes Spiel, oder der blöde Gaul hatte einfach keine Lust, denn die Acht lief mitten auf der Bahn an letzter Stelle und sah verdammt lahm aus, als die Pacer in die erste Kurve bogen.

»Schwanzlutscher!« schrie Joey.

Er pfefferte das Programm über die Schulter und machte sich auf den Weg zur Haupttribüne. Der Bus nach Manhattan fuhr zwanzig Minuten nach dem letzten Rennen, und er wollte einen Vorsprung vor der Menge haben.

Das Meadowlands war vor ein paar Jahren renoviert worden, aber ein paar schnieke neue Restaurants und aufgehellte Fußböden hatten keine großartige Veränderung gebracht. Der ganze Laden machte immer noch einen heruntergekommenen Eindruck, vor allem wegen des Publikums. Dicht gedrängt in kleinen Gruppen standen unzufriedene alte Männer fluchend vor den Bildschirmen, auf denen das Rennen direkt übertragen wurde. Der Boden war mit Spucke, verschüttetem Bier und alten Wettscheinen übersät, die Luft ein Nebel aus Zigarettenqualm. Mit fünfunddreißig zählte Joey sicher zu den jüngsten Leuten auf der Bahn, aber jahrelanges Zocken ließ ihn so alt und abgewrackt wie all die anderen Typen aussehen. Unter den Augen hingen dunkle Säcke, und sein Haar war fast völlig ausgefallen. Früher hatte er mal Gewichte gestemmt, aber das war lange her, damals, als er noch in Brooklyn wohnte; inzwischen wußte er schon nicht mehr, wann er zuletzt einen Fuß in ein Fitnessstudio gesetzt hatte.

Dreihundertfünfzig Dollar hatte Joey der heutige Abend gekostet, die Ausgaben für die drei Hot dogs, zwei Pizzaschnitten und das Hörnchen Karamel-Eis nicht mitgerechnet. Aber verglichen mit den mehr als neun Riesen, die er den drei Buchhaltern und dem Kredithai schuldete, war das bloß Klimpergeld. Seit die Buchhalter nicht mehr für ihn setzten, hatte er angefangen, unter falschen Namen zu wetten. Doch selbst ›Tony‹ und ›Nick‹ und ›Vinnie‹ hatten ihr Limit ausgereizt. Auf der Bank lag kein Cent mehr, und da Miete und offene Rechnungen anstanden, hatte er keine Ahnung, welche Geschichte er seiner Frau Maureen diesmal auftischen sollte.

Vor einem Bildschirm überm Wettbürofenster blieb Joey stehen, um sich das Ende des Rennens anzusehen. Sein Pferd war immer noch nicht im Blickfeld der Kamera. Er wußte schon nicht mehr, wann er das letzte Mal mit Geld in der Tasche von einer Rennbahn nach Hause gegangen war. Vor einem Monat? Einem Jahr? Er fühlte sich erschöpft und wie betäubt, als hätte er seit Monaten keine Nacht mehr durchgeschlafen.

Als die Pacer in die Gerade bogen, zog die Acht endlich auf den Bildschirm. Manzi führte das Pferd am Innenrail lang, schien aber hoffnungslos eingekeilt. Auf der Geraden wollte er das Pferd vom Geländer fortlenken, wurde aber gleich wieder abgedrängt. Also ließ er sich auf die Innenseite zurückfallen, war jedoch immer noch blockiert. Joey wollte schon gehen, als er sah, daß Manzi irgendwie freigekommen war. Er zog das Pferd an den äußeren Rand und holte auf wie ein D-Zug. Noch sah es nicht so aus, als könnte er es rechtzeitig schaffen, aber das Pferd stolperte in Führung. Joey blieb ein Aufschrei im Hals stecken. Manzis Pferd schien doppelt so schnell wie die anderen zu sein und ging kurz vor der Ziellinie in Führung. Ein Fotofinish, vielleicht, aber keine Frage, die Acht hatte das Rennen gewonnen.

In Sekundenschnelle rechnete sich Joey den Gewinn aus. Bei fünfundsechzig zu eins war die Acht die zweitriskanteste Wette gewesen. Er hatte vierzig Dollar auf Sieg und in einer Vierzig-Dollar-Schiebewette auf die Acht als Siegerin des letzten Rennens gesetzt. Insgesamt würde er also 17.600 $ einstecken können.

Er war viel zu verblüfft, um sich zu freuen. Er stolperte auf der Haupttribüne herum, atmete schwer und hoffte, daß er keinen Herzanfall bekommen und mit dem Siegticket in der Tasche sterben würde. Er konnte es immer noch nicht fassen, daß die Acht tatsächlich gewonnen hatte. Joey DePino, der Typ, den seine Freunde in Brooklyn bloß ›Joey den Pleitegeier‹ nannten, weil er auf der

Bahn ständig verlor, sollte tatsächlich einen Fünfundsechzig-zu-eins-Hit gelandet haben? Da konnte doch was nicht stimmen. Sicher lief irgendwo die ›versteckte Kamera‹, und gleich trat der Typ mit dem graumelierten Haar vor und schüttelte ihm die Hand.

Das Geld war schon so gut wie ausgegeben. Neun Riesen würden für seine Schulden draufgehen, die übrigen acht wanderten auf die Bank, vielleicht als Anzahlung für ein Haus auf Staten Island oder in Jersey. Maureen lag ihm schon seit Jahren damit in den Ohren, daß sie in eine schönere Gegend ziehen sollten, und er war es leid, in der Stadt zu wohnen. Er wollte an einem Ort leben, wo er einen Wagen besitzen konnte, damit er nicht mehr mit dem Bus zu den Rennen fahren mußte.

Dann begann die Menge zu johlen. Joey spürte, wie ihm Eis und Hot dogs auf den Magen schlugen. Er rannte zum nächsten Bildschirm und fürchtete sich vor dem, was er dort sehen würde. Sein Mageninhalt sackte noch einige Zentimeter tiefer, als er die Meldung ÜBERPRÜFUNG auf der Anzeigetafel entdeckte.

Als die Acht in Führung gegangen war, hatte Manzi die Pferde an der Außenseite blockiert. Joey hatte es deutlich gesehen, aber in seiner Aufregung verdrängt. Nun betete er um ein Wunder. Joey war halb Jude, halb Italiener und hielt sich an keine Religion, aber er schwor bei Gott, er würde für den Rest seines Lebens jeden Tag beten, wenn ER die verdammte Meldung ENDGÜLTIGER RICHTERSPRUCH bringen würde.

Manchmal brauchten die Zielrichter fünf Minuten oder länger, um zu entscheiden, ob ein Pferd disqualifiziert werden sollte. Vielleicht waren sie heute abend müde und wollten nach Hause, denn in weniger als einer Minute wurde die Anzeigetafel schwarz und zeigte dann die geänderte Reihenfolge an. Die Acht war auf Platz vier.

Joeys Pferde waren auch früher schon disqualifiziert worden, doch nie zuvor war es um so viel Geld gegangen, und nie zuvor hatte er das Geld so nötig gehabt. Er fragte Gott, womit er dies verdient habe, bekam aber wie gewöhnlich keine Antwort.

Langsam machte er sich auf den Weg zum Ausgang. Er versuchte sich einzureden, daß er nicht schlimmer dran war als vor fünf Minuten, konnte aber nur an die verdammte Meldung ÜBERPRÜFUNG denken und daran, daß in seinem Leben einfach nichts zu klappen schien. Er wankte. Einige Leute rempelten ihn an, sagten »'tschuldigung« oder »Tut mir leid«, aber er schien nichts davon zu merken.

Als er die Haupttribüne über den langen Aufgang verließ, hätte Joey sich am liebsten hingelegt und ewig geschlafen, aber, typisch bei seinem Glück, der Bus war schon voll, und er mußte den ganzen Weg bis Manhattan stehen.

2

Komm her«, sagte David Sussman und zog den Reißverschluß seiner Hose auf.

Amy Lee stellte die Flasche Bud Light wieder hin, aus der sie einen Schluck getrunken hatte, und begann David heftig zu küssen, drängte ihn gegen seinen Schreibtisch.

Seit etwa einem Monat blieben David und Amy abends gelegentlich etwas länger in R.L. Dwyers Werbeagentur in der East Fifty-first Street, wo sie beide arbeiteten, und schliefen miteinander in Davids Büro. Wie bei den anderen Affären, die David im Laufe seiner Ehe gehabt hatte, nahm er an, daß er es einige Male mit Amy treiben und die Sache dann mühelos beenden würde, doch hatten Davids frühere Affären auf Dienstreisen stattgefunden, weit fort von New York. Von den Schwierigkeiten einer Büroromanze hatte er keine Ahnung gehabt. Er würde Amy weiterhin jeden Tag sehen, ihr Parfüm riechen müssen, außerdem war da noch der Chinesenbonus. In seinen Phantasien hatte sich David oft ausgemalt, wie es sein würde, mit einer Asiatin Sex zu haben, und obwohl Amy in Astoria, Queens, geboren und aufgewachsen war, strahlte sie für David etwas ›Exotisches‹ aus. Doch seit kurzem verblaßte ihr exotischer Reiz. Sein schlechtes Gewissen wuchs, wenn er an seine Frau und seine zehnjährige Tochter daheim dachte, und deshalb beschloß er, Amy nach dem heutigen Abend zu sagen, daß die Affäre für ihn zu Ende war.

Obwohl er an drei Vormittagen in der Woche joggte und jeden Abend vor dem Bett Sit-ups und Bauchmuskeltraining machte, war David überzeugt, daß es ihm gut anstünde, wenn er noch einige Zentimeter Taillenumfang verlöre. Er war einsfünfundachtzig groß, der Körper lang und schlaksig, das Haar dunkel und lockig. Im Sommer vor dem Studienbeginn am College in Albany war er in seiner Heimatstadt Dix Hills, Long Island, zum Schönheitschirurgen gegangen und hatte sich überschüssigen Knorpel aus der Nasenspitze entfernen lassen. Bis zum nächsten Sommer war die Nase allerdings in sich zusammengesunken, und er fand, daß sie schlimmer aussah als zuvor. Der Arzt konnte ihm nicht garantieren, daß eine zweite Operation das Problem beheben würde, also blieb David weiterhin wie besessen von seinem Aussehen.

»Verdammt, es ist schon nach zehn«, sagte David und zog unwillkürlich den Bauch ein, als er die Boxershorts anzog.

»Komm wieder her«, sagte Amy und fasste ihm ans Bein.

David wand sich los: »Im Ernst, ich muß mich auf den Weg machen. Ich habe Leslie versprochen, daß ich um neun zu Hause bin.«

»Werden wir je eine ganze Nacht zusammen verbringen?«

»Zieh dich endlich an«, sagte David und fand seine Hose auf dem Boden. Er wollte es ihr jetzt beibringen, wollte sich aber sicher sein, daß die Worte richtig ankamen. Mit

Frauen Schluß zu machen war ihm noch nie leichtgefallen. Leslie hatte er am College kennengelernt. Vor ihr hatte er nur zwei feste Freundinnen gehabt und mit keiner von ihnen Schluß gemacht. Entweder ließ man ihn fallen, oder er benahm sich derart widerlich, daß die Freundin schließlich kapierte, was Sache war.

»Meine Mutter möchte dich kennenlernen«, sagte Amy.

»Deine Mutter?«

»Sie hat mich gefragt, ob ich wieder eine feste Beziehung hätte.«

»Wir haben keine feste Beziehung«, sagte David. Er hob die Hand und zeigte auf den goldenen Hochzeitsring. »Siehst du den hier? Der bedeutet, daß ich offiziell für keine feste Beziehung zu haben bin.«

»Ich habe ihr gesagt, daß ich dich irgendwann mal mit nach Queens bringen würde.«

»Sehr witzig«, sagte David und hoffte, daß Amy es nicht ernst meinte. »Komm, laß uns von hier verschwinden.«

»Du bist so sexy, wenn du nervös wirst.«

David sah auf Amy herab, die immer noch nackt auf dem Boden lag. Ihr flacher Bauch war einfach nicht zu übersehen, auch nicht, daß sich kein Gramm Fett an ihren sechsundzwanzigjährigen Schenkeln fand.

»Ich glaube, wir müssen miteinander reden.«

»Ich bin nicht zum Reden aufgelegt.«

»Wie lange geht das nun schon so?«

»Fick mich noch mal.«

David hatte es gern, wenn Amy schmutzige Worte in den Mund nahm. Meistens bekam er davon einen Steifen, aber diesmal versuchte er, seine Erregung zu zügeln.

»Ich meine es ernst«, sagte David und knöpfte sich das Hemd zu. »Ich habe nachgedacht – vielleicht sollten wir das hier lieber sein lassen.«

Welch eine Erleichterung, endlich war es heraus. Irgendwie kam es ihm vor, als wäre schon allein durch diese Worte die ganze Affäre wie ausgelöscht. Zwischen ihnen war nie etwas gewesen, und deshalb gab es jetzt auch nichts mehr, weshalb er ein schlechtes Gewissen haben mußte.

»Ich weiß doch, daß du das nicht willst«, sagte Amy.

»Es geht nicht darum, was ich will.«

»Verstehst du, genau das begreife ich nicht an dir. Bei der Arbeit bist du so selbstsicher, doch kaum ist der Arbeitstag vorbei, redest du nur noch von deiner Frau – meine Frau dieses und meine Frau jenes. Was ist denn mit dir? Willst du für den Rest deines Lebens unglücklich sein, um jemand anderen glücklich zu machen?«

»Wer sagt denn, daß ich unglücklich bin?«

»Und wenn du nicht verheiratet wärst, und es gäbe zwei Türen? Hinter einer Tür stünde ich, und deine Frau wäre hinter der anderen? Die Tür aber, die du öffnetest, mit der Frau müßtest du dein Leben verbringen. Für welche Tür würdest du dich entscheiden?«

Er dachte, daß er sich vermutlich für keine der beiden Türen entscheiden würde, und sagte: »Für so was habe ich jetzt keine Zeit.«

»Ich mache es dir doch nur leicht«, sagte Amy mit hauchiger Marilyn-Monroe-Stimme und spreizte ihre Beine noch weiter. »Meine Tür ist schon offen.«

»Zieh dir was an«, sagte David ernst.

Er band sich den Schlips um und stopfte Papiere und

Hefter, die er mit nach Hause nehmen wollte, in seine Aktentasche. Amy rührte sich nicht.

»Komm mit mir nach Hause.«

»Du weißt, daß ich das nicht kann.«

»Daß du das nicht *willst*, meinst du wohl.«

»Ist doch egal.«

»Willst du mich nicht in meinem Bett ficken?«

Das geile Gerede machte ihn nicht mehr an.

»Jetzt zieh dich endlich an, damit ich abschließen kann.«

Mit leicht geöffneten Lippen starrte sie zu ihm auf.

»Weißt du, mich ärgert der Gedanke, daß du jeden Abend zu deiner Frau nach Hause gehst«, sagte Amy. »Ich denke an uns, daran, wie es mit uns war, und dann stelle ich mir euch beide vor, und ich kann einfach nicht anders – ich werde schrecklich wütend auf dich.«

»Hör mal, es ist vorbei, okay?« sagte David. »Ich sag es nur ungern so direkt, aber es ist die Wahrheit. Wir hatten unseren Spaß, aber von jetzt an führt jeder von uns wieder sein eigenes Leben. So ist das nun mal.«

David wandte den Blick von Amy ab und sah auf die Jalousie vor dem Fenster. Er hoffte, daß sie einfach verschwinden würde, daß diese Geschichte jetzt hübsch sauber zu Ende ging.

»Ich dachte, du wolltest mich heiraten«, sagte Amy.

»Was?« entfuhr es David, und er drehte sich abrupt wieder um. »Wie zum Teufel kommst du denn darauf?«

»Du hast mir letzte Woche einen Antrag gemacht.«

David fragte sich, ob das wahr sein konnte. Vielleicht hatte er Amy irgendwas übers Heiraten gesagt – möglicherweise an jenem Abend letzter Woche, an dem er sich so durcheinander gefühlt hatte –, aber es war bestimmt kein Heiratsantrag gewesen, und wenn, dann hatte er ihn bestimmt nicht ernst gemeint.

»Ich habe nie behauptet, daß ich dich heiraten will«, erwiderte David. »Ich sagte: ›Wäre es nicht nett, wenn wir beide eines Tages verheiratet wären?‹ Das ist ein großer Unterschied.«

Amy funkelte David an. Und David kam es vor, als wären sie Fremde auf der Straße, die sich zum ersten Mal begegneten.

Amy sagte: »Das soll wohl ein Witz sein, wie? Du willst mich bloß auf den Arm nehmen.«

»Komm schon«, sagte David, »benehmen wir uns wie vernünftige Erwachsene...«

»Warum hast du mich angelogen?«

»Ich habe dich nicht angelogen«, sagte David. »Vielleicht hast du mich falsch verstanden.«

»Ich weiß genau, was ich gehört habe – ich bin doch nicht verrückt. Du hast da gestanden, wo du jetzt stehst. Und du hast gesagt: ›Willst du mich eines Tages heiraten?‹«

»Aber ich bin schon verheiratet. Warum sollte ich so was sagen?«

»Eine gute Frage.«

David wandte den Blick ab, dann schaute er Amy wieder an: »Komm, zieh dich an. Es ist schon nach halb elf.«

»Nur damit ich klarsehe«, sagte Amy mit falschem Lächeln. »Du willst mich also nicht heiraten. Ich schätze, du liebst mich auch nicht. Und was hast du mir an diesem Abend noch gesagt? Ach ja, genau, daß ich die schönste, aufregendste Frau sei, die du je getroffen hättest. Das war vermutlich auch nicht so gemeint, oder?«

»Das habe ich nie behauptet.«

Amy begann zu weinen. David stand an seinem Tisch und schaute auf sie herab. Sie saß immer noch nackt auf dem Boden, den Kopf zwischen den Knien. David sah ihr eine Weile zu, registrierte, wie unglaublich gut sie aussah, und dachte dann, wie verrückt sich diese ganze Situation entwickelte. Schließlich sagte er: »Komm, zieh dich an. Das bringt uns beide nicht weiter.«

Amy blickte zu David auf. Ihre Augen waren rot, die Wangen mit Wimperntusche verschmiert.

»Du hast das ernst gemeint, stimmt's?« fragte sie. »Du willst einfach so tun, als hätten wir uns nie kennengelernt.«

David seufzte tief und sagte schließlich: »Ich schätze, wir können uns auf den Fluren noch hallo! sagen.«

Amy schüttelte mehrmals den Kopf, dann stand sie vom Boden auf, griff nach ihren Kleidern und zog sich den Slip an.

»Weißt du, ich bin nicht auf dich angewiesen«, sagte sie. »Es gibt genug andere Typen, mit denen ich sofort was anfangen könnte, also komm von deinem hohen Roß runter und hör auf mit deinem ›Ich-bin-ja-soviel-besser-als-du‹, das interessiert mich nämlich einen Dreck.«

»Tut mir leid.«

»Scheiß auf dein ›tut-mir-leid‹.« Sie hakte ihren BH zu. »Du hast hier nicht die Zügel in der Hand, Mister ›Ich-finde-mich-so-unwiderstehlich‹, Mister ›verheiratet‹. Was ist, wenn ich jetzt deine Frau anrufe?«

Amy sah jetzt häßlich aus mit ihren glasigen Augen und aufgeblähten Nasenflügeln.

»Hör mal, ich habe doch gesagt, daß es mir leid tut.«

»Ich könnte das, weißt du. Ich könnte gleich sofort nach dem Hörer greifen und deiner Frau alles erzählen. Haarklein würde ich ihr berichten, was wir getrieben haben.«

»Es reicht, ich hab's kapiert.«

»861-4735.«

David starrte Amy an und hoffte, sie würde lächeln, tat sie aber nicht. Seine Privatnummer stand nicht im Telefonbuch, und er hatte keine Ahnung, woher sie die Nummer kannte.

»Hör zu, ich glaube, das Ganze läuft aus dem Ruder«, sagte David. »Es ist spät, und wir hatten beide einen langen Tag ...«

Amy knöpfte ihre Bluse zu und erwiderte: »Sag mir, daß du mich liebst.«

»Was?!«

»Mir ist egal, was du sagst, ich weiß ja, daß du mich liebst. Und wenn du ehrlich zugibst, daß wir uns lieben, dann rufe ich morgen deine kleine Frau vielleicht nicht an.«

»Soll das ein Witz sein? Das meinst du doch nicht ernst.«

»Ich will, daß du mir sagst: ›Ich liebe dich.‹«

»Ich liebe dich nicht.«

»Sag's, David.«

»Ich liebe dich nicht. Ich liebe meine Frau.«

»Also bist du offenbar bereit, deine Ehe den Bach runtergehen zu lassen.«

Amy hatte ihren Rock angezogen, trug jetzt einen leuchtendroten Lippenstift auf und betrachtete sich in einem Taschenspiegel.

»Du solltest sie lieber nicht anrufen.«

»Du solltest mir lieber sagen, daß du mich liebst.«

David packte Amy am Arm. Er merkte, daß er zu fest zugriff, und ließ sie wieder los.

»Bitte!« sagte er und probierte es auf andere Weise. »Verstehst du, wenn die Dinge anders lägen – wenn ich jünger wäre, unverheiratet –, dann bestünde vielleicht eine Möglichkeit. Aber ich habe dir deutlich zu verstehen gegeben – zumindest habe ich das geglaubt –, daß zwischen uns nichts Ernstes läuft.«

»Ich weiß, was du gesagt hast, und ich weiß, was ich gehört habe.«

»Dann hast du dich eben verhört.«

»Soll ich noch was ausrichten?«

»Was ausrichten?«

»Soll ich Leslie was von dir ausrichten? Oder Jessica? So heißt doch deine Tochter, nicht?«

David konnte sich nicht daran erinnern, Amy je von seiner Tochter erzählt zu haben. Als Amy versuchte, sich an ihm vorbeizudrücken, griff er erneut nach ihrem Arm und hielt sie fest.

»Also schön«, sagte er. »Wenn ich es sage, schwörst du dann, niemals bei meiner Frau anzurufen?«

»Ich schwör's.«

»Keine Finger gekreuzt?«

David ließ Amy los, und sie hielt ihre Hände hoch. Mit geschlossenen Augen sagte David: »Ich liebe dich.«

»Wen liebst du?«

»Herrgott im Himmel!«

»Sag: ›Ich liebe dich, Amy.‹«

»Verflucht!«

»Ich rufe deine Frau *und* deine Tochter an.«

David fiel auf, daß rund um ihre Pupillen das Weiß ihrer Augen zu sehen war.

»Ich liebe dich, Amy.«

»Schon besser. So langsam machen wir Fortschritte.«

Als Amy sein Büro verlassen hatte, ging David direkt zum Minikühlschrank hinterm Schreibtisch und machte eine Flasche Bud Light auf. Ohne abzusetzen trank er die halbe Flasche aus und konnte immer noch nicht fassen, was gerade geschehen war. Als wären die letzten Wochen mit Amy ein angenehmer Traum gewesen, der sich plötzlich in einen hemmungslosen Alptraum verwandelt hatte. Er sah ein, daß er an der ganzen Misere selbst schuld war. Er hatte ihr eindeutig was vorgemacht, ihr ein paar Versprechen gegeben, die er nicht halten konnte, aber woher hätte er denn auch wissen sollen, daß sie gleich durchdrehen würde?

Amy war erst seit sechs Monaten bei der Agentur, und David fiel auf, daß er sie kaum kannte. Sie hatte mal irgendwas über einen Besuch bei einem Therapeuten gesagt, was an sich nichts bedeuten mußte, aber wenn sie nun schwere psychische Probleme hatte? David wußte von Amy nur, daß sie aus Astoria stammte, daß ihre Eltern sich scheiden ließen, als sie noch sehr klein war, und daß sie an der Parson School of Design studiert hatte. Manchmal hatte sie über verflossene Beziehungen geredet, aber meistens ziemlich vage, etwa: »Dieser Typ, mit dem ich im College ausgegangen bin ...«, oder: »Mit dem Kerl war ich ein paar Wochen zusammen ...« Doch hatte sie keinen ihrer Freunde oder Verwandten je beim Namen genannt oder erzählt, was sie in ihrer Freizeit trieb. David wußte, daß sie im Village wohnte, wußte aber nicht, ob im West Village oder im East Village, geschweige denn, in welcher Straße.

David versuchte sich daran zu erinnern, weshalb er sich überhaupt auf Amy eingelassen hatte, aber ihm fiel nichts ein. Schon der Gedanke an sie verursachte ihm ein übles, leeres Gefühl in der Magengegend.

Was auch passierte, beschloß er, dies sollte die letzte Affäre sein, die er haben würde. Affären waren zu anstrengend, und sie gaben ihm auch nicht mehr soviel wie früher. Sie machten nicht mehr soviel Spaß, und jünger fühlte er sich deshalb schon gar nicht.

David verließ sein Büro, schloß die Tür und ging den stillen, teppichbelegten Flur zur Toilette entlang. Nachdem er gepinkelt hatte, wusch er sich die Hände, rückte den Kragen zurecht und klopfte die Ärmel seiner Sportjacke ab. Wie gewöhnlich sah er im Spiegel nur eine schlecht verlaufene Nasenoperation. Doch dann rückte er dichter ans Glas und musterte die Falten auf der Stirn und rund um die Augen. Neue Anzeichen zunehmenden Alters schienen täglich auf seinem Gesicht zu erscheinen. Er gab sich Mühe, Alkohol und Fast food einzuschränken, trank jeden Tag zum Mittagessen zwei Deziliter Weizengrassaft und nahm eine breite Auswahl von Vitaminen zu sich, einschließlich Superantioxydansmittel wie CQ-10,

Katzenkralle und Haiknorpel. Außerdem trank er jeden Morgen seine Dosis Flachsöl und streute Bienenpollen auf sein Müsli. Falls diese Mittel überhaupt etwas gegen vorschnelles Altern ausrichteten, konnte David jedenfalls keine Wirkung erkennen. Manchmal starrte er sich im Spiegel an und stellte erstaunt fest, wie müde und ledrig er aussah. Doch nichts war schlimmer als das Entsetzen, das in ihm aufstieg, wenn er daran dachte, daß er in kaum drei Jahren vierzig sein würde. Vierzig hatte er stets Lichtjahre entfernt geglaubt, weit fort am Ende des Universums, und er fand es unbegreiflich, daß ein Mann, der sich so jung fühlte, tatsächlich schon an der Schwelle zum reifen Alter stehen konnte.

Während er mit dem Fahrstuhl nach unten fuhr, stellte er sich vor, zu was für einer Katastrophe es kommen würde, wenn Amy bei Leslie anrief. Leslie hatte eine ziemlich konservative Einstellung zur Ehe. Einmal hatte eine ihrer Freundinnen herausgefunden, daß ihr Gatte sie betrog, und Leslie hatte gesagt, die Freundin sei »verrückt, bei dem zu bleiben«. Wenn sie sich Filme oder Fernsehshows ansah, in denen es um Ehebrecher ging, nannte sie die Männer bloß »Arschlöcher« oder »Schweine«, und einmal hatte sie David klipp und klar gewarnt, daß sie ihn verlassen würde, sollte er sie jemals betrügen.

Plötzlich wurde David schwindlig. Die Fahrstuhlwände schienen immer näher zu rücken. Er fiel auf die Knie und rang nach Luft. Als die Tür in der Lobby aufging, erhob er sich langsam, blieb dann vorm Fahrstuhl stehen und lehnte sich an die Marmorwand. Mit solchen Panikattakken hatte er schon fast sein Leben lang zu kämpfen gehabt, aber in letzter Zeit wurden sie immer schlimmer. Ein oder zwei Minuten vergingen, ehe seine Kraft zurückkehrte. Er wankte durch die Lobby auf die Second Avenue. Der kalte Wind schnitt ihm ins Gesicht und blies ihm Staub in die Augen. Beim Gehen schob er das Kinn in den Mantelkragen, eine Hand blieb draußen, um ein Taxi herbeiwinken zu können. Unerklärlicherweise fuhren wie gewöhnlich einige Taxis vorbei, ehe er schließlich mitgenommen wurde. Der Blick auf die dunklen, nahezu verlassenen Straßen der East Side und die dichten, aus den Kanaldeckeln aufsteigenden Abwasserwolken verstärkten seine Niedergeschlagenheit. Es würde Amy nur einen einzigen Anruf kosten, und selbst wenn sie sie heute abend nicht anrief, konnte sie Leslie irgendwann später anrufen. David dachte daran, Amy zuvorzukommen, Leslie von der Affäre zu erzählen, sobald er nach Hause kam. Besser noch wäre es, er würde Leslie davor warnen, daß da vielleicht irgend so eine Irre anrief – jemand, den sie letzte Woche gefeuert hatten – und daß sie nicht darauf achten solle, was man ihr erzählte. Die Frau sei verrückt, würde er ihr sagen, käme direkt aus der Nervenklinik. Doch dafür war Leslie zu clever. Wenn er das Thema Affären auch nur erwähnte, würde dies zu endlosen Nachforschungen führen, und Leslie wußte stets, wann David log.

David wußte, wenn Amy wollte, konnte sie sein ganzes Leben ruinieren. Er war Senior Marketing Manager und Amy Graphikerin. Sie arbeiteten zwar in gänzlich verschiedenen Abteilungen, doch stand sie technisch gesehen unter ihm auf der Hühnerleiter. David konnte nicht sagen, ob dadurch der Fall einer Verführung Abhängiger gegeben war oder nicht, begriff aber, wie idiotisch es von ihm gewesen war, sich überhaupt auf ein solches Dilemma einzulassen. Wenigstens war er klug genug gewesen, Pariser zu benutzen.

Während das Taxi über die Third Avenue jagte und sich wie auf dem Speedway von Indianapolis durch den Verkehr schlängelte, spürte David ein Klicken in seiner Brust – *Mitralklappen-Prolaps-Syndrom* –, das erste Anzeichen einer neuen Panikattacke. Sobald sein Herz zu rasen begann, lenkte er seine Aufmerksamkeit nach innen, konzentrierte sich auf seine Atmung. »Ein, aus, ein, aus«, flüsterte er. Die Technik funktionierte, und plötzlich schien alles schon nicht mehr so schlimm wie noch vor wenigen Sekunden.

»Da ist es, dort rechts«, sagte David zum Taxifahrer.

Der Wagen hielt vor Davids Haus in der East Seventyninth Street. Selbstbewußt schritt er durch die Lobby mit ihren Holzpaneelen und begrüßte Tom, den Portier, mit herzlichem Lächeln. Es tat gut, wieder in der Sicherheit eines luxuriösen Apartmenthauses zu sein, in dem ihm nichts geschehen konnte. Die Fahrt mit dem Lift in den neunzehnten Stock löste keine spürbare Panik in ihm aus. Wie gewöhnlich hatte Leslie das Licht im Wohnzimmer angelassen, und beim Anblick der eigenen Wohnung entspannte er sich. Außer dem Wohnzimmer und den drei Schlafzimmern – David nutzte das dritte Schlafzimmer als Büro – gab es noch ein Eßzimmer, zwei Badezimmer, eine Terrasse und eine offene Küche. Nachdem er ein Glas Apfelsaft getrunken hatte, ging er über den Flur in Jessicas Zimmer. Auf Zehenspitzen trat er an ihr Bett und küßte sie behutsam auf die Stirn.

»Ich liebe dich, Daddy.«

»Ich dich auch, Kleines. Schlaf gut.«

David wusch sich – tat, als übersähe er die sich vertiefenden Falten unter seinen Augen – und zog sich einen frischen Pyjama an. Die Stille in der Wohnung war beruhigend, wohltuend. Leslie schlief tief und fest, weshalb David sie lieber nicht weckte. Er legte sich zu ihr, schmiegte sich an sie und drängte sein Gesicht an ihren weichen Nacken. Es war so tröstlich, den Pfirsichduft ihrer Feuchtigkeitscreme zu riechen und sein Herz stetig gegen ihren Rücken schlagen zu spüren. Nur wenn er an Amy Lee und ihren irren, starrenden Blick dachte, fühlte er wieder Panik aufsteigen.

3

Während Joey wie benommen die Tenth Avenue entlangging, spürte er nichts von der betäubenden Kälte und merkte auch nicht, daß er die Jacke nicht zugeknöpft hatte. Er blieb stehen, als er begriff, daß er sich an der Ecke Tenth und Fifty-first befand und damit drei Blocks zu weit gegangen war. An die Busfahrt konnte er sich kaum erinnern, auch nicht daran, den Port-Authority-Busbahnhof verlassen zu haben. Wie besessen hatte er an diese gottverdammte Anzeige ÜBERPRÜFUNG gedacht, so daß die letzte halbe Stunde wie im Flug vergangen war.

Joey und Maureen DePino wohnten in einem Zwei-Zimmer-Apartment in einem ehemaligen Wohnheim für Alleinstehende ohne Fahrstuhl an der Tenth Avenue und West Fifty-fourth Street. Die Zimmer waren lang und schmal wie U-Bahn-Waggons; in der Mitte der Wohnung, gegenüber der Eingangstür, befand sich ein winziges Bad. Maureen beklagte sich ständig darüber, daß die Wohnung für zwei zu klein sei, und sie meckerte über laute Nachbarn, Schimmel in der Dusche, bröcklige Backsteinwände, fehlende Fliesen im Bad, undichte Stellen in der Decke, eine unzuverlässige Heizung und das nur sporadisch funktionierende Heißwasser. Am Ende des Zimmers, das sie ihr Wohnzimmer nannten, gab es ein Waschbecken, einen

Ofen und einen Herd, doch wenn Maureen kochte, beschwerte sie sich über die Gerüche, die Kakerlaken und Mäuse aus dem im Parterre gelegenen koreanischen Lebensmittelladen anlockten. Da sie sich keine neuen Möbel leisten konnten, war die Wohnung mit Möbeln ausstaffiert, die Maureen in Second-Hand-Läden und auf Trödelmärkten gekauft hatte – eine Futoncouch, eine große Kommode, ein quadratischer Tisch, zwei Stühle und ein paar alte Spiegel. Maureen sagte, sie sei es leid, auf einer Müllhalde zu wohnen, und immerzu jammerte sie, daß das Haus und die Gegend nicht sicher seien. Ihre Wohnung war bereits zweimal ausgeraubt worden, und letztes Jahr hatte man unten in der Halle eine junge Frau vergewaltigt.

Joey hielt die Wohnung zwar nicht gerade für einen Palast, fand sie aber auch nicht so schlecht, wie Maureen sie machte. Immerhin hatten sie zwei separate Zimmer, und wer brauchte schon eine Küche? Ihm gefiel es jedenfalls, einen koreanischen Laden im Haus zu haben, denn so konnte er sich selbst mitten in der Nacht ein Sandwich mit Corned beef holen, ohne auf die Straße zu müssen.

Joey hatte Maureen vor sieben Jahren im Raccoon Lodge auf der Amsterdam Avenue kennengelernt. Damals hatte er einen guten Job, erledigte Lieferungen und machte Aufbauten für einen Holzhandel am Broadway. Als er mal eines Freitag abends unterwegs war und sich ein paar Drinks mit einigen alten Freunden aus Brooklyn gönnte, saß Maureen mit ihrer Freundin an der Bar gegenüber vom Billardtisch und wurde von einem der Kerle angemacht. Die »Frau mit dem dunklen, lockigen Haar« sähe ihn an, als wäre er »ein gefundenes Fressen«, meinte einer seiner

Freunde, doch später erzählte Maureen, sie hätte ihn erst bemerkt, als er zu ihr kam und einen Drink ausgab.

Als Joey sie zum ersten Mal sah, glaubte er nicht, es gäbe auch nur die leiseste Chance, daß eine solche Frau für Typen wie ihn was übrig haben könnte. Sie war ganz offensichtlich eine aus der City, trug teure schwarze Kleider und sah verteufelt gut aus im Vergleich zu den Frauen, mit denen er bislang ausgegangen war. Die Frauen nämlich, die er drüben in Brooklyn kannte, hatten picklige Gesichter, hochtoupiertes Haar, hautenge Jeans und kauten wie Kühe auf ihren Kaugummis. Aber Maureen sah eindeutig nach Klasse aus. Sie saß mit überschlagenen Beinen da und rührte in ihrem Drink, in dem eine Scheibe Zitrone schwamm. Wenn eine Frau auf einem Barhocker saß, war es nie leicht, ihr Gewicht einzuschätzen. Jedenfalls sah Maureen nicht dick aus, dünn war sie allerdings auch nicht. Sie war ein stämmiges Mädchen, das gewiß zehn oder zwanzig Pfund hätte abnehmen können, aber sie trug ihr überflüssiges Gewicht durchaus an den richtigen Stellen. Mit anderen Worten: Sie war genau Joeys Typ.

Joey wollte nicht hingehen, bloß um sich eine Abfuhr zu holen, aber seine Freunde stichelten, sagten ihm, die Kleine mit dem lockigen Haar sei »geil« und sähe aus, als könnte sie »einen Schwanz lutschen wie ein Staubsauger«. Joey genehmigte sich noch ein Bier und zog los.

Von Anfang an, nach kaum zwei Minuten, wußte Joey, daß er mit der Frau redete, die er eines Tages heiraten würde. Später sollte Maureen behaupten, sie glaube ihm nicht, er könne es unmöglich so früh gewußt haben, doch Joey hat stets geschworen, daß dies die Wahrheit sei.

Sie blieben, bis die Bar schloß. Ein- oder zweimal stand Maureen auf, um zur Toilette zu gehen, und Joey sah ihr nach, und ihm gefiel, was er sah. Sie hatte schöne, breite Hüften und eine schlanke Taille. Ihre Freunde waren längst gegangen, und Joey und Maureen waren beide betrunken. Joey brachte Maureen zu ihrer Wohnung, die gleich um die Ecke lag. Vor dem Haus fragte Maureen, ob er noch auf einen Drink hereinkommen wolle. Es endete damit, daß er das ganze Wochenende bei ihr blieb. Meist hatte Joey es nicht gern, wenn eine Frau ihre Beine so schnell breit machte, aber mit Maureen war das was anderes. Immer wieder hatte er seinen Freunden in Brooklyn gesagt: »So was wie Liebe gibt's nicht«, aber das war, bevor er Maureen Byrne kennengelernt hatte.

Sorgen machte Joey nur, daß Maureen zu intelligent für ihn war. Er hatte kaum die High-School geschafft und sich seitdem von Job zu Job durchgehangelt. Aber Maureen war ziemlich beschlagen – zwei Jahre Hunter College –, und sie kannte sich mit Computern aus. Außerdem hatte sie einen noblen Job als Anwaltsgehilfin in irgendeiner erstklassigen Anwaltspraxis. Joey kapierte immer noch nicht, warum ein cleveres Mädchen aus der City sich mit einem Typen wie ihn einließ. Er überlegte, ob sie vielleicht nur auf seinen Körper aus war, aber als er sie eines Tages danach fragte, hatte sie nur gelacht, als hätte er ihr einen Witz erzählt.

Joey kam sich wirklich wie ein Idiot vor, wenn er mit Maureen und ihren versnobten Freunden vom College ausging. Dann saßen sie rum, redeten über Gott und die Welt, und Joey hockte daneben und wußte nicht, was er sagen sollte. Doch wenn Joey und Maureen allein waren, fühlte sich Joey immer zufrieden, so zufrieden, wie er sich noch nie bei einer Frau gefühlt hatte, und er sparte zweitausend Dollar, ging zu einem Schmuckladen in Chinatown und kaufte Maureen den größten Stein, den er sich leisten konnte.

Nachdem sie geheiratet hatten, warnte Joey seine Frau davor, daß es eine Weile wohl ziemlich eng werden würde. Er sagte, wahrscheinlich müßten sie in einer beschissenen Wohnung hausen, würden sich keine Reisen leisten können, und Kinder könnten sie in den nächsten fünf Jahren auch vergessen. Maureen sagte, das sei kein Problem, solange sie mit Joey zusammen sei, sei sie glücklich. Und sie hatten tatsächlich ein oder zwei schöne Jahre, in denen sie sich kaum stritten und jeden Samstag abend wie ein ganz normales Paar auswärts essen und ins Kino gingen. Im Sommer spazierten sie manchmal in den Central Park oder zum Hafen nach South Street Seaport.

Doch dann wollte sie alles auf einmal. Ständig redete sie davon, wie eifersüchtig sie auf ihre Freundinnen sei, die in hübschen Wohnungen wohnten und deren Männer das große Geld verdienten. Joey hatte nie kapiert, wie Maureen auf die Idee gekommen war, daß sie eines Tages reich sein würden. Sicher, er hatte ihr gesagt, daß es bergauf gehen würde, aber damit hatte er gemeint, daß er eines Tages vielleicht eine Stelle im Versand oder als Abteilungsleiter im Kaufhaus ergattern und pro Woche ein paar Scheine mehr verdienen könnte. Na schön, in den ersten Jahren lief eben nicht alles wie geplant, aber jetzt hatte er einen guten Job, erledigte die Netzwerk- und Telefonverkabelung für eine

Computerfirma. Fünf Jahre bis zum Haus mit Kids war also bestimmt zu kurz gegriffen, sieben bis zehn würden es wohl werden, aber Maureen wollte einfach alles sofort.

Es half auch nicht gerade, daß Maureen letztes Jahr bei einem Arzt war, der herausfand, daß sie an einem Eierstock eine Zyste hatte. Man mußte sie aufschneiden und ihr die Zyste entfernen, und Maureen hatte Angst, daß sie keine Kinder mehr kriegen würde, wenn sie nicht bald eines bekäme.

»In vier Jahren bin ich vierzig«, wiederholte sie immer wieder, als wäre es gegen das Gesetz, wenn sie mit einundvierzig schwanger würde. Und sie konnte einfach nicht mehr aufhören – Kinder dies, Kinder das –, als gäbe es nichts anderes, worüber sie reden konnte. Joey sagte ihr dann, sie könnten sich jetzt keine Kinder leisten, aber ebensogut hätte er Selbstgespräche führen können.

Einmal meinte Maureen: »So habe ich mir mein Leben vor der Hochzeit nicht vorgestellt«, und Joey sagte: »Dann hättest du mich verdammt noch mal nicht heiraten sollen.« Worauf Maureen erwiderte: »Ich wußte ja nicht, daß ich einen Spieler heirate.«

Joey hatte eine Regel: Schlage nie eine Frau; aber wenn Maureen so was sagte, hätte er ihr am liebsten eine gescheuert. Ständig gab sie dem Zocken die Schuld an ihren Problemen. Stimmt, er ging an vier, fünf Abenden in der Woche auf die Rennbahn – na und? Durfte ein Mann vielleicht kein Hobby haben? Schließlich war es Maureen, die längst zu einem blöden Schlaffsack geworden war. Nie wollte sie aus dem Haus und irgendwas unternehmen. Am liebsten saß sie jeden Abend auf der Couch und tat sich selbst leid. Joey hatte mal eine Fernsehshow über Frauen wie Maureen gesehen, die in den ›Wechseljahren‹ waren, sich zickig benahmen und ewig Depressionen hatten, wenn sie älter wurden. Aber das fing eigentlich erst an, wenn die Frauen viel älter waren. Maureen war gerade mal sechsunddreißig und benahm sich schon, als wäre sie fünfzig.

Als Joey nach drei Treppen keuchend nach Luft rang und die Wohnungstür aufmachte, stand Maureen im Flur. Sie trug einen rosafarbenen Morgenrock und kein Make-up. In den letzten Jahren hatte sie einige Pfund zugelegt, vor allem an Bauch, Hüfte und Schenkeln, weshalb sie immerzu jammerte, daß sie zu fett sei und fünfzig Pfund abspekken müsse, aber Joey machte sich nichts draus. Er wußte, daß er auch nicht gerade wie John Travolta aussah, und ihm taten die Typen leid, die sich Sorgen machen mußten, weil sie ihre dürren, gutaussehenden Weiber mal allein zu Hause gelassen hatten.

»Wo zum Teufel bist du gewesen?« fragte Maureen.

Joey sagte kein Wort. Er ging an ihr vorbei ins Schlafzimmer. Der Fernseher war zu laut – Jay Leno führte irgendein Interview.

»Ich habe die Nase voll von diesem Scheiß, Joey. Ich will wissen, wo du heute abend gewesen bist.«

Joey zog die Jacke aus und warf sie über einen Stuhl, dann setzte er sich aufs Bett und begann, seine Turnschuhe auszuziehen.

»Kegeln.«

»Kegeln? Du sitzt da und willst allen Ernstes behaupten, daß du heute abend kegeln warst?«

»Stimmt genau«, sagte Joey, sah wieder die Anzeige ÜBERPRÜFUNG vor seinen Augen und spürte ein scharfes Ziehen in seinem Magen.

»Und? Wie war's?«

»Hab verloren«, sagte Joey betrübt.

»Wieviel?«

»Du meinst, wie viele Punkte ich im Rückstand bin?«

»Nein, ich meine, wieviel hast du auf der Bahn verloren?«

»Der Bahn?« fragte Joey, als wäre es ein ziemlich entlegener Winkel der Erde. »Verdammt, wovon redest du eigentlich?«

»Hör auf, mir was vorzuspielen, darauf habe ich heute abend wirklich keine Lust.«

»Das geht dir nicht allein so.«

»Du hast mir geschworen, mit der Zockerei aufzuhören.«

»Verflucht, Maureen, ich hab Kopfschmerzen«, sagte Joey und zog die Hose aus, rülpste und roch den Hot dog in seinem Atem. »Mir ist wirklich nicht danach, mich jetzt mit dir anzulegen.«

»Wenn du in einem Kegelverein bist, wieso erzählst du dann nie was von den anderen?«

»Wen meinst du? Die Typen von der Arbeit?«

»Typen von der Arbeit? Welche Typen?«

Joey starrte auf Jay Leno und fragte sich, wie dieser häßliche Armleuchter an eine Fernsehshow gekommen war.

»Ich rede mit dir.«

»Und was willst du von mir hören?« fragte Joey und begann plötzlich zu schreien.

»Ich will, daß du aufhörst, mich anzulügen! Wo warst du? Im Wettbüro? Im Meadowlands? Ich riech doch den Zigarettenrauch.«

»Auf der Kegelbahn wird auch geraucht.«

»Ich will nichts mehr davon hören, Joey. Daß du unser ganzes Geld verspielst, ist schlimm genug, aber du könntest wenigstens Manns genug sein, mich nicht auch noch ewig anzulügen, als wäre ich irgend so eine Idiotin!«

»Verdammt, laß mich bloß in Ruhe, okay?« sagte Joey und drängte sich an ihr vorbei. »Ich muß mir so 'n Scheiß nicht anhören, wenn ich gerade erst nach Hause komme.«

Er ging ins Bad und setzte sich auf die Kloschüssel. Eigentlich mußte er nicht, aber in der Zweizimmerwohnung war das Bad der einzige Ort, an dem er ein wenig Ruhe fand. Meistens nahm er die *Racing Form* oder die *Daily News* mit, aber jetzt war ihm nicht danach, ans Rennen zu denken. Wie schaffte er eine neue Wette, die ihm siebzehntausend Dollar einbrachte? So eine Chance gab es nur einmal im Leben.

»Komm da sofort wieder raus, Joey.«

»Ich bin am Scheißen.«

»Na klar!«

»Soll ich die Tür aufmachen, damit du's riechen kannst?«

Joey hörte, wie aus Maureens Kehle ein frustrierter, entnervter Laut aufstieg. Sekunden später hörte er die Schlafzimmertür zuschlagen.

Nach einigen Minuten hatte sich Joey beruhigt, und es tat ihm leid, daß er Maureen angeschrien hatte. Er wünschte sich nur, sie würde endlich merken, daß sie ihn besser in Ruhe ließ, wenn er auf der Bahn mal wieder richtig in den Arsch gekniffen worden war.

Wenn er erst seine Schulden los war, wenn er Geld auf der Bank hatte, dann würde er, das schwor sich Joey, nie wieder wetten. Natürlich hatte er sich denselben Schwur schon tausendmal geleistet. Nach seiner Heirat hatte er sechs Monate, vielleicht sogar ein Jahr keine einzige Wette abgeschlossen. Doch dann kam die Footballsaison, und es packte ihn wieder, stärker als je zuvor. Er hatte schon oft aufhören wollen – meistens nach großen Verlusten –, und hatte doch immer wieder angefangen, manchmal schon am nächsten Tag. Schließlich hatte er entschieden, daß es sinnlos war, dagegen anzukämpfen. Manche Leute tranken gern einen über den Durst, nahmen Drogen oder verfielen dem Kaufrausch; er wettete. Das trieb ihn an, das half ihm, über den Tag zu kommen. Ein Leben ohne Wetten konnte er sich nicht vorstellen.

Sein Verstand war wie ein Irrgarten. Neuntausend Dollar – laut seinen Berechnungen die Summe, mit der er all seine Schulden tilgen konnte – standen am Ende dieses Irrgartens. Er ging rückwärts, erkundete jeden nur möglichen Ausweg, stieß aber ständig auf Sackgassen. Das einzige Resultat seiner Anstrengungen war schließlich ein pochender Kopfschmerz. Nachdem er drei extrastarke Tylenol geschluckt hatte, setzte er sich wieder auf die Schüssel und stützte den Kopf in die Hand. Die einzige Möglichkeit, irgendwie neuntausend Dollar zusammenzubekommen, war, sie zu gewinnen. Nur brauchte man Geld, um Geld gewinnen zu können, und er hatte kein Geld mehr auf der Bank. Morgen bekam er seinen Scheck, gerade mal dreihundert Dollar, und die würden für die Februarmiete draufgehen. Er brauchte wenigstens tausend Dollar, um bei Frank und Al setzen zu können, und er hatte keine Ahnung, wo er die herbekommen sollte.

Als Joey schließlich aus dem Bad kam und zurück ins Schlafzimmer ging, waren Licht und Fernseher aus. Maureen lag im Bett, und Joey hoffte, daß sie schon schlief. Er war immer noch ziemlich wütend, außerdem wirkte das Tylenol noch nicht, und er wollte seinen Ärger nicht an ihr auslassen.

»Joey?«

»Mmm.«

»Tut mir leid. Du hattest recht. Ich hätte dich nicht anschreien dürfen. Das war falsch.«

»Vergiß es«, sagte Joey.

Es folgte ein kurzes Schweigen, dann sagte Maureen: »Ich meine, du bist doch mein Mann, nicht? Ich denke, das heißt, daß ich dir vertrauen sollte. Wenn du sagst, daß du heute abend kegeln warst, dann warst du heute abend kegeln, mehr gibt's dazu nicht zu sagen.«

Joey fühlte sich mies, aber nicht mies genug, um zuzugeben, daß er gelogen hatte. Was würde das außer neuem Geschrei auch schon bringen?

»Joey?«

»Hmm.«

»Wie fühlst du dich?«

Jetzt begriff er, warum Maureen sich entschuldigt hatte. Mit Vertrauen hatte das nichts zu tun.

Sie streichelte über seinen Bauch und fragte: »Ist dir nach…?«

»Nee«, sagte Joey. »Die verdammten Kopfschmerzen bringen mich um.«

Maureens Hand rührte sich nicht mehr. Sie ließ sie noch einige Sekunden liegen, die Finger in sein Bauchhaar gewühlt, dann riß sie die Hand fort und setzte sich auf.

»Ich brauche eine klare Antwort, Joey.«

»Jetzt nicht.«

»Nie willst du darüber reden. Den richtigen Augenblick gibt's nicht.«

»Maureen, bitte!«

»Ich will doch nur die Wahrheit wissen. Ich finde, die bist du mir schuldig.«

»Warum tust du mir das an?« fragte Joey. »Suchst dir die schlimmste Zeit aus, um über solchen Mist zu reden. Ich geb mir Mühe, dich nicht anzuschreien, die Beherrschung nicht zu verlieren...«

»Kopfschmerzen!« sagte Maureen. »Kannst du dir keine originellere Entschuldigung einfallen lassen?«

»Verdammt, wie sollen wir uns...« Eigentlich wollte er sagen: »Kinder denn leisten können?«, begriff aber, daß er damit nur wieder einen Streit über Pferdewetten auslösen würde. Zum Streiten war es zu spät, und er wußte, dieser Streit würde lange dauern. Also sagte er bloß: »Ich will über den Scheiß einfach nicht reden«, und drehte sich auf die andere Seite.

Nach ein oder zwei Minuten legte sich Maureen wieder hin und kehrte ihm den Rücken zu.

4

Als Joey am nächsten Morgen zur Arbeit kam, schlug er als erstes die Seite ›Vegas Line‹ der *Daily News* auf. Die Indiana Pacers hatten ein Heimspiel mit den Orlando Magics, und Joey sah weit und breit keinen Grund, wieso die Pacers den Vorsprung von acht Punkten nicht halten sollten. Das mußte einfach die beste Wette in der Geschichte des Basketballs sein.

Joey rechnete sich aus, daß er, um aus den roten Zahlen zu kommen, sechshundert Dollar viermal verdoppeln mußte. Die Indiana-Wette würde er bei Frank, einem der Buchmacher, bei denen er Schulden hatte, unter anderem Namen abschließen. Frank legte eine Grenzsumme für sämtliche Kunden fest. Sobald ein Spieler diese Summe erreicht hatte und die Schulden nicht beglichen wurden, nahm er keine Wette mehr an, doch gab es eine Möglichkeit, diese Regel zu umgehen. Joey hatte sich mit einem von Franks Schleppern, einem alten Juden namens Morty, angefreundet. Als Joey die entsprechende Summe erreicht hatte – in diesem Fall tausend Dollar –, ließ ihn Morty unter anderem Namen Wetten abschließen. So waren bei Frank unter vier verschiedenen Namen, darunter auch seinem eigenen, viertausend Dollar Schulden angelaufen. Morty hatte nichts gegen dieses Arrangement, weil er davon ausging, daß Joey irgendwann seine Schulden bezahlen würde. Morty bekam Prozente von jedem Dollar, den er eintrieb, und Joey gehörte zu seinen zuverlässigsten Kunden.

Nach der gewonnenen Indiana-Wette – in Gedanken war das für ihn schon eine Tatsache – mußte Joey noch drei weitere Wetten schaffen, doppelt oder nichts, um seine Schulden und Rechnungen bezahlen zu können. In der Mittagspause würde er zur Scheckeinlösestelle am Broadway gehen, sich das Geld für den Lohnscheck holen und dann schnell rüber zum Wettbüro in der John Street laufen. Vielleicht hatte er Glück – schaffte heute nachmittag ein paar Rennen im Aqueduct – und konnte dann noch mehr auf Indiana setzen.

Joey war auf der Suche nach anderen, todsicheren Wetten so in die ›Vegas Line‹ vertieft, daß er seinen Boss nicht kommen hörte.

»Ich habe Ihnen doch gesagt, daß Sie die Zeitung in Ihrer Freizeit lesen sollen«, sagte Mark Conine.

Mark war ein kleiner, dürrer Kerl mit grauem Haar und grauem Schnäuzer. Er stammte aus Rumänien – der ursprüngliche Nachname seiner Familie hatte wie etwas Unaussprechbares mit einem Haufen Vokale geklungen – und war in Lower Manhattan aufgewachsen. Anfang der Siebziger gaben ihm seine Eltern im Anschluß an das College das nötige Startkapital für seine eigene Firma Tech Systems. Joey hatte Mark schon immer gehaßt – nicht bloß, weil er sein Boss, sondern auch, weil er eine Memme war, ein Mama- und Papasöhnchen, dem man alles auf einem silbernen Tablett serviert hatte. Hätte er sich nicht hinter seiner Firma und seiner Familie verstecken können, wäre er bloß ein kleines, schleimiges Nichts gewesen. An den Wänden in seinem Büro hingen überall Poster von Rennwagen und nackten Frauen. Er selbst besaß zwei Porsche, und Joey machte es krank, wenn Mark die Brieftasche zückte und Bilder von den Autos herumzeigte, als wären sie seine Kids. Joey hatte schon immer angenommen, daß Mark einen ziemlich kurzen Schwanz haben mußte. Als sie eines Tages nebeneinander an den Pinkelbecken standen, blickte Joey zu ihm rüber. Er hatte sich nicht getäuscht. Marks Schwanz war nicht länger als ein kleiner Finger.

»'tschuldigung«, sagte Joey und schlug die Zeitung zu. »Ich hab nur was nachgesehen.«

»Hä?« fragte Mark.

Mark fragte oft »Hä?«, egal, wie laut oder deutlich man gesprochen hatte. Zuerst dachte Joey, Mark hätte irgendein Hörproblem, bis er schließlich begriff: Es war alles bloß eine Frage der Macht. Weil er ständig »Hä?« fragte, brachte Mark die Leute dazu, sich zu wiederholen, und so behielt er die Kontrolle über jedes Gespräch.

»Ich sagte, ich habe bloß was nachgesehen«, wiederholte sich Joey.

»Sollten Sie eigentlich nicht woanders sein?«

»Ich arbeite heute bei Caldwell.«

»Hä?«

»Ich arbeite heute bei Caldwell.« Joey redete jetzt etwas lauter.

»Und warum sind Sie nicht dort?«

»Ich war auf dem Weg dorthin«, sagte Joey. »Ich mußte nur noch mal ins Büro, ein paar Netzverteiler abholen.«

»Dieselbe Unterhaltung habe ich doch schon einmal mit Ihnen geführt«, sagte Mark so laut, daß das ganze Büro mithören konnte. »Wenn Sie was brauchen, rufen Sie gefälligst an, und es wird Ihnen gebracht. Unter keinen Umständen kommen Sie hierher. Kapieren Sie denn nicht, was das die Firma kostet? Ich kann Ihre Arbeitszeit schließlich nicht in Rechnung stellen, wenn Sie nicht auf der Baustelle sind.«

»Aber Sie haben mir doch gesagt, daß ich herkommen soll«, warf Joey ein.

»Hä?«

»Sie haben gesagt, ich soll herkommen. Gestern hab ich angerufen und gemeldet, daß wir noch ein paar Netzverteiler und Steckerleisten brauchen, und Sie haben mir gesagt, ich soll heute im Büro vorbeikommen und sie mitnehmen.«

»Während Ihrer Mittagspause natürlich.«

»Aber davon haben Sie nichts gesagt.«

»Das sollte ich Ihnen auch nicht sagen müssen. Sie kennen doch die Regeln.«

»Schon gut«, sagte Joey. Er spürte, wie die Wut in ihm aufstieg, und er wollte nichts sagen oder tun, was er später bedauern würde.

»Wann sind Sie gestern gegangen?«

»Gestern?«

»Hä?«

»Sagten Sie ›gestern‹?«

»Ja, gestern.«

»Wie immer«, sagte Joey. »Um fünf.«

Er log. Eigentlich war er um zwanzig vor fünf gegangen,

weil er einen Bus früher zum Meadowlands erwischen und bei den letzten, zeitgleich in Fernsehen und Radio aus Kalifornien übertragenen Rennen dabei sein wollte.

»Und wieso hat Slav mir dann erzählt, daß Sie um halb fünf gegangen sind?«

»Weiß nicht.«

»Warum sollte Slav mich anlügen?«

»Ich bin gestern nicht um halb fünf gegangen«, sagte Joey zuversichtlich. Das stimmte schließlich auch.

»Darum geht's nicht«, sagte Mark. »Es geht darum, daß sich die Dinge häufen. Sie kommen spät, gehen früh, lesen Zeitung bei der Arbeit. Langsam habe ich die Nase voll von diesem Scheiß. Also, keine zweite Chance mehr. Läuft noch einmal was schief, fliegen Sie raus.«

Nachdem Mark sich umgedreht hatte und davonstolziert war, streckte Joey den Mittelfinger aus und flüsterte: »Fick dich.« Er hatte oft von dem Tag geträumt, an dem er im Lotto gewinnen und in Marks Büro gehen würde, um ihm zu sagen, daß er sich ins Knie ficken könne. Das wäre bestimmt fast so gut, wie ihn umzunieten und dabei zuzusehen, wie sein Hirn an die Wand spritzte.

Joey wollte sich einen anderen Job suchen, aber sechsundzwanzigtausend im Jahr, Zulagen extra, mehr war für einen Kabelverleger mit weniger als drei Jahren Erfahrung nicht drin. Vor einigen Jahren hatte Joey es satt gehabt, von Job zu Job zu springen, und er wußte, daß er sich was Dauerhaftes suchen mußte, wenn er Ruhe vor Maureen haben wollte, also hatte er auf eine Zeitungsanzeige geantwortet und gelernt, wie man Kabel verlegt. Die Aufstiegschancen waren nicht schlecht, und die Arbeit machte ihm nichts aus, trotzdem wünschte sich Joey immer noch, er würde einen Job finden, wie er ihn damals nach der High-School gehabt hatte.

Eigentlich sollte es nur ein Job für den Sommer sein, aber es wurde der beste Job, den Joey je gehabt hatte: Be- und Entladen für einen Farbhandel in der Utica Avenue in Brooklyn. Mit ein paar anderen Typen hatte er eine krumme Tour ausgetüftelt, lud Farbe von den Lastern und verkaufte sie unter der Hand an andere Händler. Die Bücher vom Boss waren so heillos durcheinander, daß er nie dahinterkam. Und Joey verdiente über vierzigtausend im Jahr zusätzlich zu seinem regulären Gehalt. Mit einem solchen Haufen Kleingeld in der Tasche wurde Joeys Wettproblem nicht gerade einfacher. Es kümmerte ihn kaum, wenn er ein paar Hunderter verlor, weil er immer noch mehr Farbe klauen konnte. Das waren Zeiten – er war unverheiratet, lebte allein in einer Wohnung in Sheepshead Bay und hatte einen Arsch voll Geld. An Wochenenden zog er mit seinen Freunden auf die Rennbahn oder fuhr runter in die Casinos nach Atlantic City. Hatte er einen guten Abend an den Spieltischen erwischt, leistete er sich eine Nutte. Einmal legte er mit seinen Freunden zusammen, und sie holten sich vier schwarze Huren – mit riesigen Titten – fürs ganze Wochenende auf ihr Zimmer.

Doch Joeys Traum zerplatzte, als Mario Cantello aus dem Knast kam. Bei den Mafiosi von Brooklyn war Cantello eine große Nummer, ein Kumpel von John Gotti und den Gambinos. Eines Tages erhielten Joey und seine Freunde die Nachricht, daß Cantello sie in seinem Haus in Canarsie sehen wolle. Sie hatten eine Heidenangst, weil sie glaubten, ihr Boss hätte die Sache spitzgekriegt und Cantello angeheuert, damit der sich um sie kümmerte. Als sie zu Cantellos Haus kamen und ihn sahen – einen fetten Rausschmeißertypen mit weißem Rollkragen-T-Shirt, mächtigen Armmuskeln und einer elektronischen Überwachungsfessel am Fußgelenk, glaubten sie, ihr schlimmster Alptraum würde Wirklichkeit. Doch dann überraschte sie Cantello, sagte, er wolle, daß sie weiterhin Farbe klauten, sie anschließend aber zu *ihm* brachten. Da die Cops ein Auge auf seine Wettbüros und sonstigen Gaunereien hatten, suchte er offenbar ein neues Betätigungsfeld und hatte sich gedacht, daß er in den »ehrlichen« Farbhandel einsteigen könne. Cantello war bereit, Joey und seine Freunde für ihre Anstrengungen zu bezahlen – ein paar Hunderter die Woche, doch längst nicht soviel, wie sie kassierten, wenn sie auf eigene Faust arbeiteten. Joeys Freunde nahmen Cantellos Angebot an, aber Joey dachte sich, daß es die Sache nicht wert sei. Eines Tages würden sie keine Farbe klauen können, und Cantello würde ihnen vorwerfen, sie selbst zu verkaufen. Die Bewährungshelfer hatten Cantello die Überwachungsfessel schließlich nicht angelegt, weil er bei der Steuererklärung geschummelt hatte. Joey sollte recht behalten. Zwei Jahre später hörte er, daß man seinem Freund Timmy beide Beine gebrochen und mit einem Hammer sämtliche Zähne ausgeschlagen hatte, weil Cantello glaubte, daß er ihm Farbe vorenthalten würde.

Joey fuhr mit der Subway zu Caldwell & Caldwell, einem Steuerbüro am Broadway, Ecke Fulton Street. Die Firma vergrößerte sich um ein weiteres Stockwerk, und mit noch drei Typen von Tech Systems verlegte Joey die Kabel fürs neue Computernetzwerk. Joey war der einzige gebürtige New Yorker bei Tech, der Rest waren russische oder illegale Einwanderer. Mark stellte sie ein, weil sie für wenig Geld arbeiteten und überqualifiziert waren. In Rußland zählten sie vermutlich zu den Raketenspezialisten – hier verlegten sie Kabel für elf Dollar die Stunde. Zur Mannschaft gehörten drei Slavs, vier Igors, zwei Vlads, zwei Sergejs und ein Boris. Sie schienen ganz nett zu sein, aber Joey fand die Zusammenarbeit mit ihnen unerträglich. Das war, als wäre sein Mund den ganzen Tag zugeklebt. Sie unterhielten sich auf russisch und lachten, während er sich zu Tode langweilte. Joey fragte sich, ob dies nicht bewies, daß es doch einen Gott gab. Weil er all die Jahre den Farbenladen beklaut hatte, bestrafte ihn Gott – ließ ihn mit einer Bande von Russen Kabel verlegen. Aber das ergab keinen Sinn. Sein Boss im Farbengeschäft war das größte Arschloch der Welt gewesen – ständig hatte er Frau und Kinder verprügelt –, und wenn es einen Gott gab, einen anständigen Gott, dann hätte der sich darüber gefreut, daß Joey den Kerl bestahl. Und er hätte Cantello im Knast verrotten lassen.

Alles auf der Welt hing eindeutig vom Glück ab. Manche gewannen im Lotto, andere gingen über die Straße, und ihnen fiel ein Kühlschrank auf den Schädel; der Rest der Welt lag irgendwo zwischen diesen Extremen. Leider fühlte sich Joey dem Kühlschranktypen näher als dem Lottotypen.

Am Mittag wurden die Lohnschecks für die Angestellten von Tech Systems zu Caldwell & Caldwell gebracht.

Wie ein Vollblut aus der Startbox jagte Joey zur Auszahlungsstelle und dann rüber zum Wettbüro in der John Street. Joey kannte alle Wettbüros der Stadt und konnte, als wäre er mit einem sechsten Sinn begabt, zu jeder Zeit sagen, welche Zweigstelle die nächste war.

Das Büro in der John Street war eng, verraucht – trotz Rauchverbots in den Büros – und voll mit den üblichen degenerierten Typen, aber auch mit ein paar geldversessenen Wall-Street-Brokern mit Schlips und Anzug. Joey sah sich die Quoten auf dem Bildschirm an und stellte erstaunt fest, daß ein Pferd, für das er eine Vorliebe besaß – die Sechs –, zwölf zu eins stand. Die Drei wurde zum Favoriten erklärt, ein Pferd, das zum ersten Mal an den Start ging. Joey machte sich gar nicht erst die Mühe, eine *Racing Form* oder ein Programm zu kaufen. Er mochte die Sechs, und ihre bisherigen Leistungen würden ihn von dieser Vorliebe nicht abbringen, aber wenn er auf ein anderes Pferd setzte und die Sechs gewann, würde er sich umbringen.

Joey besaß ein Telefonkonto bei diesem Wettbüro, dem OTB, wo er dieselben Quoten wie auf der Rennbahn bekam, aber um die Wette setzen zu können, blieben ihm bloß noch fünf Minuten, und angesichts der OTB-Kassierer, die langsamer als die städtischen Angestellten beim Zulassungsbüro arbeiteten, würde er sein Geld unmöglich noch rechtzeitig für eine Telefonwette auf sein Konto einzahlen können. Also dachte sich Joey: »Scheiß auf den fünfprozentigen Zuschlag bei OTB!« – den konnte er lokker vom Gewinn zahlen.

»Einhundert Dollar auf Sieg für die Sechs«, wollte er sagen, aber als er an den Schalter kam, war er so überzeugt, daß die Sechs das übrige Feld vernichtend schlagen würde, daß er sagte: »Setze dreihundert auf Sieg für die Sechs.«

Als man die Pferde in die Startboxen führte, klopfte Joeys Herz rasend. Seine Hände waren schweißnaß, und er merkte, wie er den Bildschirm anschrie: »Komm schon, Jose!... Zeig dem Gaul, wo's langgeht, Jose!... Vor mit der Sechs!«, als ob die Sechs und der Jockey Jose Martinez ihn hören könnten.

Als sich die Startboxen öffneten, war Joeys Gesicht schon rot vor Aufregung, die glasigen Augen waren weit aufgerissen. Die Sechs riß die Führung an sich, dann fiel sie zurück, bis sie nicht mehr auf dem Bildschirm zu sehen war. Joey betete, sie möge plötzlich wieder auftauchen, wenn das Feld in die Gerade bog, sah das Pferd aber erst wieder, als es die Ziellinie überquerte, mehr als zehn Längen hinter dem restlichen Feld.

Mit dreihundert Kröten weniger in der Tasche überlegte Joey, wie zum Teufel er Frank jetzt bezahlen sollte.

David Sussman schluckte zwei Deziliter Weizengrassaft, zuckte zusammen und fragte sich, ob sich diese Quälerei lohnte. Alle Kunden in den Naturkostläden und Saftbars sahen blaß und kränklich aus. Wer gesund aussah, aß bei McDonalds.

David verließ die Saftbar an der Forty-fourth und spazierte zwischen Horden von Mittagspause machenden Geschäftsleuten über die Third Avenue. Es war ein schöner Tag – kalt, doch schien die Sonne, und kaum ein Lüftchen regte sich. David fühlte sich eigenartig deprimiert, und er fragte sich, ob es am Weizengras lag. Irgendwo hatte er gelesen, daß dieser Saft manchmal eine seltsame Wirkung ausübte, daß der Magen rebellieren, einem übel und man müde werden konnte. Vielleicht verursachte er auch Depressionen.

David hatte sonst keinen Grund, deprimiert zu sein. Amy war heute morgen nicht in sein Büro gekommen, und er hoffte, daß sie die Sache überschlafen und begriffen hatte, wie lächerlich ihr Benehmen gestern abend gewesen war, weshalb sie ihn nun in Ruhe ließ. Letzten Monat war Davids Grundgehalt auf sechsundneunzigtausend Dollar angehoben worden, mit dem Bonus kam er auf hundertsechstausend. Er besaß eine große Wohnung, eine schöne Frau und eine Tochter. Also bestand überhaupt kein Anlaß, sich nicht großartig zu fühlen, und doch spürte er, daß irgendwas fehlte. Er wußte, eine Affäre war keine Lösung, merkte aber dennoch, daß sein Leben nicht mehr denselben Pep hatte wie früher. In zehn Jahren würde er vermutlich immer noch Weizengrassaft trinken und im selben Büro arbeiten. Dann wäre er siebenundvierzig, fast fünfzig.

Als er an einer Ampel wartete, fiel David der Blick einer Frau auf. Sie war jung, blond, und sein erster Gedanke war, daß sie ihn taxierte. Er stellte sich gerader hin, streckte die Brust raus, doch dann fiel ihm auf, daß ihn die Frau nicht einfach bloß ansah, sie *starrte* ihn geradezu mit leicht angewiderter Miene an. Schließlich merkte er, daß ihr Blick seinem Haar galt, und er fragte sich, ob ein Vogel darauf geschissen hatte. Vorm nächsten Schaufenster blieb David stehen und betrachtete sein Spiegelbild. Er spürte, wie ihm flau im Magen wurde, er rülpste und schmeckte Weizengras im Mund. Er bekam eine Glatze. Sein Haar, einst attraktives Merkmal seiner Person, fiel aus. Er wußte nicht mehr, wann er zuletzt den Haaransatz kontrolliert hatte, aber die Glatzenbildung schien über Nacht eingesetzt zu haben. Er hatte schon davon gehört – Männer wachten eines Morgens auf und fanden ihr Haar auf dem Kissen. Andere Passanten schienen jetzt ebenfalls auf seinen Kopf zu starren. Er ging in den nächsten Drugstore und kaufte sich einen Vorrat Minoxidil. Als er die Schachtel auf den Ladentisch stellte, schien die Frau hinter der Kasse über seinen Kauf keineswegs erstaunt – ein weiterer Beweis dafür, daß er sich das Problem nicht bloß einbildete. Er beschloß, dem *Hair Club for Men* beizutreten. So etwas passierte eben, wenn ein Mann auf die Vierzig zuging. Ehe man es sich versah, brauchte man auch noch ein Penisimplantat. Den ganzen Tag würde er dann mit einem gegen den Bauch gedrückten steifen Schwanz rumlaufen müssen.

Im Büro schloß David hinter sich ab und rieb sich etwas Minoxidil auf den Haaransatz. Dann sah er sich den Terminplan für den Nachmittag an. Um halb zwei, drei, Viertel vor vier und Viertel nach vier waren Meetings angesetzt. Offenbar tat er in diesem Job nichts anderes, als in Meetings rumzusitzen. Manchmal fragte er sich, warum sich die Agentur keine Roboter mietete, die jeden Tag ins Büro kamen und für ihn zu diesen Versammlungen gingen. Das Treffen um halb zwei war eine Personalversammlung, die schlimmste Art Meeting. Da saßen sie dann und redeten der Reihe nach über ›Büroprobleme‹, womit alles Mögliche gemeint war, ob nun ein millionenschwerer Kunde, an dem man gerade dran war, oder eine Toilette, deren Spülung ununterbrochen lief. Nachdem David kurz über ein Abrechnungsproblem mit der Buchhaltung gesprochen hatte, schaltete er wieder ab und dachte über sein Haar nach. Vielleicht war das Weizengras schuld.

Nach dem Meeting ging Andy Lawson, ein jüngerer Typ aus der Marketingabteilung, mit David über den Flur.

Er legte die flache Hand auf Davids Rücken und fragte: »Na? Wie läuft's mit der kleinen Chinesin?«

Zuerst wußte David gar nicht, wovon Andy redete. Er war in Gedanken so mit seinem Haar beschäftigt gewesen, daß er Amy völlig vergessen hatte. Dann fiel sie ihm wieder ein, und er mußte auch daran denken, daß er Andy vor einigen Wochen auf der Männertoilette von ihr erzählt hatte. »Fickt man eine Chinesenmieze«, hatte er gesagt, »gibt es nur ein Problem: Man ist eine Stunde später schon wieder geil.« Er erinnerte sich, wie jung und brunftig er sich damals gefühlt hatte, ahnte aber nun, daß er offenbar ziemlich dämlich gewesen war – aufgeblasen und selbstgefällig. Wie ein Junge von der High-School nach dem ersten Mal hatte er vor anderen Leuten mit Amy geprotzt. Was zum Teufel hatte er sich dabei bloß gedacht? Jeder dieser Leute, mit denen er über Amy geredet hatte, hätte Leslie anrufen können, oder jemand, den sie kannten, hätte sie anrufen können. David war noch nie bei einem Therapeuten gewesen, aber er wußte, was ihm so ein Psychologe jetzt sagen würde – daß er von seiner Affäre erzählt hatte, weil er *wollte*, daß Leslie davon erfuhr. Doch warum sollte er das wollen? Er liebte seine Familie mehr als alles andere auf der Welt, und er wollte sie nicht verlieren.

»Amy meinst du?« sagte David, als könnte er sich kaum an ihren Namen erinnern. »Ich habe keine Ahnung.«

»Was soll das denn heißen? Vor ein paar Wochen konntest du kaum genug von ihr kriegen.«

»Tja, aber ich sehe sie nicht mehr allzu oft«, sagte David. »War außerdem nicht so wichtig.«

»Nicht so wichtig? So wie du über die geredet hast, war sie mehr als wichtig. Außerdem waren alle verdammt eifersüchtig. Eine Frau *und* eine geile kleine Maus nebenbei, Mann…«

Andy war fünfundzwanzig, groß, blond und stammte aus Tallahassee, Florida. Wie so viele, die in der Werbung arbeiteten, hatte er gleich nach dem College angefangen, weil er flachgelegt werden wollte. Alle großen Werbeagenturen beschäftigten derart viele junge Leute für zweiundzwanzigtausend Dollar im Jahr, daß die Büros Ähnlichkeiten mit Studentenwohnheimen hatten. Jeden Tag fielen große Gruppen der Belegschaft von R. L. Dwyer in einer der nahen Bars in der Second Avenue ein. An den meisten Wochentagen blieben sie bis zwölf oder ein Uhr früh, aber donnerstags und besonders an den Freitagen verließ die Meute das erste Lokal gegen Mitternacht, wanderte zu Bars und Clubs in der Upper East Side und ging nicht vor zwei, drei Uhr früh nach Hause. Es war kein Geheimnis, daß aus Leuten, die ihr Leben lang in der Werbebranche blieben, ausgewachsene Alkoholiker wurden. Als er nach dem College zur Agentur kam, zog David jeden Abend los, doch mit dreißig hörte er dann auf, harte Sachen zu trinken. Jetzt genehmigte er sich höchstens mal ein Bud Light. Damals hätte er vermutlich genau wie Andy reagiert und versucht, den ›Typen über dreißig‹ im Büro dazu zu bringen, sich über seine Sauf- und Sexabenteuer auszulassen, und der ›Typ über dreißig‹ hätte abgewehrt und – genau, wie er es jetzt tat – gefragt: »Wer ist denn alle?«

»Weiß nicht«, sagte Andy. »Alle eben.«

»Ich habe gar nicht gewußt, daß ich einen derart hohen Nachrichtenwert habe.«

Andy lächelte verwirrt. Dunkle Ringe umgaben seine blutunterlaufenen Augen, als hätte er einen Kater.

»Komm schon, Mann«, sagte Andy. »Sei stolz darauf, daß du dir so ein Baby an Land gezogen hast.«

»Ich habe gesagt, daß sie nicht weiter wichtig war«, sagte David und begann sich zu ärgern.

»He, tut mir leid, Mann«, knurrte Andy. »Ich hab's nicht so gemeint.«

Sie gingen über den Flur in Richtung Third Avenue, also zu der Büroseite, auf der die Marketingabteilung lag. Zwei junge Frauen – höchstens ein oder zwei Jahre aus dem College – eilten vorbei und starrten David an. Bei dem Gedanken an seine ausfallenden Haare wurde Davids Laune noch schlechter. Er sagte: »Weißt du, es wird langsam Zeit, daß du erwachsen wirst. Wie alt bist du jetzt, fünfundzwanzig? Du solltest mal über deine Zukunft nachdenken, darüber, was du anfangen willst, wenn du dreißig wirst. Willst du in zwanzig Jahren als Alkoholiker enden, dessen Name auf der Warteliste für eine Ersatzleber steht? Ich mache keine Witze, kannst dir also ruhig das blöde Grinsen verkneifen. Kapierst du nicht, daß ich einer deiner Vorgesetzten in diesem Job bin? Und das heißt, daß ich für deine Zukunft eine Rolle spiele, eine äußerst wichtige Rolle. Was, wenn ich dir ein Scheißzeugnis ausstelle, falls du diesen Job mal aufgeben willst? Weißt du, wie inzestuös diese Werbebranche ist? Keine Agentur stellt dich dann noch ein. Fürs halbe Geld, das du sie kosten würdest, findet sich immer irgendein einundzwanzigjähriger Typ, der seinen Verstand noch nicht versoffen hat. Bevor du also mit deiner blasierten Art zu mir kommst, um mir zu sagen, worauf ich ›stolz‹ sein kann, solltest du dir lieber überlegen, mit wem du eigentlich redest. Und wenn du nicht bald etwas Respekt an den Tag legst, endest du als Klingelputzer auf der Pennergasse, und zwar schneller, als du denkst.«

Sie waren im offenen Teil des Büros stehengeblieben. Die Sekretärinnen lugten aus ihren Kabinen, und vorbeieilende Leute hielten an, weil sie wissen wollten, worum es bei all dem Aufruhr ging.

»Tut mir leid, Mann«, sagte Andy. »Ich … ich …«

David stürmte in sein Büro und warf die Tür so heftig ins Schloß, daß die ganze Wand zitterte. Einige Augenblicke lang fühlte er sich gut, kam sich wie ein Star vor, der nach bravouröser Darbietung von der Bühne abtrat, aber dann begriff David, wie verrückt er sich angehört haben mußte. Wahrscheinlich glaubten alle, er hätte den Verstand verloren, einen Nervenzusammenbruch gehabt, und wer zwei und zwei zusammenzählen konnte, würde annehmen, daß es etwas mit Amy Lee zu tun hatte. David ahnte, wenn Robert Dwyer III., der Präsident der Firma, von seinem skandalösen Verhalten erfuhr – eine Angestellte am Arbeitsplatz gevögelt, einen Angestellten wie irre zusammengeschrien –, dann fand er sich vermutlich lange vor Andy Lawson in besagter Gosse wieder.

Eric Henrikson öffnete die Tür zu Davids Büro. Als teilhabender Marketing Manager betreute Eric viele Kunden gemeinsam mit David und zählte außerhalb des Büros zu seinen wenigen Freunden. Hin und wieder gingen Eric und seine Verlobte mit David und Leslie essen oder ins Kino.

»Also? Was ist da draußen passiert?« fragte Eric.

Er war klein, stämmig und trug eine Brille mit Drahtgestell. Er erinnerte David ständig an jemanden, der Buchhalter sein könnte.

»Ach, nichts«, sagte David, setzte sich an seinen Tisch und tastete unbewußt nach seinem Haaransatz. »Ist einfach nur eine verdammt beschissene Woche.«

»Ärger an der Heimatfront?«

»Nein, alles prima. Bloß… ich weiß nicht, was es ist. Aber keine Sorge, ich schaff's schon. Noch mehr Gerüchte über mich wären das letzte, was ich in diesem Laden gebrauchen kann.«

»Das Ganze hat nicht zufällig etwas mit dieser Graphikerin zu tun, oder? Wie hieß sie gleich noch?«

»Amy Lee? Nein, hat es nicht«, sagte David mit fester Stimme.

»Ist schon gut. Tut mir leid. Ich wollte dir bloß helfen.«

»Ich brauch deine verdammte Hilfe nicht.«

David hatte Eric noch nie angeschrien, und er fragte sich, ob er nicht tatsächlich einen Nervenzusammenbruch hatte.

»Okay«, sagte Eric. »Vergiß es. Aber weißt du, vielleicht wird es Zeit für einen kleinen Urlaub.«

David erinnerte sich an seinen letzten Urlaub – ein Kurztrip nach North Miami Beach zu Leslies Eltern. Da waren sie jeden Dezember – verbrachten eine Woche mit einem Haufen geriatrischer Holocaust-Überlebender, die ihn jeden Tag scharf beäugten, um sich zu vergewissern, daß er auch ja den Fitnessklub-Armreif der Wohnanlage trug. Als wollten sie sich an den Nazis rächen, mußten sie allen anderen das Leben zur Hölle machen. Und Eric würde weiter mit Leslie in diese Wohnanlagenwelt fahren, bis ihre Eltern irgendwann den Löffel abgaben. Wie alt würde er dann sein? Sechzig? Fünfundsechzig?

»Tut mir leid«, sagte David. »Ich wollte meine Laune nicht an dir auslassen. Vielleicht hat es wirklich was mit Amy zu tun. Gestern abend ist sie richtig ausgeflippt.«

»Was meinst du mit ›ausgeflippt‹?«

»Ich meine, sie hatte völlig die Beherrschung verloren, wurde total wütend und besitzergreifend. Sie hat mir damit gedroht, Leslie und Jessica anzurufen.«

»Erzähl keinen Scheiß.«

»Das war überhaupt nicht lustig, kannst du mir glauben.«

»Und was hast du getan?«

»Was hätte ich denn tun sollen? Bestimmt hat sie sich längst wieder beruhigt, ich habe sie heute nämlich noch nicht gesehen. Aber ich sage dir, die ganze Geschichte hat mich ziemlich aufgeschreckt. Ich muß ständig darüber nachdenken, wie ich mich in den letzten Wochen aufgeführt habe. Ich bin schon ein mächtig blödes Arschloch. Früher habe ich es ja auch ziemlich wild getrieben, aber so schlimm war's noch nie. Ich war nicht mehr ich selbst – lauf rum und protz jeden Tag wie ein Latin Lover mit meinen sexuellen Heldentaten. Es war, als wäre was in mich gefahren – etwas, das ich nicht beherrschen konnte. Verdammt, ich weiß gar nicht, was ich eigentlich sagen will.«

»Sie ist dir eben ein bißchen zu Kopf gestiegen«, sagte Eric. »Passiert selbst den Besten unter uns.«

»Was weißt du denn schon?« sagte David.

»Ich habe mal meine Freundin betrogen«, sagte Eric. »Ist kein gutes Gefühl.«

»Tja, aber deine Frau betrügen, das ist noch ein bißchen was anderes«, sagte David. »Ich kann nicht einfach Schluß machen und mit jemand anderem ausgehen. Verdammt, wir sind seit fünfzehn Jahren verheiratet, seit achtzehn zusammen. Außerdem habe ich eine Tochter, und all das könnte ich verlieren, einfach so.«

»Ich versteh nicht, warum sie so ausgeflippt ist«, sagte Eric. »Ich meine, sie muß doch einen Grund gehabt haben, oder nicht?«

»Was willst du damit sagen?«

»Ich meine, du hast sie doch nicht etwa reingelegt? Ihr Versprechungen gemacht?«

Während er daran dachte, wie er Amy gebeten hatte, ihn zu heiraten, sagte er: »Hältst du mich für verrückt?«

»Irgendwas muß sie ja auf den Trichter gebracht haben«, sagte Eric.

»Hast du schon mal die Patienten einer Nervenheilanstalt gesehen? Wie man das Weiße rund um ihre kaum jemals blinzelnden Augen sehen kann? Genau so hat sie mich angeschaut. Und wie sie erst geredet hat! Mit tonloser, drohender Stimme – als käme sie von einem anderen Planeten.«

»Was willst du also machen?«

»Keine Ahnung. Wahrscheinlich ist es ja sowieso vorbei. Ich habe sie den ganzen Vormittag nicht gesehen, also hat sie's wohl endlich kapiert. Aber tu mir einen Gefallen – rede mit keinem anderen über diese Geschichte, okay? Ich fühle mich wie ein Idiot, weil ich hier mit ihr angegeben habe, als wären wir in einer Umkleidekabine. Ich möchte nicht, daß sie hört, wie man über sie redet, oder daß sie auf irgendwelche dummen Gedanken kommt.«

»No hay problema«, sagte Eric.

»Aber eines verstehe ich immer noch nicht«, sagte David. »Sie kannte meine private Telefonnummer und den Namen meiner Tochter. Ich habe keine Ahnung, wie sie die rausgefunden hat.«

»Ich fürchte, das war mein Fehler«, sagte Eric mit niedergeschlagenem Blick. »Sie hat mich gestern auf dem Flur angehalten. Ich hatte es eilig, hab kaum nachgedacht. Sie sagte, sie müsse dich anrufen, es sei wichtig.«

»*Du* hast sie ihr gesagt?«

»Ich habe wirklich nicht nachgedacht.«

»Warum hast du Jessica erwähnt?«

»Sie sagte, sie hätten sich schon mal getroffen, und es wäre ihr peinlich, wenn Jessica abheben würde und sie könne sich nicht an ihren Namen erinnern.«

»Aber warum…« Daivd wollte schon wieder aufbrausen, sah aber ein, wie wenig er damit erreichen würde. Die Geschichte mit Amy war aus und vorbei, falls sie überhaupt die Ursache für seine schlechte Laune war, und es hatte keinen Sinn, Eric deshalb Vorwürfe zu machen.

Den Rest des Nachmittags versuchte David, sich in seine Arbeit zu vergraben. Um vier Uhr telefonierte er in Konferenzschaltung mit einem Kunden sowie R. L. Dwyers Repräsentanten beim CNN, und als er auflegte, sah er, daß es schon nach sechs war. Er hatte Leslie versprochen, rechtzeitig zum Essen zu Hause zu sein, und wollte sie anrufen, um ihr zu sagen, daß er auf dem Heimweg war. Er telefonierte gerade mit ihr, als Amy sein Büro betrat. Sie trug einen kurzen schwarzen Rock – sie trug zur Arbeit immer kurze Röcke, aber dieser war kürzer als sonst, bedeckte kaum ihren Po – und eine weiße Seidenbluse. Sie hatte ihren üblichen dunkelroten Lippenstift aufgelegt und das glatte, schwarze Haar zur Seite gekämmt. Mit dem gleichen leeren Gesichtsausdruck, den sie schon gestern abend gehabt hatte, stand sie in der Tür und starrte David einfach an.

David spürte, wie ihn eine neue Panikattacke überfiel, versuchte aber, es nicht zu zeigen. Er lächelte verkrampft und hörte zu, wie Leslie ihm sagte, daß er am Feinkostladen um die Ecke von ihrem Apartmenthaus anhalten und ein halbes Pfund Gaeta-Oliven mitbringen solle.

»Mach ich, Schatz. Und vergiß nicht, ich liebe dich.«

Das ›Ich liebe dich‹ und vor allem das ›vergiß nicht‹ waren eher für Amy als für Leslie bestimmt. Als David auflegte, sagte er: »Was zum Teufel hast du hier zu suchen?«

»Was soll das heißen?« sagte Amy. »Ich dachte, wir wären verabredet.«

»Ich glaube, ich habe mich gestern – gestern abend meine ich – deutlich genug ausgedrückt. Ich möchte nicht, daß es zu weiteren Spannungen zwischen uns kommt.«

Da lächelte Amy – ein verkrampftes Lächeln, das beinahe bedrohlich wirkte –, und sie sagte: »Genau das will ich auch – keine weiteren Spannungen.«

Mit wiegenden Schritten ging sie zu Davids Tisch, als wollte sie gleich einen Striptease hinlegen. Sie hatte sich schon öfter vor David ausgezogen und dabei seinen Tisch als Bühne benutzt. Bei dem Gedanken daran, wie dämlich er sich benommen hatte, als er zusammengerollte Dollarscheine in ihren Slip gesteckt hatte, krampfte sich sein Magen zusammen. Und der Kitzel wachsender Erregung in seinen Eiern machte ihn erst recht wütend.

»Amy –«

»Was ist los? Ich dachte, du hättest mir gestern abend gesagt, daß du mich liebst?«

»Du hast mich gezwungen, dir das zu sagen.«

»Ich weiß nur noch, daß du es gesagt hast.«

Amy blieb vor Davids Schreibtisch stehen. Sie fing an, ihre Bluse auszuziehen.

»Wie wär's mit einem kleinen Fick? Gleich hier auf dem Tisch?«

David ertappte sich dabei, daß er sich vorstellte, wie es sein würde. Er fühlte seine Erregung wachsen – sein Penis drückte gegen die Hose –, und er sagte: »Verdammt, ich kapiere einfach nicht, was mit dir los ist. Hast du irgendwelche Probleme? Wenn das so ist, dann ist es okay, das kann ich verstehen. Aber du mußt endlich begreifen, daß ich ein verheirateter Mann bin. Ein glücklich verheirateter Mann. Das ist sicher nicht einfach für dich, ich weiß. Bestimmt fühlst du dich abgewiesen und glaubst, ich ließe dich im Stich. Du hast mir erzählt, daß deine Eltern geschieden sind, stimmt's? Nun, vielleicht liegt es daran. Ich weiß, wie schwierig das sein kann, meine Eltern sind nämlich auch geschieden. Vielleicht gibst du deinem Vater die

Schuld – vielleicht glaubst du, daß dich alle Vaterfiguren in deinem Leben im Stich lassen. Hör zu, ich bin kein Therapeut, und ich will auch gar nicht bis in deine Seele vordringen, die geht mich schließlich nichts an. Ich will damit nur sagen, daß es okay ist. Wenn ich irgendwas getan habe, was dich verärgert hat, dann kann ich nur ehrlich sagen, daß ich es nicht so gemeint habe.«

Amy gähnte.

»Ich hab schon befürchtet, daß du heute wieder den Unnahbaren mimst«, sagte sie. »Tja, ich schätze, dann müssen wir den ganzen Mist noch mal durchspielen.«

»Den ganzen Mist?« fragte David.

»Du hast mir gesagt, daß du mich liebst und daß du mich heiraten willst«, sagte Amy. »Ich glaube, dir fällt es einfach nur schwer, dir das einzugestehen. ›Ich will nicht in deine Seele vordringen, die geht mich schließlich nichts an‹«, sagte sie spöttisch, »aber viele Typen haben ein Bindungsproblem. Und da du verheiratet bist, fällt es dir sicher doppelt schwer.«

»Du bist verrückt«, sagte David. Als er daran dachte, daß er sie mit solchen Bemerkungen nur noch weiter aufbringen würde, sagte er: »Ich meine, du *benimmst* dich wie eine Verrückte. Ich finde, du solltest dir wirklich helfen lassen. Und wenn du dir wegen deiner Karriere Sorgen machst – das läßt sich bestimmt sehr diskret arrangieren. Es muß ja keiner wissen, daß du wegen psychischer Probleme Urlaub nimmst.«

»Vielleicht solltest du jetzt an deinem Computer *Word Perfect* aufrufen«, sagte Amy, »geh aufs T-Laufwerk.«

»Und warum sollte ich das tun?«

»Das wirst du schon merken.«

David schaute Amy an und fragte sich, ob es dumm von ihm war, sie analysieren zu wollen.

»Ich habe keine Zeit für solche Spielchen«, sagte David. »Ich muß nach Hause zum Abendessen mit meiner Familie.«

»Vielleicht hast du keine Familie mehr, wenn du gehst, ohne vorher zu tun, was ich dir gesagt habe.«

»Willst du mir etwa drohen?« fragte David und begriff zugleich, daß er eine bloß rhetorische Frage gestellt hatte. Außerdem konnte er sowieso nichts dagegen tun. Was sollte er denn machen, die Polizei rufen?

»Du warst doch derjenige, der den Unnahbaren mimen wollte.«

Da David davon ausging, daß dies möglicherweise seine einzige Chance war, schnell aus dem Büro zu kommen, schwenkte er seinen Drehstuhl herum und lud das *Word-Perfect*-Programm.

»Welches Laufwerk?«

»T«, sagte Amy. »Wie in Tangahöschen.«

David aktivierte das T-Laufwerk.

Amy sagte: »Jetzt geh auf *Datei öffnen* – der Dateiname lautet: zimperlich.«

»Wie?«

»Zimperlich.« Sie buchstabierte. »Denn so kam mir heute deine Frau vor. Ziemlich zimperlich.«

David wandte sich in seinem Stuhl um.

»Verdammt, wovon redest du eigentlich?«

»Klick an und sieh selbst.«

»›Zimperlich‹ war eine Bilddatei, und nachdem David

sie mit der Maus angeklickt hatte, dauerte es einige Sekunden, ehe das Bild auftauchte. Zuerst erschienen grüne, blaue und graue Farben, gefolgt von den ungefähren Umrissen zweier Menschen.

»Und? Was soll das sein?« fragte David.

Als das Bild deutlicher wurde, sah David strahlende Lichter und die Markise eines Fast-food-Restaurants im Hintergrund, dann erkannte er, daß die beiden Menschen im Vordergrund Frauen waren, doch Panik überfiel ihn erst, als er sah, wer diese beiden Frauen waren.

»Wo zum Teufel wurde das aufgenommen?«

Es war Maureen mit ihrer Freundin Leslie, die an einem Tisch in einem Restaurant oder einer Cafeteria saßen. Es war Tag, und Leslie trug einen hellblauen Kaschmirpullover, Maureen eine braune Jacke.

»Antworte mir«, sagte David. »Wo wurde das aufgenommen?«

»Beruhige dich«, sagte Amy. »Von deinem Wutanfall heute nachmittag habe ich schon gehört. Und du willst doch nicht, daß man sich im Büro erzählt, *du* seist derjenige, der verrückt geworden ist, oder?«

»Ich frage dich zum letzten Mal«, sagte David.

»Na schön, wenn du es unbedingt wissen mußt: Es war in der Manhattan Mall.«

Jetzt erkannte er die Fast-food-Tresen im Hintergrund, die breiten Fenster mit Blick auf die Sixth Avenue.

»Wann zum Teufel ist das gemacht worden?«

»Heute nachmittag. Ich bin in eines dieser Foto-Fix-Labors gegangen, wo es in einer Stunde entwickelt wurde; dann hab ich's ins Netz eingescannt.«

»Du hast doch nicht mit ihr geredet, oder?«

»Nein, natürlich nicht, aber ich hätte es können, wenn ich gewollt hätte. Wie du siehst, war ich ziemlich nahe dran.«

Das Foto sah aus, als wäre es aus etwa zwanzig Schritt Entfernung aufgenommen worden.

»Haben sie dich gesehen?«

»Nein. Jedenfalls nicht, als ich das Foto gemacht habe. Deine Frau hat mich hinterher allerdings sehr wohl gesehen. Wir waren nämlich zusammen einkaufen, mußt du wissen.«

»Was?!«

»Deine Frau ist wirklich sehr attraktiv, David, das muß ich zugeben, allerdings hat sie ihre beste Zeit wohl hinter sich, findest du nicht? Du stehst doch sonst eher auf den athletischen Typ mit schlanken Schenkeln und stahlhartem, flachem Bauch – *comme moi.* Und ihre Einstellung *muß* sich einfach ändern. Wie kommt eine Frau aus der Bronx bloß auf die Idee, daß sie ein Geschenk Gottes sei?«

»Woher weißt du, daß sie aus der Bronx stammt?«

»Wir waren zusammen einkaufen – habe ich dir doch schon gesagt. Nachdem sie sich von ihrer Freundin getrennt hatte, bin ich ihr zu Macy's gefolgt. Ich versteh nur nicht, warum du die Frau frei über deine Kreditkarten verfügen läßt. Jedenfalls war es gut, daß ich ihr dieses Kleid von Donna Karan ausgeredet habe. Ich habe ihr nur gesagt, daß es ihrer Figur nicht schmeicheln würde, obwohl sie, ehrlich gesagt, ganz schön alt darin aussah.«

»Ich dachte, du hättest nicht mit ihr geredet?«

»Ich habe ihr nicht gesagt, wer ich bin. Sie hat mich einfach für eine Fremde gehalten, die ihr beim Kleid aussuchen half. Daran ist nichts Ungewöhnliches, weißt du.«

»Warum?« fragte David. »Und woher hast du gewußt, wo du sie treffen kannst?«

»Du kannst froh sein, daß ich ihr dies hier nicht vorgespielt habe.«

Amy öffnete ihre Handtasche und entnahm ihr einen Minikassettenrecorder. Sie drückte die PLAY-Taste.

»Ich liebe dich, Amy.«

»Gib mir die Kassette!«

»Psst!« sagte Amy und wies mit einem Kopfnicken zur Tür. »Es sind noch Leute im Büro.«

»Ich sagte, gib mir sofort die Kassette.«

David stand auf und langte über den Tisch.

»Na gut«, sagte Amy. Sie nahm die Kassette heraus und gab sie ihm. »Aber die nützt dir nichts. Ich habe Kopien zu Hause, außerdem besitze ich noch andere Aufnahmen – von damals zum Beispiel, als du beim Vögeln meinen Namen geschrien hast.«

David zog das Band heraus und zerriß es. Dann legte er die Kassette auf den Tisch und zerschmetterte sie mit seinem Briefbeschwerer.

»Komm heute abend um neun zu mir«, sagte Amy. »Meine Adresse findest du ebenfalls auf dem T-Laufwerk – Dateiname: Geil. Sei pünktlich, sonst kann sich das kleine Fräulein Zimperlich meine ganze Kassettensammlung anhören.«

»Und wenn ich nicht komme?« fragte David.

»Du kommst«, sagte Amy und lächelte wieder. »Bisher hast du mich noch nie enttäuscht.«

5

Maureen war soweit, daß sie Joey ein Ultimatum stellen wollte – entweder ging er zu den Anonymen Spielern, oder sie ließen sich scheiden.

Das Mittagessen mit Leslie, ihrer besten Freundin, hatte ihr eine Menge Selbstvertrauen gegeben. Leslie und Maureen waren zusammen im selben Gebäude im Apartmentkomplex der Co-op City in der Bronx aufgewachsen, und Maureen fand, daß sie wie Schwestern waren. Nach dem Tod von Maureens Mutter litt ihr Vater an schweren Depressionen. Einige Jahre später verlor er dann seine Stelle als Versicherungsvertreter bei der State Farm und fing ernstlich zu trinken an. Maureen war im ersten Jahr an der High-School, und jeden Tag, wenn sie nach Hause kam, lag ihr Vater besinnungslos auf dem Sofa. Sie bemühte sich, jemanden zu finden, der ihm helfen konnte – sie sprach mit ihrem Onkel, dem Bruder ihres Vaters, einem Arzt in Manhattan, aber der wollte nichts mit ihm zu tun haben. Inzwischen wurde ihr Vater immer unerträglicher. Eines Tages kam sie mit einem Mann von der Uni nach Hause, und ihr Vater nannte sie in seiner Gegenwart Schlampe und Hure. Schließlich ertrug Maureen es nicht länger und hielt sich meistens in Leslies Apartment auf.

Maureen hatte Alan und Elaine Schlossberg stets für

ihre ›wahren Eltern‹ gehalten. Einmal nahmen sie Leslie und Maureen mit in Urlaub nach Florida, und in einem anderen Sommer verbrachte sie einen ganzen Monat mit Leslies Familie in einer Bungalowsiedlung in den Catskills. Maureen feierte die jüdischen Feiertage mit den Schlossbergs, doch ihr zuliebe bereitete Elaine Schlossberg auch zu Weihnachten und Ostern ein Festessen zu.

Obwohl Leslie ihre mit Abstand engste Freundin war, hatte Maureen sie immer auch ein wenig beneidet. Leslies schmales Gesicht war vollkommen, ihr Haar wunderschön, sie hatte eine phantastisch schlanke Figur, und um das Maß voll zu machen, war sie auch noch eine großartige Künstlerin. In der High-School hängten die Kunstlehrer ihre Bilder immer in den Flur, und Tag für Tag blieben die Leute davor stehen, starrten die Bilder an und schwärmten von Leslies Talent. Maureen konnte sich nicht vorstellen, wie es war, so wie Leslie zu sein, nicht zu wissen, was unglücklich sein bedeutete.

Als Leslie zum College nach Albany ging, fühlte Maureen sich allein gelassen. Das Hunter College hatte sie aufgenommen, aber sie wollte nicht länger bei ihrem Vater in derselben Wohnung bleiben. Sie redeten kaum noch miteinander, und seine Sauferei wurde immer schlimmer. Er prügelte sich mit fremden Leuten auf der Straße, und eines Tages schlug er Maureen so heftig, daß sie zwei Wochen lang ein blaues Auge hatte. Das brachte das Faß zum Überlaufen. Maureen zog nach Manhattan, teilte sich mit einer anderen Frau ein Zimmer auf der West Side, ging tagsüber ins College und jobbte abends einige Stunden als Datenverarbeiterin. Sie belegte Kurse in Politikwissenschaft und dachte daran, eines Tages Jura zu studieren. Doch nach zwei Jahren College hielt sie den finanziellen Druck nicht mehr aus, also ließ sie das College sausen und arbeitete ganztags als Anwaltsgehilfin.

Maureen war auf der High-School und im College oft mit Jungen ausgegangen, hatte aber nie einen festen Freund gehabt. Sie glaubte, daß sie zu sehr unter ihren Familienproblemen litt und dadurch die Typen verscheuchte. In Manhattan wurde es mit den Männern auch nicht besser. Sie fand es immer schwieriger, nette Kerle zu finden, was sie eigentlich überraschte, denn sie fand, daß sie mit zunehmendem Alter eher besser aussah. Sie hatte sich das Haar wachsen lassen, hatte abgenommen und gelernt, sich vorteilhaft zu schminken. Doch wenn sie mit Freunden in eine Bar ging, wurde sie von den gutaussehenden Typen ignoriert, und meistens wollte überhaupt niemand mit ihr reden.

Als Leslie nach ihrem Abschluß zurückkam und zu ihrem Freund David zog, hoffte Maureen, daß ihr eigenes Liebesleben endlich auch Auftrieb bekam. Maureen fand David intelligent und schrecklich süß – der ideale Mann für die ideale Frau. Bei Verabredungen mit Leslie und David, wenn sie in Bars, Restaurants oder ins Kino gingen, war Maureen oft das ›fünfte Rad am Wagen‹. Manchmal brachte David sie mit einem Freund vom College zusammen, und mit einem von ihnen traf sie sich einige Monate lang, aber es wurde nichts draus.

Zehn einsame Jahre vergingen, und Maureen war immer noch allein. Dann, eines Abends, in einer Bar auf der West Side, traf sie Joey DePino. Er war lieb, lustig, ein Arbeiterjunge aus Brooklyn. Maureen gefiel es, daß er halb Jude, halb Italiener war – irgendwie erinnerte sie das an ihre eigene Kindheit. Außerdem gefiel ihr, daß sie besser aussah als er und daß er ungebildet war. Wenn sie mit Joey ausging, fühlte sich Maureen ziemlich selbstsicher.

Hätte Maureen, ehe sie Joey traf, auch nur das Geringste über Spielsucht gewußt, hätte sie ihn auf keinen Fall geheiratet. Wenn sie sich sahen, erzählte Joey, wie gern er auf Pferde wettete und daß er zu den Rennen ging, seit sein Vater ihn als Kind mitgenommen hatte. Manchmal begleitete sie ihn zum Meadowlands nach New Jersey, und einmal fuhren sie übers Wochenende nach Atlantic City. Maureen fand es seltsam, wie sehr Joey schon allein das Reden übers Wetten aufregte, und ihr Gefühl sagte ihr, daß er mehr Geld bei den Rennen durchbrachte, als er sie wissen ließ. Doch Maureen fand, daß das Wetten so wie Fußball oder Golf am Sonntag einfach eine ›Männersache‹ sei und sich schließlich gewiß in ihr gemeinsames Leben fügen würde.

Im ersten Jahr ihrer Ehe setzte Joey kaum eine Wette, aber dann fing er an, wieder auf die Rennbahn zu gehen. Erst nur samstags, doch ehe es sich Maureen recht versah, ging er drei-, viermal die Woche. Und wenn er nach Hause kam, wurde das Leben auch nicht besser. Falls Joey nicht auf Sportereignisse im Fernsehen wettete, wirkte er verärgert und abwesend. Maureen merkte, daß sie überhaupt kein normales Gespräch mehr mit ihm führen konnte. Sobald sie versuchte, mit ihm über ihre Probleme zu reden, wurde er wütend und fauchte sie an. Maureen begriff ziemlich rasch, daß die Spielsucht eine Krankheit war wie die Sauferei, und das weckte unangenehme Erinnerungen in ihr.

Mit der Zeit nahm Maureen an Gewicht zu. Sie probierte es mit Diäten, aber immer wieder betäubte sie ihre Probleme mit Essen. Sie maß einsfünfundsechzig und wog einhundertfünfundachtzig Pfund. Sie begann, sich für ihr Aussehen zu hassen, und sie haßte Joey, weil der sie so weit gebracht hatte. Maureen fühlte sich in der Falle – gefangen von Joey, ihrer Wohnung und ihrem Job. In den letzten neun Jahren hatte sie für ein und dasselbe Team windiger Anwälte gearbeitet, obwohl sie wußte, daß sie clever genug war, jeden Job machen zu können, den sie nur haben wollte – manchmal glaubte sie sogar, die Arbeit der Anwälte besser erledigen zu können, als die es konnten –, doch dann würde sie zurück aufs College und einen Abschluß machen müssen, und wie sollte das gehen, so wie Joey ständig das Geld verspielte? Wenn sie in den vergangenen Jahren nicht den Großteil der Miete und der Rechnungen bezahlt hätte, wer weiß, was dann aus ihnen geworden wäre.

Maureen hatte allmählich die Nase voll von all dem, außerdem lief ihr die Zeit davon. Wenn sie nicht bald ein Kind bekam, fürchtete sie, nie eine eigene Familie zu haben. Maureens schlimmster Alptraum – mit Joey in einer heruntergekommenen Wohnung alt zu werden – schien allmählich wahr zu werden.

»Höchste Zeit, daß du an dich selbst denkst«, hatte Leslie zu Maureen gesagt. Sie saßen an einem Tisch der Snack-Ecke in der Manhattan Mall. »Du mußt dich fragen: ›Soll mein Leben wirklich so aussehen? Möchte ich so sein?‹«

»Du hast leicht reden«, sagte Maureen.

Maureen hatte schon immer geglaubt, daß Leslie und David die ideale Ehe führten. Wäre ihre eigene Ehe auch nur halb so gut wie die von Leslie gewesen, hätte sie sich niemals beklagt.

»Du kriegst, was du haben willst«, sagte Leslie, »aber du mußt bei dir selbst anfangen. Wenn du glaubst, daß du die guten Dinge im Leben nicht verdienst, wenn du glaubst, daß es dein Schicksal ist, unglücklich und deprimiert zu sein, dann kommt es auch so. Glaub mir, wenn du sehen könntest, was ich sehe, wüßtest du genau, was zu tun ist. Ich sehe eine dynamische, junge, attraktive Frau, die mit einem rücksichtslosen, egoistischen, kranken Mann verheiratet ist. Denn er ist wirklich krank, Maureen. Ich will nur hoffen, daß du das allmählich einsiehst.«

Leslie hatte Maureen schon oft aufgemuntert, ihr gesagt, daß sie sich von Joey trennen solle, aber jetzt war sie endlich damit durchgedrungen. Maureen hielt nichts von einer Scheidung, glaubte aber auch nicht, daß sie ihr Leid verdient hatte.

Als Joey nach Hause kam, wartete Maureen an der Tür und war innerlich für die Auseinandersetzung gewappnet.

»Nicht schon wieder diesen Scheiß«, sagte Joey. »Für so was bin ich wirklich nicht in Stimmung.«

»Ich habe etwas Wichtiges mit dir zu bereden«, sagte Maureen.

»Hörst du schwer?« fragte Joey. Er ging in die Küche, warf seine Giants-Jacke über einen Stuhl und machte den Kühlschrank auf. »Gibt's in dieser verdammten Wohnung eigentlich nie was zu essen?«

Maureen merkte, daß irgendwas Ernstes mit Joey passiert war. Hoffentlich hatte er die Miete nicht verspielt. »Was ist los?« fragte sie.

»Die Pickles«, sagte Joey und durchwühlte den Kühlschrank. »Verfluchte Scheiße, wo sind die Pickles?«

»Ich habe sie gestern weggeworfen.«

»Du hast was?«

»Sie waren alt.«

»Du hast sie doch erst vor ein paar Wochen gekauft.«

»Eher vor ein paar Monaten.«

»Na und? Pickles werden nicht schlecht.«

»Ich kauf dir neue Pickles.«

»Unglaublich. Kein verdammtes Essen im Haus, und was wir zu essen haben, schmeißt du einfach weg.«

»Was ist los, Joey?«

»Ich habe Hunger, das ist los. Gibt's in dieser dämlichen Bude denn gar nichts zu essen?«

»Hast du die Miete verspielt?«

Joey knallte die Kühlschranktür zu.

»Ich habe dich was gefragt«, sagte Maureen, »und die Frage hat mit dem zu tun, worüber ich mit dir reden will. Weißt du, ich bin nämlich eine dynamische, attraktive Frau, und ich habe was Besseres verdient als das hier.«

»Verflucht, wovon redest du überhaupt?«

Maureen war verwirrt. Sie versuchte sich an die übrigen Dinge zu erinnern, die Leslie ihr gesagt hatte, aber ihr Verstand war wie leergefegt. Sie sagte: »Du hast wieder gewettet. Du hast das Geld für die Miete verspielt, und ich halte das nicht mehr aus. Ich will das nicht. Ich habe was Besseres verdient.«

»Ich habe nicht gewettet«, sagte Joey.

»Und was ist passiert?«

»Na schön, wenn du es unbedingt wissen willst, ich wurde gefeuert.«

»Gefeuert?«

»Haben wir ein Echo im Haus? Ich mag jetzt nicht drüber reden. Ich will was zu essen haben, mich vor den Fernseher hocken und einfach alles vergessen.«

Sie folgte Joey ins Schlafzimmer und fragte: »Was ist passiert?«

»Hab ich gerade Selbstgespräche geführt?«

»Ich habe ein Recht darauf zu wissen, was passiert ist.«

»Nichts ist passiert. Dieser beschissene Bleistiftpimmel hat den Arsch auf, das ist alles. Schwanzlutscher.«

»Ohne Grund wird er dich kaum gefeuert haben.«

»Hat er aber. Außerdem hatte er mich schon immer auf dem Kieker, vom ersten Tag an. Weil ich kein Ausländer bin, deshalb. Er mag Leute lieber, die ihm keine Widerworte geben können.«

»Was ist passiert?«

»Ich hab die Mittagspause überzogen. War nicht weiter wild, bloß ein paar Minuten. Wir haben uns gestritten – das war's.«

»Er muß doch noch einen anderen Grund gehabt haben.«

»Das war alles, glaub's mir. Der kleine Drecksack hatte es auf mich abgesehen. Dabei hab ich nicht mal im Büro gearbeitet. Ich war auf einer Baustelle am Broadway, und er kommt um halb zwei vorbei, um nach mir zu sehen. Den Scheiß kauft ihm keiner ab! Er sieht doch sonst nie nach seinen Leuten. Als wollte er mich an die Leine legen. Blöder Arsch.«

»Wo bist du gewesen?«

»Was?«

»In der Mittagspause.«

»Was meinst du damit?«

»Warum bist du zu spät zurückgekommen?«

Joey zögerte.

»Ich war in einer Pizzeria, hab mir ein paar Pizza-Ecken bestellt, die *Daily News* gelesen und jedes Zeitgefühl verloren.«

Maureen starrte Joey an und fragte sich, ob er sie belog.

»Das ist die Wahrheit, ich schwör's dir, verdammt noch mal. Seh ich vielleicht aus, als könnte ich dich belügen?«

Der Summer ertönte, jemand rief etwas über die Gegensprechanlage unten in der Halle. Froh über die Unterbrechung stürzte Joey los.

»Laß doch«, rief Maureen ihm hinterher. »Sind bestimmt bloß wieder ein paar Kinder, die ihre Spielchen mit uns treiben.«

»Könnte auch der Hausmeister sein«, sagte Joey, »der mal wieder seine Schlüssel vergessen hat.«

Maureen hörte, wie Joey über die Gegensprechanlage mit jemandem redete. Sie fragte sich, ob sie Joey an diesem Abend ihr Ultimatum stellen konnte, schließlich hatte er auch so schon schlechte Neuigkeiten erhalten. Joey kam wieder ins Schlafzimmer. Er trug seine dreckige Giants-Jacke, obwohl sie ihn gebeten hatte, sie endlich wegzuwerfen, und sagte: »Muß los. Bin bald wieder da.«

»Wo gehst du hin?«

»Raus.«

»Aber wohin denn?«

Die Tür knallte ins Schloß.

Maureen glaubte nicht, daß Joey mittags in einer Pizzeria gewesen war. Er wettete wieder, und auch jetzt war er wieder losgezogen, um zu wetten, aber sie wollte nichts mehr davon wissen. Sie ging ins Wohnzimmer, machte den Fernseher an und stellte den Kochkurssender ein. Eigentlich merkwürdig – seit dreizehn Jahren hatte sie mit ihrem Vater kein Wort geredet, sie wußte nicht mal, ob er noch lebte oder tot war, aber in letzter Zeit mußte sie ständig an ihn denken.

In den sechs Jahren, seit er bei Morty Wetten abgab, war Morty erst einmal zu Joeys Apartment gekommen – um ihm die drei Riesen auszuzahlen, die er mit einer Baseballwette gewonnen hatte. Irgendwie ahnte Joey zwar, daß Morty an diesem Abend nicht gekommen war, um Geld abzudrücken, doch freute er sich trotzdem, seine Stimme über die Gegensprechanlage zu hören. Außerdem war er nicht in Stimmung, Maureen zu erklären, daß er gefeuert worden war, weil er sich bis drei Uhr im OTB-Wettbüro aufgehalten hatte, um seinem Geld hinterherzujagen.

Morty, ein alter, gebeugter Jude, stand mit ziemlich betretenem Gesicht vorm Haus. Joey beschloß, cool zu bleiben und so zu tun, als wäre alles in bester Ordnung.

»Lange nicht gesehen, Morty«, sagte er. »Ist ja komisch, daß du vorbeikommst, ich wollte dich nämlich gerade anrufen und auf Indiana setzen. Scheiße, heute abend liebe ich die Indys einfach.«

»Wir müssen reden«, sagte Morty mit grimmiger Miene.

»Warum nicht?« sagte Joey. »Hey, du kennst mich, ich rede gern mit dir. Wart ab, bis ich dir erzählt habe, was mir gestern abend im Meadows passiert ist. Das glaubst du nicht.«

»Ich mein es ernst«, sagte Morty. »Du ... Wir stecken bis zum Hals in einem Haufen Scheiße.«

Joeys Gedanken überschlugen sich, als er zu erraten versuchte, was Morty mit ›einem Haufen Scheiße‹ meinen konnte, doch gelang es ihm, sich nach außen weiterhin gelassen zu geben.

»He, Mann, mit Scheiße kenn ich mich aus. Aber solltest du um diese Zeit« – Joey sah auf seine Uhr – »nicht zu Hause sein und Wetten annehmen?«

Zwischen sechs und halb acht hing Morty sonst immer am Telefon, und es war schon nach sechs.

»Frank hat mich auf Eis gelegt.«

»Was?« sagte Joey. Er fragte sich entsetzt, ob er etwa deshalb nicht auf Indiana setzen konnte. »Warum? Was ist passiert?«

»Gibt es hier keinen Ort, wo wir drüber reden können?« fragte Morty. »Eine Kneipe oder so? Ich friere mir hier draußen noch den *tuches* ab.«

Joeys Mutter hatte eine Menge jiddischer Worte gekannt, aber sie war schon seit neunzehn Jahren tot, und Joey hatte die Worte ebenso vergessen, wie er fast alles andere über seine Mutter vergessen hatte. Soviel er wußte, hieß *tuches* Arsch, er wußte aber auch, daß Morty nicht gerade zum Frotzeln aufgelegt war; also beschloß er, lieber den Mund zu halten.

Sie gingen in ein Diner in der Ninth Avenue. Morty weigerte sich, Joey zu sagen, was los war, ehe sie sich nicht hingesetzt hatten. Also hockten sie sich in eine der hinteren Sitzecken nahe bei den Toiletten. Spiegel bedeckten die Wände, und die Sitzecken waren mit rosafarbenem Vinyl überzogen. Wie die Toilette in einem Greyhound-Bus verströmte der ganze Laden einen strengen Geruch nach Ammoniak. Ohne einen Blick auf die Speisekarte zu werfen, verlangte Joey eine Tasse Kaffee, und Morty bestellte sich eine Tasse Tee sowie einen Wackelpudding mit Schlagsahne.

»Und?« fragte Joey. »Was ist los?«

»Die Kacke ist am Dampfen«, sagte Morty. »Das ist los. Frank weiß Bescheid.«

»Worüber?«

»Über dich... uns..., daß du bei mir unter falschen Namen gewettet hast.«

Da er sich erneut fragte, wie er seine Indiana-Wette an den Mann bringen sollte, sagte Joey nur: »Scheiße.«

Morty fuhr fort: »Er hat mich gestern angerufen – wollte wissen, wer ›Tony‹, ›Nick‹ und ›Vinnie‹ sind. Was konnte ich da schon sagen? Ich hab versucht, dich zu decken, hab behauptet, die Typen seien ein paar Kumpel aus Downtown, aber Frank und ich, wir kennen uns schon lange, und er merkt es sofort, wenn ich ihn verarschen will. Er sagte bloß: ›Sag mir die Wahrheit, Morty.‹ Also hab ich ihm alles erzählt.«

»Was hat er gesagt?«

»Er ist ausgeflippt. Er sagte: ›Wie konntest du diesen Schwachkopf Joey DePino bloß wetten lassen?‹ Ich wollte ihm sagen, daß doch nichts dabei sei, schließlich hättest du immer bezahlt, aber er war obermies drauf. Man erzählt sich, daß ihn seine Freundin letzte Woche hat sitzenlassen, und daß er sich deshalb an allen anderen rächt. Jedenfalls hat er dann gesagt, daß er mich auf Eis legt. Weißt du, wie lange ich für ihn gearbeitet habe? Nächsten Mai sind's siebenunddreißig Jahre – zweiundzwanzig für seinen Vater, fünfzehn für ihn. Und ich war immer der ehrlichste Schlepper, den er je gehabt hat. Andere Typen sahnen ab, saugen ihn aus, aber ich nicht. Ich hab von dem Mann nie auch nur einen Cent genommen.«

»Tut mir wirklich leid«, sagte Joey.

»Warum? Ist ja nicht deine Schuld. Er ist schließlich derjenige, dem es an Respekt fehlt. Bringt einen Mann zum Nachdenken, für wen er eigentlich all die Jahre gearbeitet hat. Ich habe eine Tochter, zwei hübsche Enkelinnen, hab aber kein Geld auf die Seite gebracht. Mir gehört dies und das, ein paar Depotscheine, Investmentfonds, aber das ist *bubkes* verglichen mit dem, was die meisten Männer in meinem Alter haben. Weißt du eigentlich, wie alt ich bin? Komm schon, rate mal!«

»Dreiundsiebzig.«

»Stimmt genau. Verdammt, woher hast du das gewußt?«

»Letzte Woche war dein Geburtstag.«

»Siehst du? Selbst mein Gedächtnis läßt langsam nach. Wenigstens kenn ich noch den Unterschied zwischen meinem Telefon und meiner Zahnbürste.«

Die Kellnerin kam und brachte Kaffee, Tee und den Wackelpeter. Kaum war sie fort, sagte Joey: »Also, was machen wir jetzt?«

Morty nippte an seinem Tee. »Wir bleiben ganz locker, regen uns nicht auf. Ich habe Frank gesagt, daß du bis morgen mit zwei Riesen vorbeikommst, nur um ihm zu beweisen, daß er sich auf dich verlassen kann. Und sobald du die Anzahlung gemacht hast, wird er bestimmt deine Schulden zusammenlegen, sie unter deinem Namen verbuchen, und sobald sie abgezahlt sind, kannst du wieder wetten.«

»Ich bring keine zweitausend zusammen.«

Morty starrte Joey an. Seine Augen wirkten plötzlich größer und dunkler.

»Wieviel schaffst du?«

Mit Daumen und Zeigefinger machte Joey das Zeichen für Null.

Ohne zu blinzeln, starrte Morty ihn an. Er sagte: »Na schön, ich kann Frank sagen, daß achtzehnhundert kommen. Ich bin sicher, ich kriege ihn soweit, daß er sich damit zufriedengibt.«

»Ich habe auch keine achtzehnhundert«, sagte Joey.

Diesmal holte Morty tief Atem und blies die Luft langsam wieder aus. »Was soll das heißen? Ich habe meinen Arsch für dich hingehalten, weil du mir gesagt hast, daß du fürs Geld geradestehst.«

»Das stimmt, und ich weiß das zu schätzen.«

»Ist mir völlig egal, wie du das Geld auftreibst, aber treib's auf. Geh zur Bank, verkauf irgendwas.«

»Ich hab kein Geld auf der Bank, und ich hab nichts, was ich verkaufen könnte.«

Wieder holte Morty tief Luft. Joey sah, wie die Muskeln um den Mund zuckten, und er hörte die Gebißhälften knirschen. »Wieviel kannst du denn zusammenbringen?«

»Null Komma nichts«, sagte Joey ernst. »Ich bin heute gefeuert worden.«

Morty starrte Joey an, verdaute diese Neuigkeit und begann dann, auf Jiddisch zu reden, doch so schnell, daß Joey nicht verstand, was er sagte. Er hörte nur das Wort *meschugge* heraus, was, wie er meinte, ›bekloppt‹ bedeutete.

»Und was machen wir jetzt?« Morty redete wieder englisch. »Ich glaube, du kapierst nicht, wie wütend Frank auf dich ist. Ich wollte dir vorher keine Angst einjagen, aber er sagte, er überlege sich, ob er an dir nicht ein Exempel statuiert. Wann nimmst du das endlich ernst? Wenn du mit ein Paar Zementschuhen an den Füßen im East River versinkst? Er will nicht, daß sich rumspricht, man könne bei ihm Tausende von Dollars unter verschiedenen Namen verwetten und erst bezahlen, wenn einem gerade danach ist.«

»Ich weiß«, sagte Joey. »Meinst du, ich hätte drum gebeten, daß man mich feuert?«

»Du hattest die Schulden, bevor du gefeuert wurdest. Was wolltest du denn tun? Wolltest du zweitausend Dollar mit deinem Lohnscheck zahlen? Die Zockerei war längst außer Kontrolle – übergeschnappte Spinnerwetten. Letztes Jahr zum Beispiel, wie du auf diese verdammte U. S. Open gewettet hast. Ich muß wirklich der beklopptteste Trottel in ganz New York sein, nehm eine Tenniswette von Joey DePino an.«

»Ich find schon einen Weg, dir das Geld zu besorgen. Das schwör ich beim Grab meiner Mutter.«

»Wie denn?«

»Ich weiß nicht.«

»Denk dir lieber was aus. Weißt du, wieviel mir flötengeht, weil ich heute abend dichtmachen muß? Frank sagt, ich kann erst wieder aufmachen, wenn er Geld gesehen hat. Ich muß schließlich auch meine Miete zahlen, okay?«

»Sag mal, Morty«, begann Joey. Seit Morty ihm gesagt hatte, daß er von Frank kaltgestellt wurde, hatte er überlegt, wie er diese Frage anbringen sollte. »Manchmal legst du doch Wetten ab, nicht?«

»Ich selbst nicht«, sagte Morty mißtrauisch. »Frank hat da einen Typen im Büro, der sich normalerweise darum kümmert.«

»Ich frage nur«, sagte Joey, der immer noch nicht genau wußte, was er als nächstes sagen sollte, »weil ich Indiana heute abend einfach liebe. Gäb's eine Kirche hier, verdammt, ich würd die Jungs heiraten. Wenn die gewinnen – ich meine, wenn die wirklich gewinnen –, dann kann ich morgen abend das Geld abholen und dir vorbeibringen.«

Mit wütender, aber auch ernster Miene stand Morty auf.

»Was ist?« fragte Joey. »Glaubst du mir nicht? Seh ich vielleicht aus, als könnte ich dich belügen?«

»Morgen«, sagte Morty. »Bis Mittag. Mir ist egal, wie du das Geld besorgst, und wenn du eine verdammte Bank überfallen mußt, aber es wäre besser für dich, du würdest irgendwie mit dem Geld aufkreuzen. Ich hab schon genug *zores* in meinem Leben.«

Morty warf einen Fünf-Dollar-Schein auf den Tisch und wollte gehen. Joey überlegte, ob er ihn fragen sollte, was *zores* bedeutete, sagte dann aber: »Morty ..., he, Morty ...«

Auf dem Weg zur Tür drehte Morty sich noch einmal um.

»Du hast deinen Wackelpeter nicht gegessen.«

Joey sah, wie Morty das Lokal verließ.

6

Kaum war David zur Arbeit gefahren, rief Leslie ihre Mutter in North Miami Beach an.

»Keine Angst«, sagte Elaine Schlossberg, »früher oder später erleben alle Männer ihre Midlife-crisis. Ich weiß noch, wie es war, als dein Vater irgendwo gelesen hatte, daß Schlamm Krebs verhindern könne – woraufhin er jeden Morgen zum Frühstück einen Teller voll Schlamm gegessen hat. Ich dachte schon, sie würden ihn eines Tages mit einem Fischnetz abholen.«

Leslie und ihre Mutter standen sich sehr nah. Sie telefonierten mindestens einmal am Tag miteinander und wußten gegenseitig genau über ihre Leben Bescheid. Doch seit sich Leslie Sorgen um David machte, rief sie noch öfter an als zuvor. Er schien immerzu an etwas anderes zu denken, schlief schlecht, achtete fanatisch auf seine Gesundheit und war überhaupt recht mürrisch. Obwohl er behauptete, daß es ›im Büro gerade ziemlich verrückt laufe‹, wußte Leslie, daß es um etwas viel Ernsteres ging.

»Das geht wieder vorbei«, beruhigte sie ihre Mutter. »Dein Vater ißt schließlich auch keinen Schlamm mehr, oder?«

Doch Leslie konnte nicht aufhören, sich Vorwürfe zu machen.

Manchmal kam es Leslie so vor, als wären sie und David einander fremd, als hätte er keine Ahnung, wie sie wirklich war. Vielleicht lag es daran, daß sie erfolgreich ihr wahres Aussehen verbarg. Morgens, wenn David noch schlief, huschte Leslie ins Bad, wusch sich das Gesicht und legte Grundierungscreme, Puder und Rouge auf. Seit sie fünfzehn war, hatte sie sich blonde Strähnen unterschiedlicher Schattierungen ins Haar gefärbt, und alle sechs Monate ließ sie sich eine Volumendauerwelle machen. Weil sie überzeugt war, daß ihre Oberschenkel fett und unansehnlich seien, hatte sie stets lange Hemden und Pullover an. Sie trug auch keine Bikinis und mied den Strand, duschte allein und zeigte sich David selten und nur dann nackt, wenn sie sich liebten. Außerdem hatte sie bereits ein Beratungsgespräch zur Fettabsaugung hinter sich, um sich Fettpölsterchen an Bauch, Hüfte und Schenkeln entfernen zu lassen, eine Operation, die sie fürs nächste Jahr eingeplant hatte. Ihre Zähne waren verkront, die Haut chemisch bereits mehrfach gepeelt. In der High-School hatte sie sich zum ersten Mal die Nase korrigieren lassen, und vor einigen Jahren waren ihr in einer zweiten Operation die Nasenlöcher verengt worden. Inzwischen gefiel ihr an ihrem ganzen Körper die Nase am besten.

Im Laufe ihres Lebens hatte man Leslie schon oft gesagt, wie schön sie sei, doch sie hatte nie daran geglaubt. Sie wußte, gäbe es die Schönheitschirurgie und ihre intensive Körperpflege nicht, sähe sie nicht einmal durchschnittlich aus und wäre vermutlich jene pummelige, rasch alternde Frau mit mausbraunem Haar, schlechter Haut und großer Nase, die sie sich jeden Tag vorm Spiegel vorstellte. Doch mit der Zeit hatte sich Leslie die Fähigkeit angeeignet, in der Öffentlichkeit Selbstsicherheit auszustrahlen. War sie mit David oder ihren Freunden unterwegs, fühlte sie sich stets viel selbstbewußter als allein. Nur ihre Mutter ahnte, wie neurotisch sie wirklich war.

Gegen fünf rief David an, um ihr zu sagen, daß er länger im Büro arbeiten und erst gegen elf nach Hause kommen würde. Das passierte in letzter Zeit ziemlich oft. David hatte sich in seinem Beruf stets sehr engagiert, aber seit ein, zwei Monaten schien er die Arbeit seinem Zuhause vorzuziehen. Leslie fürchtete, es läge daran, daß David sie nicht mehr attraktiv fand. Immer häufiger hatte er in den letzten Jahren abfällige Bemerkungen über ihren Körper gemacht. Einmal hieß es, ihre Schenkel sähen ›schwabbelig‹ aus. Dann wieder hatte er gesagt, es wäre höchste Zeit, daß sie einem Fitnessclub beitrete. Wenn sie sich liebten, drückte David manchmal die Fettpolster an Rücken oder Hüfte, was sie verlegen machte. Er sagte, er tue das nur, weil er ihr Fett ›sexy‹ finde, aber Leslie wußte, daß er sich davor ekelte.

Nachdem sie Jessica ins Bett gebracht hatte, ging Leslie in die Küche. Plötzlich überfiel sie unbändiger Heißhunger. Sie riß eine Packung Kekse auf und stopfte sich drei auf einmal in den Mund. Doch dann bemerkte sie, was sie da tat; das schlechte Gewissen regte sich, und sie rannte ins Bad. Erst als sie den Toilettendeckel aufklappte und sich hinknien wollte, hielt sie inne. Mein Gott, es waren doch bloß ein paar Kekse – sie durfte die Beherrschung nicht verlieren, wenn schon nicht um ihrer selbst willen, dann wenigstens um ihrer Familie willen nicht. Und wenn sie morgen das Frühstück ausfallen ließ, dürfte das Ausgleich genug sein.

Es ging schon auf Mitternacht zu, und David war immer noch nicht von der Arbeit zurück. Leslie dachte daran, im Büro anzurufen, aber er mochte es nicht, wenn sie ihn bei der Arbeit störte. In letzter Zeit schien ihn alles zu stören, was sie tat.

Leslie beschloß, im Bett auf David zu warten. Ein alter Film ließ sie rasch einschlafen, und sie wachte erst wieder auf, als sich die Matratze unter Davids Gewicht bog.

»Wie spät ist es?« fragte Leslie.

»Ist doch egal«, sagte David. »Schlaf weiter.«

David legte sich zu Leslie und umarmte sie von hinten. Das geschah in letzter Zeit auch immer häufiger – David legte sich ins Bett, während Leslie schlief, und schmiegte sich an sie, hatte aber keine Lust, sie zu lieben. Leslie drehte sich um und fing an, ihn zu küssen. Er erwiderte ihren Kuß, hielt die Lippen aber geschlossen. Sie küßte ihn auf Kinn und Hals, doch als sie ihm das T-Shirt ausziehen wollte, merkte sie, daß David eingeschlafen war. Sie drehte sich auf den Rücken und begann zu weinen.

Nachdem David am nächsten Morgen zur Arbeit gefahren war, ging Leslie in die Küche und stopfte sich mit allem voll, was ihr in die Hände fiel. Sie begann mit der angebrochenen Packung Kekse – schob sich zwei, drei auf einmal in den Mund. Dann fiel sie über die seit Halloween liegengebliebenen Süßigkeiten her und riß mit Zähnen und Fingernägeln die Verpackung der kleinen Schokoriegel auf und verschlang sie halb zerkaut. Anschließend aß sie ein ganzes Glas Himbeermarmelade, löffelte es mit den Fingern aus, die sie hinterher sauber ablutschte. Erst als sie nach einem Stück Butter griff, ging ihr auf, was sie tat. Sie stürzte ins Bad, stierte ihre irre Miene im Spiegel an, beugte sich über die Toilette und steckte sich einen Finger in den Hals. Sie würgte und spuckte, konnte aber nichts erbrechen. Sie stellte sich vor, wie ihr Körper fünftausend Kalorien Fett und Zucker verarbeitete. Verzweifelt langte sie nach einer Zahnbürste und schob sich das hintere Ende so weit wie möglich in den Schlund, doch außer einigem braunem Speichel kam nichts heraus. Als sie auf den Speichel starrte, der in der Schüssel schwamm, stieg plötzlich eine Welle der Übelkeit in ihr auf.

Hinterher stellte sie sich vor, sie läge im Krankenhaus – Schläuche steckten in ihrem Körper, ihr Gesicht war bleich und häßlich.

»Mom, ich komm noch zu spät zur Schule.«

»Einen Moment!« rief Leslie.

Sie hatte fast vergessen, daß Jessica noch in der Wohnung war, und fragte sich besorgt, ob sie ihr Gewürge gehört hatte, und welche psychologische Wirkung das auf ein Kind haben mochte. Jetzt fand sie sich als Frau *und* als Mutter schrecklich.

Nachdem sie sich einige Male die Zähne geputzt hatte, half Leslie ihrer Tochter. Rasch machte sie ihr ein Truthahnsandwich für die Schule und wickelte es in Plastikfolie ein. »Alles in Ordnung, Mom?« fragte Jessica.

Jessica ging zur Birch Wathen Lenox School, zeichnete sich in allen Fächern aus und machte bei sämtlichen Ballett- und Theatervorführungen mit. Sie hatte glattes braunes Haar und große braune Augen. Ihre Nase war in letzter Zeit gewachsen, aber für den sechzehnten Geburtstag hatte Leslie ihr bereits einen Besuch beim Schönheitschirurgen versprochen.

»Mir geht's gut«, sagte Leslie. »Ich habe letzte Nacht nur schlecht geschlafen.«

»Hast du dich deshalb übergeben?«

Leslie wußte nicht, was sie sagen sollte. Sie wollte in allem ehrlich zu Jessica sein, war sich aber nicht sicher, wie sie einer Zehnjährigen Eßprobleme erklären sollte.

»Ich glaube, ich habe mir nur einen kleinen Virus eingefangen«, sagte sie. »Das wird schon wieder, Liebling.«

Als sie zur Schule gingen, litt Leslie entsetzlich unter ihrer Lüge. Jessica war überaus gescheit und wußte vermutlich genau, was ihre Mommy im Bad getrieben hatte. Vielleicht ließ sie die Lüge nur glauben, daß es in Ordnung war, sich den Finger in den Hals zu stecken, solange man es heimlich tat.

Nachdem Leslie ihre Tochter abgegeben hatte, ging sie zum nächsten Kiosk und kaufte sich eine Schachtel Zigaretten. Sie hatte noch nie geraucht, hatte nur im College ein-, zweimal gepafft und das Rauchen stets für eine widerliche, dumme Angewohnheit gehalten. Doch seit einiger Zeit lechzte sie nach Nikotin. Es kostete sie mehrere Versuche, bis sie herausfand, daß man am Ende der Zigarette ziehen mußte, um sie anzünden zu können. Beim ersten Inhalieren mußte sie husten, aber bald hatte sie den Bogen raus. Kaum war eine Zigarette aufgeraucht, steckte sie sich die nächste an.

Wie gewöhnlich belästigten sie unterwegs einige Männer. Manche pfiffen ihr nach, andere riefen ›he, Süße‹ oder ›geil‹. Leslie versuchte, alle äußeren Laute auszublenden und sich auf ihre eigenen Gedanken zu konzentrieren. In solchen Momenten fragte sie sich, was sie hier eigentlich wollte, warum sie in New York wohnte. Was hatte man schon davon, wenn man viel Geld besaß und in einer großen Wohnung lebte, aber nicht einmal in Ruhe in der eigenen Nachbarschaft spazierengehen konnte? Sie kam an einem obdachlosen Mann vorbei, der einen großen Haufen Müll durchwühlte. Aus lauter Angst, der Mann könne sie anhusten oder anspucken, lief sie schneller und hielt angewidert den Atem an.

Leslie wünschte sich, einen Ort zu haben, wo sie hätte hingehen können. An zwei Nachmittagen in der Woche half sie in einem karitativen Verein in der Third Avenue aus. Sie arbeitete außerdem für den Blutspendedienst des Roten Kreuzes und machte sich gelegentlich für die Jewish Guild der Blinden nützlich. Im Anschluß an das College hatte sie in einer Werbefirma gearbeitet, die Stelle nach der Heirat aber aufgegeben. Ihrer Auffassung nach drehte sich in der Frauenbewegung letztlich alles um die freie Entscheidung, und sie hatte sich dafür entschieden, zu Hause zu bleiben. Außerdem scheffelte David Geld genug, so daß sie nicht einsah, warum sie arbeiten sollte, wenn sie keine Lust dazu hatte.

Obwohl sie am College Kunstgeschichte studiert hatte, war Leslie stets davon überzeugt gewesen, daß sie eine ausgezeichnete Psychologin abgeben würde. Ihr eigenes Leben mochte zwar in fürchterlichem Zustand sein, aber die Probleme anderer Leute zu lösen, darin war sie immer großartig gewesen. Selbst Fremden schien ihr Rat zu helfen. So wie am Vortag im Macy's, als diese nette Chinesin sich darüber beklagt hatte, daß sie einen Mann liebe, aber einfach nicht wisse, wie sie dafür sorgen könne, daß er ihre Liebe erwidere. Leslie hatte wie gewöhnlich handfesten Rat parat gehabt und der Frau gesagt: »Seien Sie aggressiver. Viele Frauen sind zu schüchtern, wenn es um ihre Wünsche geht, und das kann nur zu ihrem eigenen Schaden sein, fürchte ich. Ziehen Sie endlich die Notbremse und sagen Sie sich: ›Das ist es, was ich verdiene‹, und dann machen Sie sich auf und besorgen es sich.«

Leslie bummelte durch die Nebenstraßen der Upper East Side und betrachtete die Schaufenster der Antiquitätenläden. Sie kam zu dem Schluß, daß ihr ganzes Leben bedeutungslos war und daß sie, wenn sie in diesem Augenblick verschwände, außer Jessica wohl niemand vermissen würde. Als sie sich schließlich dachte, daß es eigentlich zu kalt war, um draußen herumzuspazieren, hatte sie bereits eine halbe Packung Marlboro Lights geraucht.

Bei ihrer Rückkehr sagte ihr Robert, der Portier, daß etwas für sie abgegeben worden sei. Er zog unterm Tisch einen kleinen, wattierten Umschlag hervor, auf dem keine Adresse, sondern nur in Druckbuchstaben der Name LESLIE SUSSMAN stand, geschrieben mit einem schwarzen Filzstift.

»Wer hat das abgegeben?« fragte sie.

»Irgendein Typ«, erwiderte Robert.

»Ein Lieferant?«

»Ein Schwarzer. Ich habe ihn mir nicht genau angeschaut. Er sagte, Sie würden das hier erwarten.«

Leslie betastete den Umschlag, aber durch die Luftblasen der Wattierung konnte man unmöglich den Inhalt ertasten.

In ihrer Wohnung legte Leslie den Umschlag auf den Tisch und fragte sich, ob sie ihn öffnen sollte. Sie hatte keine Ahnung, was er enthalten mochte, und überlegte, ob sie warten sollte, bis David nach Hause kam, oder ob sie ihn in den Müllschacht werfen sollte. Immer wieder hörte man in den Nachrichten von Briefbomben, vielleicht wäre es also besser, sie legte das Päckchen in einen Topf Wasser.

Sie starrte den harmlos aussehenden Umschlag an und dachte schließlich, sie benehme sich völlig verrückt. Wahrscheinlich war es nur Werbung, oder eine Kosmetikfirma schickte ihr eine Probe Make-up. Sie riß den Umschlag auf und fand eine Minikassette. Jetzt war sie völlig verwirrt. Sie sah noch einmal nach, ob sich ein Anschreiben oder eine Lieferadresse fand, zögerte eine Weile und entschied dann, daß sie nichts zu verlieren hatte. Sie entdeckte Davids Minikassettenrecorder auf dem Bücherregal, legte die Kassette ein und drückte auf *play*.

7

Joey mußte nicht erst den Fernseher einschalten, um zu wissen, daß Orlando geschlagen worden war. Das Spiel hatte kaum angefangen, da wußte er schon, daß Indiana gewinnen würde, aber er hatte keine Wette setzen können. Es kam, wie es kommen mußte. Als er am Morgen, nachdem Maureen gegangen war, *Sports Center* einschaltete, sah er, wie Indiana mit neunundzwanzig Punkten Vorsprung gewann. Der Spielausgang war keine Sekunde unsicher gewesen. Zur Halbzeit lag Indiana mit zwanzig Punkten vorn, und Orlando holte nie weiter als im letzten Viertel auf, als der Vorsprung auf sechzehn Punkte verkürzt wurde.

Joey war wütend auf Morty. Hätte Morty ihm den Namen eines anderen Buchmachers genannt, hätte er seine Wette abschließen können, hätte vielleicht noch auf ein paar andere Gewinner gesetzt und so bestimmt die zweitausend Scheine gemacht, die er brauchte, um Frank bezahlen zu können.

Joey hockte den ganzen Vormittag in Unterwäsche vorm Fernseher. Er war nicht in Stimmung, sich einen Job zu suchen, und wußte auch nicht, wo er hingehen sollte. Außerdem war Freitag, und die Stellenanzeigen erschienen frühestens in den Sonntagszeitungen. Wahrscheinlich war er am Tiefpunkt seines Lebens angelangt, aber ihn deprimierte vor allem, daß er nicht mehr wetten konnte. Er hatte keine Ahnung, was er tagsüber, an diesem Abend und an allen künftigen Tagen und Abenden ohne eine kleine Wette anfangen sollte. Er sagte sich, daß er besser dran wäre, wenn ihm jemand eine Pistole in den Mund schieben und abdrücken würde.

Mittags rief Morty an. Joey sagte ihm, daß er das Geld nicht habe, und Morty fing wieder an, jiddisch zu reden.

»Was soll ich deiner Meinung nach jetzt tun?« fragte Morty schließlich. »Frank hat keinen Scheiß erzählt. Er will heute sein Geld sehen, und er meint es ernst.«

»Hättest du mich auf Indiana setzen lassen, hätten wir heute kein Problem«, sagte Joey.

»Du mit deinem schwachsinnigen Indiana«, sagte Morty. »Und wenn sie verloren hätten? Dann stündest du bei einem anderen Buchmacher in der Kreide, und Frank hätte sein Geld immer noch nicht.«

»Was kann ich tun?« fragte Joey. »Sag Frank, er soll mich anrufen, und wir vereinbaren einen Tilgungsplan.«

»Nichts da«, sagte Morty. »Frank läßt mich erst wieder arbeiten, wenn deine Schulden bezahlt sind – alle. Glaubst du, ich sitze hier ewig rum und warte darauf, daß du dich mit deinem Geld blicken läßt? Ich streck das Geld aus meiner eigenen Tasche vor, und du zahlst es zurück, sobald du kannst. Ich weiß ja, daß du bald zahlst, weil ich von dir nämlich nichts mehr annehme, bis ich jeden Cent zurückhabe. Und an sämtliche Buchmacher, die ich kenne, laß ich durchsickern, daß sie von dir nichts mehr annehmen sollen.«

Joey hatte schon die ganze Zeit gewußt, daß Morty für ihn auslegen würde. Das hatte nichts damit zu tun, daß Frank ihn nicht mehr arbeiten ließ. Der Blödsinn sollte ihm bloß Angst einjagen, damit er das Geld rüberrückte, das wußte Joey. Nie im Leben hatte Frank gesagt, daß er an ihm ›ein Exempel statuieren‹ wolle. Egal, wie viele Freundinnen ihn auch sitzenließen, das Leben war schließlich kein Film. Wegen ein paar tausend Scheinen machte kein Buchmacher seinen Kunden die Hölle heiß. Joey wußte genau, daß Frank einige Zocker zu seinen Kunden zählte, die fünfzigtausend Dollar in einer Nacht setzten, und Frank würde seine Zeit nicht damit vertrödeln, Schmalspurspieler wie ihn unter Druck zu setzen.

Doch auch wenn ihm Morty aus der Patsche half, schienen Joeys Geldprobleme kein Ende zu nehmen. Zwei anderen Buchmachern schuldete er ebenfalls Geld, und natürlich war da auch noch die offene Rechnung mit Carlos, dem Kredithai, von dem er sich vor knapp einem Monat einen Tausender geliehen hatte, um Morty bezahlen zu können. Für Joey war dies der wichtigste Schuldner, weil er Carlos jede Woche, in der er nicht zahlte, weitere dreißig Prozent schuldete. Die ursprüngliche Summe war schon auf zweitausendsiebenhundert Dollar angewachsen, und im Gegensatz zu den Buchmachern nahmen es die Kredithaie mit dem Eintreiben der Schulden ziemlich genau. Ihre Kunden waren meistens abgehalfterte Spieler wie Joey, und die Kredithaie wußten: Je höher die Schulden stiegen, um so geringer war die Chance, daß sie ihr Geld wiedersahen.

Außerdem lag ein Stapel Rechnungen auf dem Küchentisch. Um die konnte sich Maureen kümmern, aber normalerweise zahlte Joey die halbe Miete, und er hatte keine Ahnung, wo er das Geld diesmal hernehmen sollte.

Es war einfach zu deprimierend. Da er nicht mal ein paar Dollar hatte, um runter in den Laden gehen und sich ein Sandwich holen zu können, durchstöberte Joey die Küche und entschied sich schließlich für ein Mittagessen aus altbackenen Crackers und hart gewordenem Schmierkäse. Joey verstand nicht, wie manche Leute den ganzen Tag daheim vor dem Fernseher hocken konnten. ESPN zeigte Frauenbeachball, und der Sportkanal brachte Eiskunstlauf. Auf Kanal 71 lief eine Live-Übertragung von einem Rennen im Aqueduct, aber selbst beim Zappen mied Joey diesen Sender, da er genau wußte, daß ihn ein Pferderennen, bei dem er nicht wetten konnte, erst recht deprimieren würde.

Joey sah sich eine Aerobic-Sendung an – zwei Blondinen mit prallen Titten hüpften in Bikinis herum –, als Maureen von ihrer Arbeit anrief.

»Ich habe gerade mit Leslie telefoniert«, sagte sie. »Sie hat uns für heute abend zum Essen eingeladen.«

»Die Sussmans?« fragte Joey, als stünde der Name für eine Krankheit.

»Ich könnte ihr sagen, daß wir es nicht schaffen«, sagte Maureen, »aber eigentlich haben wir auch nichts Besseres vor.«

»Scheiße!« sagte Joey und dachte daran, wie langweilig es bei den Sussmans war. Maureen und Leslie fingen immer gleich an, über irgendein blödes ›Übrigens-weißt-du-schon‹ zu reden, und er saß mit Leslies bescheuertem Mann fest. Außerdem war Joey nicht danach, heute abend mit anderen Leuten zusammenzusein, vor allem nicht nach der letzten Woche. Er wollte Maureen schon bitten abzusagen, als ihm einfiel, wie pleite und hungrig er war und daß eine Einladung zu den Sussmans immerhin bedeutete, daß sie umsonst essen konnten.

»Na schön«, sagte er. »Wenn du unbedingt willst, komme ich mit.«

Um halb sechs kam Maureen von der Arbeit, und nachdem sie sich geduscht und umgezogen hatte, verließ sie mit Joey das Apartment. Sie fuhren mit der Eins zum Times Square, stiegen dann in den Shuttle-Bus um und nahmen die Sechs bis zur Seventy-seventh Street. Unterwegs redeten sie kaum ein Wort. Im Shuttle-Bus erzählte Maureen ihm irgendeine Geschichte über einen der Anwälte, der die Firma verlassen wollte, aber Joey dachte an seine eigenen Probleme und hörte kaum hin. Schließlich hielt Maureen den Mund.

Als sie über die Seventy-ninth Street gingen, vorbei an all den schnieken Gebäuden mit ihren Portiers, schlug Maureen vor, eine Flasche Wein in einem Getränkeladen zu kaufen.

»Wir brauchen doch keinen Wein mitzubringen«, sagte Joey.

»Wir können doch nicht mit leeren Händen kommen«, erwiderte Maureen.

»Wenn du unbedingt Wein haben willst, dann geh und kauf deinen Wein«, sagte Joey.

Sie gingen in einen Getränkeladen an der Second Avenue, und während Joey draußen wartete, kaufte Maureen eine Flasche Rotwein.

Als Maureen aus dem Laden kam, sagte sie: »Ich verstehe einfach nicht, was mit dir los ist.«

Joey gab keine Antwort. Eigentlich war es ihm völlig egal, ob sie eine Flasche Wein kauften oder nicht, aber er hatte es kaum geschafft, das Geld für die U-Bahn zusammenzukratzen.

Sie gingen um die Ecke zu Davids und Leslies Haus. Es war das auffälligste Gebäude in der Umgebung, und jedesmal, wenn sie hingingen, spürte Joey, wie eifersüchtig Maureen war. Sie konnte ihre Gefühle nicht sonderlich gut verbergen und schaute sich im holzgetäfelten Foyer um, als stünden sie in einem Museum. Maureen nannte dem Portier, der sie anmeldete, ihre Namen und sprach kein Wort mehr zu Joey, bis sie im neunzehnten Stock vor der Tür der Sussmans standen und sie ihrem Mann zuflüsterte: »Sei nett, Joey!«

David war nicht gerade begeistert, als er hörte, daß die DePinos zum Abendessen kamen, freute sich aber, daß er den Abend nicht allein mit Leslie verbringen mußte. Erst vor wenigen Stunden hatte er geglaubt, er müsse an einem Herzinfarkt sterben, und zwar kurz nachdem ihn Leslie im Büro angerufen hatte, um ihm zu sagen, daß eine Minikassette in ihrem Apartmenthaus abgegeben worden war. Er hatte plötzlich einen Stich in der Brust gefühlt und geglaubt, sein linker Arm würde taub. Außer Atem stieß er hervor: »Hast du sie abgespielt?«

»Sicher«, sagte Leslie. »Ich habe beide Seiten abgespielt, und es war überhaupt nichts drauf. Wer in aller Welt schickt mir bloß eine leere Kassette?«

Während David überlegte, wie er Amy dazu bringen konnte, ihn in Ruhe zu lassen, sagte er: »Ich habe keine Ahnung.«

Als er von der Arbeit nach Hause kam, zeigte ihm Leslie die Kassette und den Umschlag mit ihrem Namen in Druckbuchstaben. Er versuchte, sich angesichts dieses Rätsels ebenso verblüfft zu zeigen wie sie, fürchtete aber, sich zu verraten. Er war schon immer ein schlechter Lügner gewesen. Leslie hatte ihn schon öfter darauf aufmerksam gemacht, daß sie stets erriet, wann er die Unwahrheit sagte, weil er dann seine Oberlippe nicht verzog. Also versuchte er bewußt, seine Oberlippe zu bewegen, als er sagte: »Vielleicht hat irgendeine Kassettenfirma in der Umgebung eine Werbekampagne gestartet.«

»Eine Kassettenfirma?« fragte Leslie.

»Man weiß ja nie«, sagte David. »Könnte durchaus eine Werbekampagne sein – vielleicht haben sie deinen Namen aus irgendeiner Kundenkartei.«

Leslie starrte David an – er dachte, sie versuche, seine Gedanken zu lesen – und sagte dann: »Aber wenn es eine Werbekampagne ist, warum bedrucken sie ihre Umschläge dann nicht?«

David brachte noch einige abwegige Möglichkeiten ins Spiel und sagte dann: »Wer weiß? Vielleicht schicken sie dir noch mehr Geschenke«, als wäre das Ganze bloß ein Scherz.

Als es klingelte, rief Leslie aus der Küche, er solle aufmachen. Kaum hatte David einen Blick auf Joey und Maureen geworfen, wußte er, daß irgendwas zwischen den beiden nicht stimmte. Leslie erzählte ihm ständig von den

Eheproblemen der DePinos, also nahm er an, daß sie gerade mal wieder in einer Krise steckten. Nachdem sie sich begrüßt hatten, führte David die Gäste durch den kurzen Flur ins Wohnzimmer, in dem Jessica mit einer Freundin aus dem Haus vorm Fernseher saß und Nintendo spielte.

»Warum geht ihr zwei nicht auf dein Zimmer und spielt da weiter, Kleines?« sagte David.

Die Kinder protestierten erst, marschierten dann aber aus dem Wohnzimmer. Leslie rief Maureen zu sich in die Küche, und plötzlich waren David und Joey allein. David hatte Joeys Nähe schon immer verlegen gemacht, so wie ihn alle Leute verlegen machten, die ungebildet waren oder weniger verdienten als er selbst. Er fühlte sich dann stets unter Druck, als läge es allein bei ihm, angemessene Gesprächsthemen zu finden.

»Ich hab von der Geschichte mit deinem Job gehört«, sagte David. »Ganz schön beschissen.«

»Spricht sich ja schnell rum«, sagte Joey und aß ein paar Cashewnüsse, die er sich aus der Schale auf dem gläsernen Couchtisch genommen hatte.

»Einige meiner Kunden sind in der Faseroptik. Wenn du willst, kann ich für dich mal meine Fühler ausstrecken.«

»Ist schon in Ordnung«, sagte Joey. »Ich glaube nicht, daß es schwer sein wird, was Neues zu finden.«

David sah zu, wie Joey Cashewnüsse aß, vier, fünf auf einmal. Ihm fiel nichts mehr ein, und er wünschte sich allmählich, er hätte größeren Stunk gemacht, als es hieß, daß die DePinos am Abend kommen wollten.

Einige Augenblicke vergingen, dann kamen Leslie und Maureen aus der Küche.

»Hast du gesehen?« fragte Leslie. »Joey und Maureen haben uns eine gute Flasche Rotwein mitgebracht. War das nicht nett?«

»Sehr nett«, sagte David.

»Aber ich glaube, die sollten wir uns für eine andere Gelegenheit aufsparen«, sagte Leslie. »Ich finde, da wir heute abend chinesisch essen, sollten wir uns ein schönes japanisches Bier dazu gönnen. Warum gehst du nicht runter in den Laden und holst ein paar Sechserpackungen?«

»Soll das ein Witz sein?« fragte David.

»Nein, ich meine es ernst. Frag nach, ob sie ›Sapporo‹ haben, das würde gut passen.«

»Aber draußen sind mindestens minus fünf Grad.«

»Ich möchte es trotzdem gern«, sagte Leslie. »Warum nimmst du Joey nicht gleich mit?«

Jetzt begriff David, was Leslie im Sinn hatte. Sooft sie mit Maureen zusammenkam, redeten die beiden gern wie zwei Teenager vertraulich miteinander. David hatte zwar keine Lust, irgendwohin zu gehen, aber vermutlich tat ihm die frische Luft ganz gut.

»Geh mit ihm, Joey«, sagte Maureen. »Leiste ihm Gesellschaft.«

Joey hatte sich den Mund mit Cashewnüssen vollgestopft. Er schluckte und sagte dann: »Mir gefällt's hier aber.«

David sah, wie Maureen ihren Mann anfunkelte.

»Willst du nicht mitkommen?« fragte David.

»Geh schon mit ihm, Joey«, sagte Leslie.

»Na schön«, sagte Joey und warf eine Handvoll Cashewnüsse zurück in die Schale.

Joey und David standen im Flur, warteten auf den Aufzug und sprachen kein Wort. Wieder fühlte David seine Verlegenheit, doch sah er Joey an, daß für ihn alles in Ordnung war. David fragte sich, wie es sein mochte, wie Joey zu sein, sich der eigenen Gefühle so wenig bewußt zu sein. Bestimmt war es großartig, so durchs Leben zu gehen, dachte sich David – wenn einen nichts von dem berührte, was um einen herum geschah, man immer lokker und cool blieb. David fragte sich, was Joey wohl machen würde, wenn ihn und seine Familie eine Frau wie Amy Lee bedrohte, und da kam ihm der Gedanke, daß sich mit Joey die ideale Gelegenheit bot, jemanden um Rat zu fragen.

Im Fahrstuhl sagte David zu Joey: »Du glaubst nicht, was in letzter Zeit mit mir los war«, aber da sie nicht allein im Fahrstuhl waren, sagte er nichts weiter, bis sie über die Seventy-ninth Street gingen. David dachte sich, daß er wie ein Macho reden müsse, wenn er zu Joey sprach, also benutzte er eine Sprache, die er normalerweise mied, sagte Dinge wie: ›Ich hab sie auf meinem Schreibtisch gefickt‹, und: ›Mann, ich kann dir sagen, die weiß, wie man einen Schwanz lutscht.‹ Dann erzählte er Joey, daß Amy in letzter Zeit aufdringlich geworden war, daß sie ihn bedrohe und Leslie eine leere Kassette geschickt habe.

Joey sagte kein Wort, bis David zu reden aufhörte, und dann fragte er: »Warum tust du Leslie bloß so was an?«

Das war nicht die Antwort, mit der David gerechnet hatte. Von Eric hätte er erwartet, daß er moralisch reagierte, nicht aber von Joey DePino.

»Sollte eigentlich auch keine große Sache sein«, sagte

David, der immer noch versuchte, sich bei Joey einzuschleimen. »Wir bumsen ein paarmal, dachte ich, und das war's dann.«

»Aber hast du dabei denn gar nicht an deine Frau und an dein kleines Mädchen gedacht?«

»Nein, nicht, solange wir es miteinander getrieben haben«, sagte David trotzig. Hätte er doch bloß seinen dämlichen Mund gehalten. Wenn er nicht aufpaßte, ging Joey noch in die Wohnung zurück und erzählte Leslie brühwarm, was er ihm gesagt hatte. Obwohl es deutlich unter Null war und ein beißender Wind wehte, spürte David, wie ihm der Schweiß über den Rücken lief.

»Ich kapier nicht, wie du so was machen konntest«, sagte Joey.

»Ich hab's nun mal getan«, sagte David. »Vielleicht würdest du mich verstehen, wenn du sie sehen könntest.«

Joey schien immer noch nicht sonderlich beeindruckt. Er sagte: »Wo ist dieser verdammte Laden eigentlich? Ich friere mir hier draußen noch meinen dämlichen *tuches* ab.«

David zuckte überrascht zusammen, als er Joey ein jiddisches Wort benutzen hörte.

»Gleich am Ende des Häuserblocks«, sagte David.

Sie gingen weiter die First Avenue entlang. Joey wartete an der Kasse, während David das Bier bezahlte. David wußte, daß er lieber den Mund halten und Joey nichts mehr erzählen sollte, aber jetzt glaubte er, Joeys Zustimmung zu brauchen. Als sie aus dem Laden gingen, sagte er: »Ich hatte gehofft, daß du mir einen Rat geben könntest.«

»Einen Rat?« fragte Joey. »Was denn für einen Rat?«

»Einen Rat, wie ich aus der Misere rauskomme.«

»Mein Rat lautet: Hör auf, deine Frau zu betrügen, das rate ich dir.«

David fiel ein, daß Joey vielleicht bloß eifersüchtig war. Wenn er wie Joey in einer zerrütteten Ehe festsaß, würde er sich von einem anderen Typen schließlich auch nicht gerade anhören wollen, wie gut er bei den Frauen ankam.

»Natürlich will ich Leslie nicht mehr betrügen«, sagte David. »Ich fühlte mich wegen dieser Sache ganz schön mies. Das Problem ist Amy. Ich weiß nicht, wie ich sie mir vom Leib halten kann.«

»Das ist einfach«, sagte Joey, »hör auf, ihr was vorzumachen.«

»Mach ich ja gar nicht.«

»Du hast doch gesagt, du wärest derjenige gewesen, der immer wieder angefangen hat.«

»Das war am Anfang. Ich meine, gestern abend hat sie mir geschworen, daß wir es zum letzten Mal miteinander machen, und dann hat sie heute diese Kassette geschickt.«

»Heißt das, du hast sie noch mal gefickt – nachdem sie dir all diesen Scheiß gesagt hat?«

»Das ist nicht so, wie du denkst«, erwiderte David und war wütend, weil er sich immer noch rechtfertigen mußte. »Ich meine, ich hatte doch keine Wahl. Gestern nachmittag hat sie mir ein E-Mail ins Büro geschickt, in dem stand, daß sie Leslie die Kassette schickt, wenn ich nicht vorbeikomme – die echte Kassette. Also bin ich zu ihr gefahren und dachte, ich könnte sie vielleicht zur Vernunft bringen. Sie lebt in so einer winzigen Einzimmerwohnung unten im West Village in der Morton Street. Als ich ankam, war sie angezogen wie eine Nutte. Ich meine, sie hatte diese

Netzstrümpfe an, rote Pumps, Lippenstift – einfach die ganze Garderobe. Ich sagte ihr, daß es vorbei sei, aber sie versuchte immer wieder, mich anzumachen. Schließlich drang irgendwas von dem, was ich sagte, zu ihr durch, und sie hörte auf, sich wie eine Irre zu benehmen. Sie wirkte wieder wie eine normale, vernünftige Frau, und sie sagte mir, daß sie in letzter Zeit unglaublich im Streß gesteckt habe und daß sie mich nie verletzen wollte. Dann sagte sie so was wie: Ich hab's nur getan, weil ich dich so liebe, aber jetzt sehe ich ein, daß alles vorbei ist. Also dachte ich: ›Prima, allmählich mache ich Fortschritte.‹ Doch dann fuhr sie fort: Lieb mich ein letztes Mal, und ich schwöre dir, ich laß dich in Ruhe. Natürlich habe ich abgelehnt, aber da wurde sie wieder wütend, und ich dachte mir – vielleicht ist dies wirklich die einzige Möglichkeit, sie loszuwerden. Also habe ich gesagt, ich mach's, aber nur, wenn du mir versprichst, daß es auch bestimmt das letzte Mal ist. Und das nächste, was ich von ihr höre, ist, daß sie Leslie diese Kassette geschickt hat.«

David war sich nicht sicher, ob Joey ihm wirklich zuhörte. Sie bogen zurück auf die Seventy-ninth Street und waren kurz vor Davids Haus.

»Verdammt, gehen wir wieder rein«, sagte Joey, den Kopf gegen den Wind gestemmt, die Hände tief in die Jackentaschen vergraben.

Leslie und Maureen waren in der Küche und luden das von Leslie bestellte chinesische Essen aus den Kartons auf die Teller. Erst vor kurzem hatten sich Leslie und David in der Küche brandneue Kiefernholzschränke anbringen lassen.

Außerdem war das Badezimmer mit neuen Marmorfliesen ausgelegt, und im Wohnzimmer stand eine riesige Schrankkombination von Domain aus dem Trump Palace. Maureen haßte Leslie dafür, daß sie all die Dinge besaß, die sie sich selbst so wünschte.

»Ich glaube, du machst einen Fehler«, sagte Leslie, während sie das gedünstete Gemüse und die übrigen, fettfrei zubereiteten Gerichte aus den Kartons löffelte. »Es hat doch nichts mit dir zu tun, wenn er seinen Job verliert. Frag du dich lieber, was für Maureen Byrne wichtig ist.«

Leslie nannte Maureen immer bei ihrem Mädchennamen, wenn sie ihr deutlich machen wollte, wie sehr sie Joey verabscheute.

»Ich weiß, du hast recht«, sagte Maureen. »Wahrscheinlich hoffe ich einfach auf ein Wunder und darauf, daß meine Probleme von allein verschwinden. Was gäbe ich nur für eine Woche, bloß eine Woche, in der Joey jeden Abend daheim ist und ich mich nicht darum sorgen muß, wo er sich wieder herumtreibt.«

Leslie erstarrte, eine Kelle voll mit gedünstetem Huhn und Brokkoli in der Hand.

»Soll das heißen, du hast ihm kein Ultimatum gestellt?«

»Ich wollte ja, aber dann hat er mir gesagt, daß er seinen Job verloren hat, und da hab ich's einfach nicht geschafft.«

Leslie fuhr fort, das Essen auszuteilen.

»Weißt du, ich kann dich nicht verstehen«, sagte Leslie. »Wie kannst du dich nur von einem Typen so herumschubsen lassen?«

»Ich kann doch nichts dafür.«

Leslie schüttelte den Kopf.

»Du weißt, was du zu tun hast, also tu's.«

»Ich weiß nicht, ob ich das kann.«

»Er wird sich nicht mehr ändern.«

»Das weiß ich. Trotzdem kann ich's nicht.«

»Leidest du gern?«

»Nein.«

»Willst du Kinder? Willst du eine hübsche Wohnung?«

»Ja.«

»Dann bleibt dir keine Wahl.«

»Ich weiß, was du sagst. Ich meine, ich verstehe dich.«

»Ich werde dir jetzt was sagen, und vielleicht irre ich mich, und vielleicht hältst du mich bloß für verrückt, aber ich sag's trotzdem. Hast du dich je gefragt, ob Joey wirklich so oft auf die Rennbahn geht?«

»Wie meinst du das?«

»Denk mal nach. Er kommt ständig spät nach Hause, sagt nicht, wohin er geht. Vielleicht hat er…?«

»Joey?«

»Ich meine ja nur…«

»Du bist verrückt.«

»Denk drüber nach. Unmöglich wäre es nicht.«

»Welche Frau sollte sich schon für Joey interessieren?«

»Du interessierst dich ja auch für ihn.«

Das war vor fünf Jahren, dachte Maureen, aber nicht mehr, seit er jeden Abend auf die Rennbahn ging und sich ständig wie ein Vollidiot benahm.

Leslie trug ein Tablett durch die Schwingtür ins Wohnzimmer. Maureen folgte ihr, eine große Schüssel mit braunem Reis in Händen. Sie sagte: »Ich halte dich immer noch für verrückt.«

Leslie sagte: »Weißt du noch, wie du auf der High-School wegen der Probleme mit deinem Vater völlig fertig warst? Ich hab's dir eingetrichtert, immer und immer wieder, bis du endlich begriffen hattest, was er dir antat. Mit Joey ist es genauso. Er ist der Verrückte, er hat die Probleme, nicht du. Vielleicht sehe ich was, das du nicht sehen kannst oder nicht sehen willst.«

Maureen versuchte, sich Joey mit einer anderen Frau vorzustellen. Sie sah seinen haarigen Körper, schimmernd vor Schweiß, in einer billigen Absteige. Aber irgendwie gelang es ihr nicht, das Bild echt wirken zu lassen.

»Ich weiß es ja zu schätzen, daß du mir helfen willst, aber das ist wirklich nicht das Problem.«

»Und wenn schon«, sagte Leslie, »vielleicht solltest du trotzdem anfangen – du weißt schon –, die Augen offenzuhalten.«

Während sie Leslie wieder durch die Schwingtür folgte, fragte sie: »Wie meinst du das?«

»Wenn du morgen über die Straße gehst, lächle dem ersten gutaussehenden Typen zu, an dem du vorbeikommst. Mal sehen, was passiert.«

»Nichts wird passieren.«

»Woher weißt du das?«

»Ich kenne mein Bild im Spiegel. Ich weiß, wie ich aussehe.«

»Sei nicht blöd – du bist schön.«

»Ich bin dick.«

Diesmal schaute Leslie ihre Freundin mit ernster Miene an, ließ den Blick einige Sekunden auf ihr ruhen und sagte dann: »Probier's einfach. Es könnte dir die Augen öffnen –

vielleicht begreifst du dann endlich, mit was für einem Schwein du verheiratet bist.«

Leslie verschwand in die Küche. Maureen blieb stehen und malte sich aus, wie es sein würde, mit einem attraktiven, rücksichtsvollen Mann zusammen zu sein, einem guten Ernährer und Gatten – jemandem wie David. Maureen hatte David schon immer für den idealen Ehemann gehalten – er war freundlich, charmant, intelligent, und vor allem war er zuverlässig. Sie stellte sich vor, wie sie mit David in einer Wohnung mit drei Schlafzimmern und zwei Bädern lebte, die großen Fenster mit Blick auf den Central Park, wie sie den ganzen Tag im Bett schmusten oder einfach auf dem Sofa saßen, fernsahen, faule Abende daheim verbrachten, so wie man es von verheirateten Paaren eben erwartete. Sie würden natürlich auch Kinder haben – ein hübsches Mädchen wie Jessica und einen Jungen namens Shaun. Maureen hatte schon immer einen Jungen Shaun nennen wollen, nach Shaun Cassidy, ihrem Idol aus Teenagerzeiten, den sie auch jetzt noch für den hinreißendsten Mann auf Erden hielt.

»Alles in Ordnung?«

Maureen hatte gar nicht gemerkt, daß Leslie wieder in die Küche gekommen war.

»Bestens«, sagte Maureen und fragte sich, wie es sich anfühlen würde, Shaun Cassidy zu küssen oder überhaupt einen Mann, der nicht Joey war.

Während David seine lahme Entschuldigung dafür vorbrachte, warum er seine Frau betrog, dachte Joey an seine Bowlingkugel. Es war eine Brunswick, und die war bestimmt fünfzig, vielleicht sogar fünfundsiebzig Scheinchen wert. Außerdem hatte er noch seine Golfschläger und ein paar alte Baseballkarten in seinem Schrank. Er besaß eine sechsundsechziger Karte von Mickey Mantle, die er in der vierten Klasse vom älteren Bruder eines der Kids bekommen hatte, sowie aberhundert andere Karten aus den frühen siebziger Jahren. Wenn er ein paar hundert Scheine zusammenkratzen konnte, würde er morgen abend zum Meadowlands gehen und ein paar tausend draus machen. Jedenfalls kam er nicht zu Geld, wenn er noch einen weiteren Scheißtag auf der Couch rumhockte.

Als David zu reden aufhörte, sagte Joey: »Verdammt, gehen wir wieder rein.«

Joey wußte sowieso nicht, warum ihm David von dieser dämlichen Affäre erzählte. Sie waren sich nie besonders nah gewesen, hatten kaum miteinander geredet, wenn die beiden Paare zusammengekommen waren. Einmal wollte sich David einen Fernseher kaufen, und Joey hatte ihm gesagt, er solle sich einen Zenith und keinen R. C. A. besorgen. Ein andermal redeten sie über die Yankees. David sagte, er sei ein großer Fan der Yankees, war aber der Meinung, daß Sparky Lyle und Reggie Jackson noch zur Mannschaft gehörten. David war schlicht ein Vollzeittrottel, daran gab's nichts zu rütteln. Aber daß David immer irgendwie falsch wirkte, so, als versuche er jemand zu sein, der er nicht war, das brachte Joey wirklich auf die Palme. Was glaubte er denn, wen er damit täuschte, wenn er sagte: »Ich habe sie auf meinem Schreibtisch gefickt«, oder: »Mann, ich kann dir sagen, die weiß, wie man einen Schwanz lutscht«? Als ob er kein betuchter Werbefritze wäre.

David und sein dämliches Problem kümmerten Joey einen Dreck. Wenn sich der Typ mit einer chinesischen Mieze einließ, war er doch von Anfang an auf Ärger aus gewesen. Leute wie David, die hatten so viel Geld, daß sie sich schon was einfallen lassen mußten, worüber sie sich Sorgen machen konnten. Warum sollte ein Typ mit so einer hübschen kleinen Blondine wie Leslie, die, obwohl sie schon mal ein Balg geworfen hatte, immer noch ein straffes Gestell vorzuweisen hatte, sich nebenbei noch ein bißchen Vergnügen suchen? Joey würde gutes Geld darauf wetten, daß sie nicht so hübsch aussah, wie David vorgab, bestimmt war sie bloß eine von diesen Tussen, wie sie im koreanischen Take-away-Laden hinterm Tresen arbeiteten.

Im Fahrstuhl fragte David: »Du erzählst doch Leslie oder Maureen nichts davon, ja? Ich meine, ich kann dir doch vertrauen, nicht wahr?«

Joey schenkte David seinen berühmten ›Glaubst-du-ich-habe-nichts-Besseres-zu-tun?‹-Blick. Dieser blöde Arsch hatte keine Ahnung, was es bedeutete, echte Probleme am Hals zu haben.

Als sie wieder die Wohnung betraten, sagte ihm sein Gefühl, daß Maureen und Leslie über ihn geredet hatten. Da er wußte, daß Leslie ihn nicht ausstehen konnte, bezweifelte er, daß viel Gutes über ihn gesagt worden war. Bestimmt hatte sich Maureen darüber beklagt, daß er ständig ins Wettbüro ging, und Leslie hatte ihr vermutlich geraten, sich von ihm scheiden zu lassen. Joey hatte sich zwar schon oft gefragt, wie Leslie wohl im Bett war – außer einer scharfen Figur hatte sie noch breite Schwanzlutscherlippen und einen verwegenen Schwung im blonden Haar –, aber als Mensch war sie ihm zuwider. Was für eine Frau lädt schon ein Paar für den Abend ein und läßt sich dann gedünstetes Essen vom Chinesen bringen? Außerdem paßte es Joey nicht, wie sie mit Maureen redete, so, als ob sie was Besseres wäre. Maureen sagte Joey, er sei verrückt, Leslie sei ihre beste und engste Freundin, aber Joey wußte, daß Leslie eine von jenen Freundinnen war, die für einen da zu sein scheinen, die aber verschwinden, wenn man sie wirklich braucht.

Bei Tisch versuchte Joey, nicht allzu sehr auf die Unterhaltung zu achten. Statt dessen konzentrierte er sich auf sein Essen und versuchte zu vergessen, daß es wie Pferdeäpfel schmeckte. Bloß weil David so ein Gesundheitsapostel war, mußten sie alle Gemüse essen, als wären sie ein Rudel Karnickel. David und Maureen sagten auch nicht viel. Es war hauptsächlich Leslie, die endlos davon plapperte, wieviel sie noch zu tun hatte, um die Wohnung zu finden, die sie sich wünschte, und daß sie sich darauf freue, im April nach Florida zu ihren Eltern zu fliegen, und wie phantastisch Jessica sich in der Schule machte. Joey blickte einige Male zu Leslie hinüber, allerdings weniger, weil er sich für das interessierte, was sie sagte, sondern weil ein Knopf an ihrer Bluse aufgegangen und der Ansatz ihrer sommersprossigen Titten zu sehen war.

Der schlimmste Teil des Abends kam nach dem Essen, als Jessica und ihre Freundin eine Art Show aufführten. Jedesmal, wenn Joey und Maureen zu Besuch waren, wurden sie von Jessica und einer ihrer Freundinnen mit irgendeiner blöden, einstudierten Nummer gequält. Sie verkleideten sich mit Leslies Sachen und sagten irgendwas Idiotisches, und alle erzählten ihnen dann, wie wunderbar sie gewesen seien. Heute abend hatten sie sich in Handtücher gehüllt und taten, als führten sie einen Werbespot für Shampoo auf. Joey fand es so gräßlich wie immer, aber die anderen klatschten am Ende und ermunterten die armen Kids auch noch. Allein um ihre Gesichter zu sehen, hätte Joey ihnen am liebsten gesagt, daß sie ihn am Arsch lecken könnten.

Als Jessica sich auf Leslies Schoß setzte, und Leslie sie auf die Stirn küßte, bemerkte Joey, daß Maureen zu ihm herüberschaute. Ihren ›Warum-haben-wir-keine-Kinder‹-Blick erkannte er sofort, und Joey schoß ihr seinen klassischen ›Ich-will-über-den-Scheiß-nicht-reden‹-Blick zurück. Joey hatte allmählich die Nase voll: Ständig tat Maureen, als wäre er strikt gegen Kinder. In Wahrheit wünschte er sich Kinder für die Zukunft ebenso sehr wie sie. Er wollte Joey junior mit ins Yankeestadion nehmen und seine kleinen Ligaspiele managen. Aber er wußte auch, wie sehr er selbst es gehaßt hätte, in diesem Scheißloch am Rande von Hell's Kitchen groß zu werden. Ein Kind braucht ein Haus, einen Hof, Orte, an denen es sich herumtreiben kann. Wenn er erst seine Spielschulden los wäre, könnte er etwas Geld auf die Seite legen, vielleicht für eine Anzahlung auf ein Haus in Staten Island oder Jersey. Er hatte Maureen das schon oft erklärt – nicht die Sache mit den Spielschulden, aber das mit dem Geld sparen –, und Maureen hatte immer behauptet, daß er bloß einen Vorwand suche, daß er das Kinderkriegen nur hinauszögere, bis sie zu alt wäre und keine mehr haben könne.

Wenn der richtige Zeitpunkt gekommen war, würde er das Thema schon anschneiden, aber bis dahin scherte es ihn kein bißchen, wie oft sie ihm ihren Dackelblick zuwarf.

Nach Kaffee und Obstsalat wurde es endlich Zeit, nach Hause zu gehen. Leslie und Maureen tauschten an der Tür ihre üblichen, verlogenen Phrasen aus, sagten sich, wie phantastisch es gewesen sei und daß man einen solchen Abend bald wiederholen solle. Dann schüttelte Joey David die Hand – der natürlich einen schlaffen, weichlichen Händedruck hatte –, und wie jedesmal wich Leslie, als er sie küssen wollte, vor ihm zurück, als hätte er die Pest.

Als sie im Fahrstuhl nach unten fuhren, sprach Maureen kein Wort zu ihm. Joey nahm an, daß es was mit dem Kinderwunsch zu tun hatte, aber das war ihm ganz recht. Auf der Straße sagte Maureen dann: »Komm, nehmen wir uns ein Taxi.«

»Können wir uns nicht leisten«, sagte Joey.

»Erwartest du etwa von mir, daß ich abends um elf die Subway nehme?«

»Und warum keinen Bus?«

Daraufhin marschierte Maureen an den Straßenrand, fuchtelte mit der Hand über dem Kopf, und ein Taxi hielt mit quietschenden Reifen am Bürgersteig.

»Du zahlst, kapiert?« sagte Joey, nachdem er sich in den Wagen gesetzt hatte.

Maureen redete immer noch kein Wort mit ihm, und Joey wußte, daß sie wegen irgendwas stinksauer war. Frauen waren einfach unglaublich, ständig erwarteten sie von den Männern, daß die genau wußten, was sie dachten, als wenn die Männer Gedankenleser oder so was wären.

Erst als sie auf der kurvigen Seventy-ninth Street quer durch den Central Park brausten, sagte Maureen: »Warum mußt du dich eigentlich immer wie ein Blödmann benehmen?«

Joey hatte keine Ahnung, wovon sie redete. Er wußte nur, daß es Freitag abend war, nach elf, das Ende einer beschissenen Woche, und ihm war überhaupt nicht danach, sich schon wieder über Kinder zu streiten. Also beschloß er, gar nichts zu sagen – sollte Maureen doch so lange eingeschnappt bleiben, bis sie vergessen hatte, worüber sie sich ärgerte.

Aber Maureen ließ nicht locker.

»Ich glaube, du weißt mich nicht zu würdigen«, sagte sie. »Ich denke, das ist dein Problem.«

»Dich würdigen?« sagte Joey. »Verdammt, was faselst du denn da? Was hast du denn mit Leslie wieder über mich gequatscht?«

»Das erfährst du schon noch«, sagte Maureen.

Joey fragte sich, ob Maureen ihre Tage hatte. Das hätte vielleicht erklärt, warum sie so bescheuert drauf war. Aber dann fiel ihm ein, daß sie erst letzte Woche geflaggt hatte, und er fragte sich, ob Frauen zweimal in einem Monat ihre Tage haben konnten. So was war ihm zwar noch nicht zu Ohren gekommen, aber man wußte ja nie.

Als das Taxi zum Columbus Circle einbog, nahm Joey an, daß Maureen sich bestimmt mal wieder über ihren Vater aufregte. Wenn sie sich wie eine Verrückte benahm, erzählte sie ihm hinterher immer, daß der Grund dafür eigentlich etwas war, was ihr Vater ihr als Kind angetan hatte, und dann fragte er: »Warum hast du mir das nicht gleich gesagt?«, und sie antwortete: »Weil ich dachte, du wüßtest das.«

Weiber.

Als sie in die Wohnung kamen, klingelte das Telefon. Joey nahm ab und fragte sich, wer so spät noch anrief.

»Joey?«

»Wer ist da?«

»Wer ist da?«

»Scheiße, wer ist da, hab ich gefragt.«

»Ist nicht so wichtig. Wenn du Joey DePino bist, kommst du besser nach draußen – jetzt sofort, oder wir machen deine Lady fertig.«

Noch ehe Joey etwas erwidern konnte, hatte der spanisch klingende Typ aufgelegt.

»Wer war das?« fragte Maureen, immer noch eingeschnappt.

»Falsch verbunden«, sagte Joey.

Maureen ging ins Schlafzimmer, und Joey blieb in der Küche und fragte sich, was er machen sollte. Die Stimme hatte keineswegs vertraut geklungen, doch er wußte, daß es bei dem Anruf um seine Schulden ging. Frank würde sich nicht die Mühe machen, ihm jemanden auf den Hals zu schicken, ganz im Gegensatz zu Carlos, dem Kredithai.

Joey kannte Carlos kaum. Ein Typ im OTB-Wettbüro an der Thirty-seventh, Ecke Seventh Street, hatte sie miteinander bekannt gemacht, nachdem er gehört hatte, wie Joey einem anderen Typen erzählte, daß er dringend tausend Scheine brauchte.

»Brauchst du Geld, brauchst du Carlos«, hatte der Typ gesagt.

Er führte Joey in den hinteren Teil des OTB, in dem es einen Suppenausschank und einen Süßwarentresen gab. Neben dem Tresen stand ein kleiner, alter Puertoricaner mit vollem, grauem Haar, der eine Schale Muschelsuppe löffelte. Er warf nur einen einzigen Blick auf Joey und fragte dann, wieviel er brauche. Tausend Dollar, sagte Joey, und Carlos nannte ihm seine Zinsrate (dreißig Prozent pro Woche), seine Tilgungsrate (jeden Mittwoch mindestens fünfzig Dollar) und seine Bedingungen (fällt eine Zahlung aus, wird der gesamte Betrag fällig). Dann fragte er Joey nach Adresse und Telefonnummer, die er sich gemerkt haben mußte, da er nicht eine Sekunde aufhörte, seine Suppe zu löffeln.

Carlos sagte Joey, er solle ihn in fünf Minuten auf der Toilette treffen. Also ging Joey auf die Toilette, Carlos folgte ihm, gab ihm ein Bündel Hunderter, prüfte im Spiegel seine Frisur und verschwand wieder.

Das war vor etwas über einem Monat gewesen. Joey hatte bislang nur eine einzige Zahlung an Carlos versäumt – die vor zwei Tagen –, und er hatte vorgehabt, ihn morgen oder übermorgen um einen Aufschub zu bitten.

Joey kam zu dem Entschluß, daß er wohl besser nach draußen ginge. Carlos hatte einen ganz vernünftigen Eindruck gemacht. Vermutlich wollte er nur Joeys Gesicht sehen, sichergehen, daß er sich nicht aus der Stadt verdrückt oder eine falsche Adresse oder Telefonnummer angegeben hatte.

Joey schnappte sich eine Plastiktüte voll mit Abfall und sagte Maureen, er bringe den Müll runter. Vom Foyer aus konnte Joey draußen keinen Menschen sehen, und er fragte sich, ob man ihm mit dem Anruf einen Streich gespielt hatte, doch als er vors Gebäude trat, entdeckte er zwei junge Typen – einen Schwarzen, einen Latino –, die vor einem dunkelblauen Ford standen. Joey hatte den Latino noch nie gesehen, aber das Gesicht vom Schwarzen schien ihm vertraut. Er war ihm schon mal im OTB in der Thirty-second Street begegnet und auch im Büro in der Seventy-second Street. Meistens hing er mit einer ganzen Bande rum – Westinder –, aber Joey hatte nicht gewußt, daß er was mit Carlos zu tun hatte.

Joey stand vor dem Gebäude und fragte sich, was er tun sollte. Im Ford hinterm Steuer konnte er einen dritten Typen erkennen, und Joey sah sich nach einem Bullen oder sonst jemandem um, der ihm helfen konnte, aber neben dem Laden stand bloß ein alter Obdachloser mit seinem Becher in der Hand. Der Schwarze trug eine dicke, blaue Daunenjacke und sah wie das Michelinmännchen aus. Er schob den Jackensaum hoch und zeigte ihm den Lauf eines Schießeisens, das in seiner Hose steckte. Der Latino in schwarzer Motorradjacke rührte sich nicht.

»Komm schon rüber«, sagte der Schwarze. Er klang nicht wie ein Westinder.

Joey fragte sich, ob er es zurück ins Apartmenthaus schaffen würde. Der Eingang lag nur fünf Schritte hinter ihm, aber selbst wenn er bis ins Foyer kam, würde er unmöglich den Schlüssel finden und die Innentür öffnen können, ehe die Typen ihn erwischt hatten. Also dachte sich Joey, daß er ebensogut zu ihnen gehen und sich anhören konnte, was sie von ihm wollten. Die Knarre war schließlich bloß dazu da, ihm Angst einzujagen. Kredithaie kämpften zwar mit harten Bandagen, aber wegen ein paar Tausender würden sie ihn wohl kaum erschießen.

Joey ging auf sie zu und blieb etwa fünf Schritte vor ihnen stehen. Der Schwarze, der unter der Jacke noch die Waffe umklammert hielt, sagte: »Näher«, und Joey machte noch zwei Schritte. Er war jetzt so nahe, daß er am Kinn des Latinos eine Stelle erkennen konnte, die beim Rasieren übersehen worden war. Der Schwarze roch nach Tomatensoße. Joey nahm an, daß die beiden um die zwanzig und in Topform waren.

»Hast du die Zweisieben dabei?« fragte der Schwarze.

»Ach, darum geht's«, sagte Joey und beschloß, den Naiven zu spielen. »Ich wußte doch, daß ich Sie schon mal im OTB gesehen habe, aber daß Sie für Carlos arbeiten, ist mir neu.«

»Der Mann hat dir 'ne Frage gestellt«, sagte der Latino, vermutlich ein Puertoricaner. »Kannst sie ebensogut beantworten.« Joey fiel auf, daß der Puertoricaner einen vorgeschobenen Unterkiefer hatte, so daß die unteren Zähne wie Draculas Hauer vorstanden, außerdem roch er auch nach Tomatensoße.

»He, Mann, ist doch keine große Sache«, sagte Joey. »Ich weiß, daß ihr Typen auch nur euren Job macht, aber keine Bange – Carlos kriegt sein Geld. Ich komme morgen vorbei und red mit ihm.«

»Du hast die Frage immer noch nicht beantwortet«, sagte der Puertoricaner. »Hast du das Geld oder hast du's nicht?«

»Nein«, sagte Joey. »Aber ich besorg's – kein Problem.«

Der Schwarze schubste Joey vor sich her und sagte: »Geh.«

»Gehen?« fragte Joey. »Wohin?«

»Du hast ihn gehört«, sagte der Puertoricaner. »Na, geh schon.«

Joey ging zur Ecke, die beiden Typen auf den Fersen, und er fragte sich, ob er es mit Irren zu tun hatte – ob sie Leute umbrachten, die sie bloß scheel angesehen hatten. Sie steuerten ihn um die Ecke in die Fifty-fourth Street. Es war ein dunkler, stiller Wohnblock mit Lagerhäusern und Parkplätzen.

»Das soll wohl ein Witz sein, wie?« sagte Joey. »Seid ihr sicher, daß ihr keinen Fehler macht, daß ihr mich nicht mit einem anderen verwechselt? Ich bin Joey DePino. Ich schulde Carlos ein paar Tausender – mehr nicht.«

Die Typen sagten keinen Ton, schubsten ihn einfach weiter vor sich her. Als sie die Mitte des Wohnblocks erreichten, die Stelle, an der die Birne in der Straßenlampe durchgebrannt war, hielten sie an und stießen Joey gegen eine Ziegelmauer. Der Schwarze zog die Hand aus der Tasche, vom Schießeisen keine Spur. Statt dessen hielt er Joey einen Seitenschneider ins Gesicht.

»Hältst du das für ein Spiel, Mann?«

Er fuhr mit der Schneide langsam durch Joeys Gesicht, dann schnitt er ein kleines X in Joeys Giants-Jacke. Eine Sekunde später spürte Joey einen heftigen Schmerz über seinem linken Wangenknochen, und erst da ging ihm auf, daß der Puertoricaner auf ihn einprügelte. Joey krümmte sich, hielt sich das Gesicht und spürte gleich darauf einen scharfen, Übelkeit erregenden Schmerz im Magen, jemand schlug ihn oder trat nach ihm. Dann kamen weitere Schmerzen, doch Joey versuchte, sie zu verdrängen, und dachte an Blumen. Das hatte ihm seine Mutter immer geraten, wenn er Alpträume hatte. Aber damals, als er noch ein Junge war, hatte ihr Trick nicht funktioniert, und er funktionierte auch diesmal nicht.

Joey konnte nicht fassen, daß er auf diese Weise abtreten sollte – ermordet, erschossen von zwei Irren mitten auf einer dunklen Straße. Er hatte stets angenommen, daß er im Bett sterben würde, als alter Mann, Maureen und vielleicht ein paar Enkel an seiner Seite. Dann fragte er sich, was wohl sein letzter Gedanke sein würde.

Endlich hörten die Schläge auf. Joey krümmte sich wie ein Embryo am Boden und versuchte, möglichst reglos liegenzubleiben. Er hatte Angst, daß die Typen wieder zutraten, sobald er sich bewegte. Dann hörte er den Puertoricaner sagen: »Gehen wir!«

Der Schwarze antwortete: »Warte, ich glaube, der hat noch nicht genug«, und Joey spürte einen weiteren Schlag gegen die Rippen.

Der Puertoricaner mahnte: »Komm schon, sonst werden wir noch gesehen.«

Der Schwarze sagte zu Joey: »Das ist bloß ein Vorgeschmack von dem, was dir passiert, wenn Carlos sein Geld nicht bis Freitag hat.«

»Komm jetzt!« rief der Puertoricaner.

Plötzlich war es still. Joey rührte sich nicht. Und wie er da auf dem Boden lag und sein Blut auf den Lippen schmeckte, sah er eine vollkommene Rose vor sich.

8

Joey erklärte Maureen, daß ein paar Obdachlose vor dem Lebensmittelladen völlig ohne Grund über ihn hergefallen seien. Als er ihr die Geschichte erzählte, rechnete er nicht damit, daß Maureen sie ihm abkaufen würde, aber zu seinem Erstaunen glaubte sie ihm jedes Wort.

»Du mußt ins Krankenhaus«, schrie sie hysterisch. »Du mußt einen Aids-Test machen lassen.«

»Liest du keine Zeitung?« fragte Joey. »In Krankenhäusern *holt* man sich Aids.«

»Man kann nie wissen«, drängte Maureen, »vielleicht war einer drogensüchtig – oder er hat dich mit einer Spritze gestochen. Bitte, sei kein Idiot – ich bringe dich ins Krankenhaus.«

»Vergiß es«, sagte Joey, »und die Bullen rufe ich auch nicht an. Denen sind Obdachlose doch egal. Falls die überhaupt nach ihnen suchen und sie verhaften, muß ich noch vor Gericht. Ich will mich um so einen Scheiß nicht kümmern.«

Joey preßte sich das in ein Geschirrtuch gewickelte Eis ans Gesicht, als er vom Sofa aufstand. Rippen und Beine taten ihm höllisch weh, doch glaubte er nicht, daß irgendwas gebrochen war, und die Polizei wollte er auf gar keinen Fall einschalten. Was sollte er den Bullen denn sagen? ›Die

Gang von meinem Kredithai hat mich verprügelt‹, um ihnen dann eine genaue Beschreibung der beiden Typen zu geben? Sicher, sie hatten ihm ein bißchen zugesetzt, weil sie Carlos' Geld zurückhaben wollten, aber Joey wußte, daß sie ihn ohne zu zögern umbringen würden, wenn er sie an die Bullen verpfiff. Und daß Maureen die Sache mit dem geliehenen Geld herausfand, darauf war er wirklich nicht scharf. Pferdewetten waren *eine* Sache, aber falls Maureen je spitzkriegte, wieviel er denen tatsächlich schuldete, und daß er sich auf einen Kredithai eingelassen hatte, würde für sie bestimmt endgültig Schluß sein.

Joey mußte die ganze Nacht auf dem Rücken liegen. Er schlief immer nur kurz und trieb die meiste Zeit im Dämmerzustand dahin, träumte halb und erlebte jeden Tritt, jeden Schlag aufs neue, während er sich vorstellte, der Überfall hätte im Meadowlands stattgefunden, gleich nachdem die Anzeige ÜBERPRÜFUNG aufgeleuchtet war. Im Laufe der Nacht fragte ihn Maureen einige Male, ob alles in Ordnung sei, und jedesmal erwiderte er, ihm gehe es gut, sie solle weiterschlafen und ihn in Ruhe lassen. Inzwischen aber brannte ihm das Gesicht so sehr, daß es schmerzte, wenn er nur die Lippen bewegte.

Am nächsten Morgen sah Maureen ihn an, als wäre sie neben einem Monster aufgewacht.

»Ich fasse es nicht, daß ich dir letzte Nacht geglaubt habe«, sagte sie. »Wir gehen zu einem Arzt, jetzt, sofort.«

Joey sagte Maureen, sie sei verrückt, er würde nirgendwo hingehen – bis er versuchte, aus dem Bett zu steigen. Die Rippen taten ihm so weh, daß er sich kaum bewegen konnte, und als er schließlich doch aufstand und sich im Spiegel besah, hätte er sein eigenes Gesicht fast nicht erkannt. Es war purpurrot und blutete noch immer an einigen Stellen. Maureen sagte, sie würde fürs Taxi zahlen, und so fuhr sie mit Joey nach Downtown zur Notaufnahme des St. Vincent Hospital. Es dauerte einige Stunden, bis sich jemand um ihn kümmerte, und der diensthabende Arzt schickte ihn zum Röntgen. Hinterher stellte er dann fest, daß Joeys Rippen nur angeknackst waren, daß er aber an zwei Stellen im Gesicht genäht werden mußte. Der Arzt riet Joey, zu einem Schönheitschirurgen zu gehen, da die Verletzungen an sehr sichtbaren Stellen waren, eine unterm rechten Auge, die andere links im Gesicht, nahe beim Mund. Aber Joey sagte, er wolle es drauf ankommen lassen, und er ließ sich von einem Arzt in der Notaufnahme vernähen.

Kurz nach eins kam Joey endlich wieder in den Warteraum, in dem Maureen noch immer saß und in Zeitschriften blätterte.

»Freust du dich nicht, daß ich dich hergebracht habe?« fragte Maureen.

»Du hast was gut bei mir«, erwiderte Joey. Er verschwieg ihr, daß er es abgelehnt hatte, zum Schönheitschirurgen zu gehen. »Wenn du einverstanden bist, treffen wir uns nachher wieder.«

»Wo willst du hin?« fragte Maureen und ließ durchblicken, daß sie wisse, daß er zur Rennbahn wolle.

»Keine Sorge, ich hab nichts dergleichen vor«, sagte Joey. »Ich dachte nur, ich mache mich auf die Socken und sehe mich nach einem Job um.«

»An einem Samstag?«

»Ich kenne da einen Typen – erinnerst du dich noch an Mike Diaz? Wir haben bei einigen Jobs zusammengearbeitet. Ich könnte mir vorstellen, daß er was weiß; vielleicht hat er auch was für mich in seiner Firma drüben in Jersey.«

»Warum kannst du ihn nicht anrufen?« fragte Maureen.

»Mach ich ja, aber ich muß ihn auch persönlich treffen, will mich ein bißchen bei ihm einschmeicheln. Keine Angst, um fünf bin ich spätestens wieder zu Hause.«

Kaum aus dem Krankenhaus, ging Maureen die Seventh Avenue in nördlicher Richtung hinunter, während Joey sich über die West Eleventh Street stadteinwärts auf den Weg machte. Natürlich dachte er nicht daran, Mike Diaz anzurufen. Seit fast drei Jahren hatte er mit Mike nicht mehr geredet, und er wußte auch gar nicht, wo er arbeitete. Außerdem würde er nicht im Traum daran denken, ihn zu fragen, ob er ihm helfen könne, eine Arbeit zu finden. Er hatte auch nicht vor, zum Wettbüro zu gehen, denn während er auf den Arzt gewartet hatte, der ihm die Wunden vernähen sollte, war er zu dem Schluß gekommen, daß die Chance, das Geld vom Verkauf seiner Bowlingkugel, der Golfschläger und einiger alter Baseballkarten so zu vermehren, daß er damit seine Schulden bezahlen konnte, etwa eins zu einer Million stand. Joey wußte, daß er sich etwas anderes einfallen lassen mußte, und ihm würde nichts einfallen, wenn er mit Maureen den ganzen Tag daheim hockte.

Joey bog nach links in den Broadway und schlenderte zum Union Square Park. Es war nicht so kalt wie in den letzten Tagen. Der helle Sonnenschein machte es fast unmöglich, direkt nach vorn zu schauen, ohne die Augen zusammenzukneifen, und der Wind hatte nachgelassen. Der kleine Park war leerer, als er es bei wärmerem Wetter gewesen wäre, doch führten einige Leute ihre Hunde spazieren, und die üblichen Zombies streiften umher, durchsuchten die Abfalltonnen oder brummelten vor sich hin. Joey war von seinen eigenen Gedanken so in Beschlag genommen, daß er seine Umgebung erst wieder wahrnahm, als er sich an den äußersten Rand einer Bank setzte, auf die einzige Stelle, die nicht mit Vogelscheiße bekleckert war.

Joey dachte über den Plan nach, der ihm am Vorabend eingefallen war, als er wach im Bett gelegen hatte. Das größte Problem war, daß er nicht wußte, wie er *Tech Systems* ausrauben und anschließend ungeschoren davonkommen sollte. Er war sich ziemlich sicher, daß er nachts durch den Haupteingang ins Gebäude gelangen konnte. Und er traute sich auch zu, die Büroschlösser knacken zu können, wenn er es erst einmal bis in den vierten Stock geschafft hatte. Ein Typ in der High-School, der ständig ins Lehrerzimmer eingebrochen war, um die Klassenarbeiten zu stehlen, hatte Joey mal gezeigt, wie man ein Schloß mit einer Sicherheitsnadel aufbekam. Mit einiger Übung war Joey darin ziemlich gut geworden. Er hatte zwar nie versucht, die Schlösser von *Tech Systems* zu öffnen, wußte aber, daß es sich um zwei gewöhnliche Arrow-Schlösser handelte, und er nahm nicht an, daß die ihm Schwierigkeiten machen würden. Problematischer würde es sein, ins Büro hinein- und wieder herauszukommen, ohne von einer der Kameras gesehen zu werden. Soweit sich Joey erinnerte, gab es Kameras an fünf Stellen. Doch selbst wenn es ihm gelang, ungesehen ins Büro und wieder herauszukommen, wußte er nicht, was er eigentlich mitgehen lassen sollte. Die Computer waren zum Klauen zu unhandlich, und Bargeld würde sicher im Safe liegen. Schließlich fielen ihm nur ein paar Laptops von IBM und einige Speicherplatinen ein. In den Computern hinten im Vorratsraum steckten zwar auch noch Speicherplatinen, aber wenn er die herausnehmen wollte, mußte er erst die Computer aufschrauben, und das konnte Stunden dauern. Und selbst wenn Joey die Speicher hatte, wußte er nicht genau, was er mit ihnen anfangen sollte. Sie mochten mehrere tausend Dollar wert sein, aber er konnte sie schließlich nicht einfach auf offener Straße verhökern.

Es frustrierte Joey, daß ihm keine Möglichkeit einfiel, Mark Conine bis aufs Hemd auszurauben, da er diesem reichen, hochnäsigen Arschloch verdammt gern eins ausgewischt hätte. Er malte sich aus, wie Mark am Montag morgen zur Arbeit kommen und all seine Computer in Scherben auf dem Boden liegen sehen würde. Der Jammerlappen wüßte doch gar nicht, was er machen sollte. Wahrscheinlich würde er sich gleich ans Telefon hängen und seiner Mami was vorheulen.

Als Joey tief Luft holte, spürte er einen heftigen Schmerz in den Rippen. Die Röntgenbilder hatten keine gebrochenen Knochen gezeigt, aber so wie Joey sich fühlte, konnte er das kaum glauben. Statt sich aufzurichten, was es ihm leichter gemacht hätte, krümmte sich Joey zusammen und versuchte, den Schmerz bis zum Äußersten zu steigern. So wie er sein Leben verbockt hatte, verdiente er diesen Schmerz, sagte er sich. Und wenn er diesen Schmerz lange genug fühlte, dann erinnerte er sich vielleicht daran, wenn er wieder mal losziehen wollte, um Geld zu verwetten, das ihm nicht gehörte.

Als der Schmerz noch unerträglicher wurde, mußte Joey an David Sussman denken. Das war doch wenigstens ein Typ, dem niemals was weh tat. Er hatte eine schlanke, vollbusige Frau, scheffelte haufenweise Geld und lebte in einem gottverdammten Palast. Aber dann zog er los, vögelte irgendeine Tussi in seinem Büro und glaubte nun, er leide große Qualen. Wenn der wirklich wissen wollte, was Qualen sind, sollte er abends mal auf die Rennbahn gehen, eine Wette über siebzehntausend Dollar an Land ziehen und dann die Anzeige ÜBERPRÜFUNG aufleuchten sehen. Oder laß ihn mitten in der Nacht einen Anruf von ein paar Typen kriegen, die ihm das Gesicht modellieren wollen. Oder laß ihn gefeuert werden, kein Geld auf der Bank und Schulden bis zum Abwinken haben und dann zu einer keifenden Alten mit geilen Eierstöcken und einem Stachel im Arsch nach Haus kommen. Soll er mal einen Tag als Joey DePino verbringen, dann weiß er, was Qualen sind.

Joey hielt es nicht länger aus. Er setzte sich auf und versuchte, wieder zu Atem zu kommen. Dann stellte er sich vor, wie es am Montag morgen sein würde, wenn er in der Arbeitslosenschlange anstand. Er hatte zwar nichts dagegen, Geld vom Staat zu nehmen, aber ein paar Hunderter pro Woche würden ihn auch nicht aus dem Loch helfen, in dem er steckte. Er brauchte schnelles Geld, das große Geld, er brauchte...

Es war so einfach, daß er sich fragte, warum er nicht früher darauf gekommen war. Es gab einen Menschen, der ihm Geld geben konnte, eine ganze Menge sogar. Und er würde das Geld nicht mal borgen oder stehlen müssen. Es gab einen einfacheren Weg, und Joey zweifelte nicht daran, daß sein Plan funktionierte. Das Problem war nur, daß er Hilfe brauchte, aber vielleicht war das gar kein Problem. Sein alter Freund Billy Balls schuldete ihm sowieso noch einen Gefallen.

Mit dunkler Sonnenbrille, das Haar in einem straffen Pferdeschwanz zurückgekämmt, folgte ihr Amy in den Supermarkt an der Ecke Second Avenue und Seventy-fifth Street. Durch ihre Beobachtungen der letzten zwei Wochen wußte Amy, daß Leslie samstags vor dem Mittagessen einkaufen ging. Doch im Gegensatz zu den beiden vorherigen Samstagen, an denen es unter null Grad gewesen war, war es heute recht angenehm, in der Sonne auf der Seventy-ninth Street zu stehen und darauf zu warten, daß Leslie das Haus verließ.

Sie folgte Leslie in die Tiefkühlabteilung, aus der sie sich fünf tiefgefrorene ›Du darfst‹-Menüs holte. Dann sah sie zu, wie Leslie sich für eine Tüte fettarme Milch, fettarmen Hüttenkäse und einige Becher mit fettarmem Joghurt entschied. In der Umkleidekabine bei Macy's hatte Amy sie in Unterwäsche gesehen, und sie verstand nicht, was so besonders an ihr war. Die Figur war ganz okay, aber Leslie sah nicht gerade aus, als würde sie viel Sport treiben. Ihre Arme waren zu dürr, und an den Schenkeln hatte sie ziemlich Zellulitis. Amy wußte, daß sie viel besser aussah als Leslie, und sie war sicher, daß David das ebenfalls wußte.

Als Leslie Grapefruits befühlte, tastete Amy nach dem

Griff ihrer .32er in der Manteltasche. Sie hatte die Waffe vor zwei Jahren gekauft, nachdem ihr eines Abends ein Mann vom ATM-Geldautomaten nach Hause gefolgt war. Mit vorgehaltenem Messer hatte er sie ausgeraubt und dann versucht, sie in der Lobby ihres Apartmenthauses zu vergewaltigen. Der Rock war bereits hochgezogen und das Höschen aufgeschlitzt, als zwei betrunkene Collegejungs vorbeikamen und den Typen verscheuchten.

Amy hatte sich geschworen, daß man sie nie wieder derart wehrlos überraschen würde. Am nächsten Morgen ging sie zum Schießstand in der Murry Street und nahm Unterricht. Ihr Ausbilder sagte ihr, daß er noch keine Frau mit derart sicherer Schußhand kennengelernt hätte. Schließlich traf Amy jedes Ziel, das sie ins Visier nahm, und an dem Tag, an dem sie ihren Waffenschein erhielt, kaufte sie sich in einem Laden in der Warren Street einen Revolver. Wenn sie das nächste Mal ein Typ in die Enge trieb, würde sie ihn umpusten, und am letzten Weihnachtsabend war es dann soweit.

Sie war auf dem Heimweg von der Party eines Arbeitskollegen, als ihr auffiel, daß sie von einem schlaksigen Schwarzen verfolgt wurde. Sobald sie in die Morton Street einbog, kam der Typ näher, doch kaum spürte sie seine Hand auf der Schulter, drehte sie sich um und feuerte zweimal – einen Schuß ins Gesicht und den anderen in die Brust, als er hintenüber fiel. Am nächsten Tag wurde überall von dem Mord berichtet, aber es gab keine Zeugen. Wie sich bald herausstellte, war der Tote ein gesuchter Serientäter, der mindestens sechs brutale Vergewaltigungen im West Village begangen hatte. Amy nahm nicht an, daß sich die Polizei mächtig anstrengen würde, den Killer zu finden. Sie behielt recht, der Fall blieb ungelöst.

Amy gab der Scheidung ihrer Eltern die Schuld an ihren Problemen mit Beziehungen. Als ihr Vater sie verließ, war sie vier – er fuhr zurück nach China –, und von dem Therapeuten, den sie früher mal regelmäßig aufgesucht hatte, wurde ihr erklärt, daß sie als Erwachsene versuche, die unsichere Kindheit in ihren Männerbeziehungen zu wiederholen. Sie hatte Psychotherapie stets für einen ziemlichen Schwachsinn gehalten, mußte aber zugeben, daß sie Talent darin besaß, sich Versager auszusuchen. Um ihre Mutter glücklich zu machen, ging sie als Teenager und auch noch Anfang zwanzig nur mit Chinesen aus. Doch nach einer Reihe enttäuschender Freundschaften fing sie an, sich auch mit Weißen und Latinos zu treffen. Die längste Beziehung, die sie je gehabt hatte, war die mit einem Typen namens Phil gewesen. Er war damals Doktorand der Biochemie an der New Yorker University. Zwei Jahre gingen sie fest zusammen, dann verkündete er aus heiterem Himmel, daß er wieder mit seiner alten Freundin zusammenziehen wolle. Amy war derart geknickt, daß sie sich ein Jahr lang mit keinem Mann mehr verabredete, und als sie anfing, sich wieder mit Typen zu treffen, fühlte sie sich irgendwie lädiert. Sie wußte, daß die Typen sie nur benutzen wollten, und sie traute keinem mehr über den Weg.

Wenn sie allein war, mußte sie unaufhörlich an David denken. Ihn sich einfach nur vorzustellen, daheim, mit seiner glücklichen, kleinen Familie, war für sie eine Folter. Schließlich hielt sie es nicht mehr aus. Von einem Typen in seiner Abteilung besorgte sie sich Davids Privatnummer und fing an, tagsüber in seiner Wohnung anzurufen, hing aber auf, sobald sich seine Frau meldete. Sie begann, Leslie Sussmans Stimme zu hassen. Es war die anmaßende, selbstsichere Stimme einer Frau, die einen Anspruch auf das Beste im Leben zu haben glaubte. Sie hörte diese Stimme – ›*Hallo? Hallo?*‹ – während ihrer Arbeitszeit, sogar mitten in vielen Nächten, in denen sie nicht schlafen konnte.

Sie begann, David zu verfolgen. Sie verließ das Büro vor ihm und wartete vor dem Bürogebäude, bis er ins Taxi stieg. Dann nahm sie sich ein anderes Taxi und folgte ihm nach Hause. Wenn David ausstieg, sah sie ihm nach, wie er ins Apartmenthaus ging, und sie fuhr erst weg, wenn sich die Fahrstuhltüren schlossen.

Am letzten Samstag folgte sie abends der ganzen Familie Sussman in ein italienisches Restaurant auf der Second Avenue. Sie hatte sich eine blonde Perücke aufgesetzt und trug eine Sonnenbrille, damit David sie nicht erkennen konnte, obwohl sie nur zwei Tische von ihm trennten. Auf den ersten Eindruck schien David mit seiner kleinen Familie glücklich zu sein – er lachte, hielt Händchen mit seiner Frau und küßte seine Tochter manchmal auf die Stirn –, doch Amy wußte, wie elend er sich innerlich fühlte.

Als David Amy sagte, daß er die Beziehung beenden wolle, war sie natürlich ziemlich fassungslos gewesen. Sie hatte gehofft, daß er bloß kalte Füße bekam, daß er nicht meinte, was er sagte. Welche andere Erklärung konnte es sonst schon geben? Sie hatte ihm nicht drohen wollen, wie sie es dann tat; aber war ihr denn eine andere Wahl geblieben? Also hatte sie sich am nächsten Morgen frei genommen und war seiner Frau Leslie ins Manhattan Plaza gefolgt. Sie fotografierte Leslie, wie sie mit einer Freundin zu Mittag aß, dann folgte sie ihr ins Macy's und sprach sie im Umkleideraum an. Es hatte Amy kein Vergnügen bereitet, David das Foto zu zeigen, doch als David einwilligte, am nächsten Abend zu ihr ins Apartment zu kommen, wußte Amy, daß ihre Strategie funktionierte. Davids Ärger war bloß Fassade, hinter der er seine wahren Gefühle verbarg, und Amy wußte, daß sie nach und nach den wahren David Sussman zum Vorschein bringen konnte.

Nachdem sie es an diesem Abend miteinander getrieben hatten, war Amy überzeugt, daß sie Fortschritte machte, daß David sie unmöglich verlassen und zu seiner hochnäsigen Frau zurückkehren konnte. Doch als er sich anzog, gab David den gleichen Blödsinn von sich, den er schon im Büro abgelassen hatte, sagte, die Affäre sei vorbei und sie solle ihn und seine Familie endlich in Ruhe lassen. Amy war sich nun nicht mehr so sicher, ob er wirklich bloß kalte Füße bekam. David schien es mit dem, was er sagte, ernst zu meinen, und das konnte Amy nicht verstehen. Denn wenn er jetzt meinte, was er sagte, bedeutete dies, daß er vorher gelogen hatte, als er ihr all diese Versprechungen gemacht hatte.

Letzte Woche hatten sich David und Amy eines Abends geliebt und lagen anschließend nebeneinander auf dem Boden in Davids Büro. Es war so romantisch, wie David sein Gesicht an ihren Hals preßte, und Amy fuhr mit den Fingern langsam durch Davids verschwitztes Brusthaar. Da merkte sie, daß David weinte. Sie fragte ihn, was los sei, doch lange wollte er nicht damit rausrücken. Sie beschloß, ihn nicht zu drängen; wenn er soweit war, würde er ihr schon erzählen, was ihn beschäftigte. Amy fühlte sich sehr mütterlich, küßte ihn auf die Stirn und beruhigte ihn, sagte ihm, daß alles wieder in Ordnung kommen würde. Schließlich erzählte David von seinen schrecklichen Panikattacken. Er erklärte ihr, daß er sie schon seit Jahren bekomme, doch wären sie in letzter Zeit schlimmer geworden. Er sagte, daß er manchmal ›ein Klicken‹ in seiner Brust spüre, und dann sei ihm, als könne er nicht mehr atmen. Sein Herz würde wie verrückt schlagen, und er habe ein Gefühl, als müsse er sterben. Er sei deshalb bei Ärzten gewesen, doch was sie ihm rieten, hatte nicht geholfen, und wenn er seiner Frau davon erzählte, sagte sie bloß jedesmal, er sei ein Hypochonder. David hörte nicht auf zu weinen, und Amy umarmte ihn, sagte ihm, es werde schon wieder. Da vertraute sich David ihr völlig an. Er erzählte ihr, daß er sich gefangen fühle in seiner Ehe, daß es ihm vorkomme, als zöge das Leben an ihm vorbei, und daß er es leid sei, immerzu Angst zu haben. Amy erwiderte, er brauche sich keine Sorgen mehr zu machen, sie wolle ihm helfen, seine Angst zu überwinden. Und da hatte er ihr gesagt, wie wunderbar sie sei und daß ihn keine Frau je so verstanden habe, wie sie ihn verstehe. Dann hatte er ihre Hände gedrückt, ihr in die Augen gesehen und sie gefragt: »Willst du mich eines Tages heiraten?«

Allein von dem Gedanken an diesen Augenblick wurde Amys Gesicht ganz heiß. Sie wußte, daß sie nun Davids wahre Gefühle kannte, daß alles Lüge war, was er seither gesagt hatte. David geriet einfach wieder in Panik, hatte Angst und fühlte sich gefangen, aber Amy wußte, daß sie ihm helfen konnte, sie allein, und sie wußte genau, wie sie dabei vorgehen mußte.

Als Amy Leslie in den Gang mit Dosensuppen folgte, verstärkte sie den Griff um die Waffe, bis ihr Zeigefinger am Abzug zitterte. Sie wollte Leslie nicht weh tun. Sie hoffte, daß andere Methoden halfen und daß Leslie und David schließlich in Frieden auseinandergingen. Etwas Dummes anzustellen und im Gefängnis zu landen, so daß Leslie ihren David behielt, war das letzte, was Amy wollte. In dem Falle würde sie etwas wirklich Dummes tun und auch David umbringen müssen, denn wenn er den Rest seines Lebens mit einer anderen Frau verbrächte, wäre das ebenso gräßlich, als würde er mit Leslie verheiratet bleiben.

Leslie griff nach einer Dose mit Tomatenmark. Amy stand hinter ihr und fragte sich, ob sie nicht alle Vorsicht in den Wind schlagen sollte. Vielleicht sollte sie dem kleinen Fräulein Zimperlich einfach in den Rücken schießen, die Sache endlich hinter sich bringen.

Leslie erkannte die junge Chinesin nicht wieder, die gerade ihren Namen gerufen hatte. Erst als die Frau ihre Sonnenbrille abnahm und sagte: »Erinnern Sie sich nicht an mich – in Macy's Umkleidekabine?«, machte es klick.

»Mein Gott, wie geht es Ihnen?« rief Leslie. »Wohnen Sie hier in der Gegend?«

»Nein«, sagte Amy.

»Wie komisch. Ich habe Sie gar nicht sofort erkannt, irgendwas haben Sie mit Ihrem Haar gemacht, stimmt's? Erzählen Sie mal, wie ist es mit Ihrem Freund gelaufen? Haben Sie meinen Rat befolgt?«

»Ja, das habe ich tatsächlich«, sagte Amy. »Ich war in letzter Zeit viel aggressiver zu ihm, und ich glaube, so langsam macht es sich bezahlt.«

»Ausgezeichnet. Das freut mich für Sie.« Leslie schwieg einen Augenblick und kniff die Augen zusammen. »Sagen Sie, woher kennen Sie eigentlich meinen Namen?«

»Wie meinen Sie das?«

»Ich weiß nicht. Habe ich Ihnen letztens gesagt, wie ich heiße?«

»Vielleicht«, sagte Amy. »Vielleicht habe ich ihn auch nur erraten.«

Leslie war verwirrt. Sie begann, sich in der Nähe dieser Frau unwohl zu fühlen, und wußte nicht genau, warum.

»Ich sollte Ihnen das wohl erklären«, fuhr Amy fort. »Wissen Sie, ich kann hellsehen.«

»Wirklich?« fragte Leslie. »Ich glaube, ich habe noch nie eine Hellseherin kennengelernt.«

Amy blickte ein wenig verlegen zu Boden.

»Daran ist doch nichts Besonderes. Ich kann es einfach.«

»Also haben Sie meinen Namen erraten?«

»Muß ich wohl. Manchmal weiß ich einfach nicht, woher mein Wissen stammt.«

»Wirklich faszinierend.«

»Übrigens – ich heiße Amy.«

»Nun, war richtig nett, Sie kennengelernt zu haben«, sagte Leslie lächelnd. »Wir treffen uns bestimmt noch mal wieder.«

Leslie wollte sich wieder ihren Einkäufen widmen, als ihr auffiel, wie merkwürdig Amy sie ansah. Die Augen waren weit aufgerissen, und obwohl Amy sie direkt anzusehen schien, wirkte ihr Blick plötzlich so leer wie der einer Blinden.

»Alles in Ordnung?«

Amy gab keine Antwort, und Leslie mußte sie noch einmal fragen.

»Oh, mir geht's gut. Tut mir leid, ich hatte plötzlich eine Vision. Von Ihnen geht eine starke Aura aus, aber ich fürchte, sie ist nicht besonders positiv.«

»Ach nein?« sagte Leslie ein wenig sarkastisch.

»Wenn Sie nichts davon wissen wollen, sage ich Ihnen auch nichts. Manche Leute fühlen sich beleidigt, wenn ich ungebeten meine Wahrnehmungen vor ihnen ausbreite.«

»Nur zu«, sagte Leslie.

»Ihre Aura ist sehr stark – ungewöhnlich stark. Leider sehe ich in Ihrem Leben viele seelische Belastungen und Anspannungen. Sie sind verheiratet, nicht wahr?«

»Ja«, sagte Leslie. Sie begann sich zu fragen, ob Amy verrückt war.

»Der Name Ihres Mannes ist David, richtig? Nein. Tut mir leid, er heißt Dabney. Halt, das ist auch nicht richtig. Er heißt doch David. Sein Name ist David, stimmt's?«

»Woher wissen Sie das?«

»Darf ich Ihre Handfläche sehen?«

Leslie zögerte, dann streckte sie ihr die Hand hin. Amy umfaßte sie locker am Gelenk.

»Habe ich's mir doch gedacht. Die Anspannungen haben mit Ihnen und Ihrem Mann zu tun. Ihre Ehe steckt seit einiger Zeit in einer Krise, und es kommt leider noch schlimmer. Er wird Ihnen was antun – er hat Geheimnisse vor Ihnen.«

»Was für Geheimnisse?« Seit Amy Davids Namen erraten hatte, war Leslies Interesse erwacht.

»Ich bin mir nicht sicher, aber es ist irgendwas Schlimmes, das weiß ich. Und wenn Sie es herausfinden, wird es Sie sehr verletzen. Sie sollten ihn direkt zur Rede stellen.«

»Aber weshalb sollte ich ihn denn zur Rede stellen?«

»Fragen Sie ihn, weshalb er nicht ehrlich zu Ihnen ist.«

»Das ist ja alles sehr interessant, aber ...«

»Glauben Sie mir. Wenn Sie noch länger warten, wird es ziemlich schlimm für Sie. Stellen Sie ihn noch heute zur Rede und verlassen Sie ihn dann sobald wie möglich.«

»Wollen Sie mir sagen, daß ich meinen Mann verlassen soll?«

»Ja, bevor es zu spät ist.«

Jetzt war Leslie davon überzeugt, daß mit dieser Frau ernstlich was nicht stimmte. Einige Käufer im Gang schauten nervös in Amys Richtung. Leslie ließ Amy mit einem raschen Dankeschön stehen und schob ihren Wagen zur Kasse. Sie überlegte, ob sie den Wagen voller Lebensmittel im Laden einfach stehenlassen und sich ein Taxi nehmen sollte, da sie fürchtete, daß Amy sie weiter belästigen würde, wenn sie anstand, oder daß sie ihr aus dem Supermarkt nach draußen folgen würde. Doch als sie sich umdrehte, war Amy verschwunden.

Leslie wollte den ganzen Vorfall aus ihrem Gedächtnis streichen, doch auf dem Heimweg begann sie, unruhig zu werden. Sie dachte an ihre Probleme mit David, daran, wie seltsam er sich in letzter Zeit verhalten hatte, und an die leere Kassette; sie fragte sich, ob es zwischen all dem einen Zusammenhang gab.

Leslie meinte zu spüren, daß Amy ihr folgte, und sie sah sich immer wieder um, als sie die Seventy-ninth Street entlangging.

9

Er wurde nicht grundlos Billy Balls genannt. Als er sich eines Tages in der High-School zum Sportunterricht umzog, lugten seine Eier, seine *balls,* wie zwei Briefbeschwerer aus der Unterhose hervor. Ein Typ aus der Footballmannschaft schrie: »Hey, seht euch mal Billys Eier an«, und seit diesem Tag nannte ihn alle Welt nur noch Billy Balls.

Doch Joey kannte Billy schon aus der Zeit, bevor er diesen Nachnamen erhalten hatte. Die DiStefanos wohnten Tür an Tür mit den DePinos in der Albany Avenue in Brooklyn. Billy und Joey kannten sich, seit ihre Mütter sie nebeneinander in ihren Kinderwagen über die Flatbush Avenue geschoben hatten. Sie gingen in dieselben Klassen der Vorschule und zottelten zusammen zur High-School. Als Kids spielten sie Whiffle-Ball in Billys Toreinfahrt und trieben sich vor Roccos Pizzeria herum. Joey war acht Jahre alt, als sein Vater begann, ihn an Wochenenden mit auf die Rennbahnen zu nehmen, und manchmal kam Billy mit. Mit elf Jahren fingen sie an, ihre eigenen Wetten zu setzen. Aber Joey interessierte sich von Anfang an mehr fürs Wetten, während Billy eher darauf aus war, sich vernaschen zu lassen.

Manchmal fragte sich Joey, ob es an Billys dicken Eiern

lag, daß sein Sextrieb so stark ausgeprägt war. Mit elf Jahren, als die meisten Kinder noch darauf warteten, daß ihnen die ersten Schamhaare wuchsen, trieb Billy es bereits mit Linda Gianetti, dem Luder aus der sechsten Klasse. Ständig trug er nur die edelsten Klamotten – Jeans von Sergio Valente, Pullunder, Goldkettchen. In der High-School sparte er sich die Anzahlung für einen roten Camaro zusammen und saß darin jeden Nachmittag vorm Haupteingang der Midwood High-School auf der Bedford Avenue im Kreise seiner versammelten Verehrerinnen. Selbst als Joey noch im Besitz sämtlicher Haare war, hatte er nicht so gut wie Billy ausgesehen. Damals verbrachte er die meisten Abende bereits im OTB-Wettbüro auf der East Sixteenth Street, aber manchmal luden Billy und seine jeweilige Flamme ihn mit einer ihrer Freundinnen ein, was gewöhnlich damit endete, daß sie in irgendeiner dunklen Straße parkten. Wäre Billy nicht gewesen, hätte Joey wie die übrigen Kids aus der Nachbarschaft zu einer Nutte nach Coney Island fahren müssen, um seine Unschuld zu verlieren.

Dann passierte der Unfall. Es geschah am Abend der Abschlußfeier, und Billy war mit Cindi Badamo, dem hübschesten Mädchen der Schule, auf dem Rückweg von einer Bar in Bay Ridge. Die Gerüchte behaupteten, daß Cindi ihm einen blies, während Billy am Steuer saß, als er in einer Kurve irgendwie die Kontrolle über den Wagen verlor und gegen einen Baum krachte. Cindi schlug mit dem Hinterkopf gegen das Lenkrad und brach sich den Hals; sie starb noch in derselben Nacht im Krankenhaus. Billy lag zwei Wochen lang im Koma. Seine Mutter und seine Großmutter blieben rund um die Uhr an seinem Bett, beteten zu Jesus – und dann, wie durch ein Wunder, wachte Billy wieder auf. Er konnte sich an den Unfall nicht erinnern und hatte auch eine Menge anderer Dinge vergessen. Die Ärzte sagten, er würde sich irgendwann vollständig erholen, aber er war nie mehr ganz derselbe.

Er redete nicht nur viel langsamer als früher, er wirkte auch ständig abwesend, verstummte mitten im Gespräch und verlor schnell die Geduld, fauchte die Leute grundlos an. Er lächelte und lachte nicht mehr so oft, und manchmal war er derart deprimiert, daß er tagelang sein Haus nicht mehr verließ. Allmählich begann er, sein gutes Aussehen zu verlieren – er nahm zu und kleidete sich achtlos. Er ließ sich einen Schnäuzer wachsen, dann einen Zickenbart und schließlich einen Vollbart. Das einzige, was sich an Billy nicht änderte, war sein Verlangen nach Sex. Es fiel ihm nicht mehr so leicht, Frauen kennenzulernen, da die meisten Frauen gleich merkten, daß irgendwas an ihm verkorkst war, doch einige – meistens die etwas dümmeren – gingen immer noch mit ihm aus. Und wenn er keine Verabredung hatte, war er in Manhattan, trieb sich in den Bordellen der East Twenties herum oder suchte den West Side Highway nach Prostituierten ab. Er gestand Joey, daß er seinen Schwanz ›Superpimmel‹ getauft habe, da er die nahezu unmenschliche Fähigkeit besitze, noch lange steif zu bleiben, nachdem er gekommen war. Joey sagte, eines Tages würde er jemanden beim *Guinness-Buch der Rekorde* anrufen, damit man eine Story über ihn brachte.

Nachdem Billy sich von seinem Unfall erholt hatte, besorgte Joey ihm einen Job in dem Farbhandel, in dem er selbst auch arbeitete. Billy machte bei der Farbklau-Sache mit, und es war Billy, der dafür sorgte, daß sie auf ihren Wochenendtrips nach Atlantic City Nutten auf dem Zimmer hatten. Manchmal war es mit Billy zwar nicht gerade lustig, aber Joey hatte stets zu ihm gehalten.

Dann begann Billy, sich mit einer Frau namens Karen zu treffen. Jeden Tag kam er mit einer neuen Geschichte zur Arbeit und erzählte, wie geil und verrückt sie im Bett war, und sämtliche Typen aus dem Farbhandel scharten sich um ihn und hörten zu. Joey hatte es noch nicht erlebt, daß Billy wegen einer Frau log, war sich aber diesmal nicht sicher, ob es diese Karen wirklich gab. Es war einfach nicht Billys Art, sich mit einer Frau zu treffen, sich aber nie mit ihr zu zeigen, und da es noch keine sechs Monate zurücklag, daß er aus dem Koma erwacht war, fragte sich Joey, ob nicht irgendwas Schrulliges in Billys Kopf vorging. An einem heißen, schwülen Tag gegen Ende August kam Billy dann nach der Mittagspause ins Farbengeschäft, verkündete, daß Karen es mit einer Menge Typen auf einmal treiben wolle, und fragte, ob jemand interessiert sei. Vielleicht lag es daran, daß es einer der heißesten Tage des Jahres war, jedenfalls verwandelte Billys Angebot die Jungs schlagartig in eine Meute geiler Böcke. Der Boss war krank, was das Angebot noch verführerischer machte, also drängten sich neun Typen in den Farblaster und schrien Billy an, er solle sie ficken lassen. Joey stieg ebenfalls auf den Laster. Er war sich immer noch nicht sicher, ob es Karen wirklich gab, doch wenn sie tatsächlich existierte, war er ebenso scharf darauf, sie aufs Kreuz zu legen, wie all die anderen Kerle.

Karen wohnte nicht weit vom Farbengeschäft. Billy fuhr den Laster zu einer geziegelten Doppelhaushälfte in einer Nebenstraße der Utica Avenue. Als er den Wagen abstellte, sagte er allen, daß sie leise hinausschleichen und sich verstecken sollten, während er an der Tür klingelte. Niemand dachte daran, ihn zu fragen, warum sie sich verstecken sollten, wenn Karen doch Sex mit vielen Männern haben wollte, und falls sie daran dachten, machte sich niemand die Mühe, irgendwas dazu zu sagen. Kichernd verbargen sich einige Kerle hinterm Gebüsch, andere hinter einem parkenden Auto. Als sie sich so leise verhielten, wie es unter diesen Umständen eben möglich war, klingelte Billy, doch kaum ging die Tür auf, stürmten sie schreiend und lachend ins Haus.

Joey konnte Karen weder sehen noch hören. Er war einer der letzten, die ins Haus eilten, und bei dem allgemeinen Lärm und Durcheinander konnte er nicht erkennen, was vor sich ging. Dann liefen alle eine enge Treppe nach oben, und Joey folgte ihnen. Im zweiten Stock rückte die Meute langsam zu einem Zimmer am Ende des Flurs vor. Joey wußte immer noch nicht, was eigentlich geschah, doch die Kerle lachten, als feierten sie eine große Party. Kaum war Joey dann im Zimmer, sah er Karen zum ersten Mal.

Sie war eine große Frau mit langem, lockigem, rotem Haar. Sie saß auf dem Bett, und Billy zerrte an ihrer weißen Bluse, er wollte sie ausziehen. Sie sah nicht besonders glücklich aus. Sie weinte, während sie versuchte, Billy und die anderen Typen abzuwehren. Dann zerbrach irgendwas in Billy. Er zog die Bluse über Karens Kopf und stieß sie hart aufs Bett. Sie rief: »Nein, nein!«, aber niemand achtete auf sie. Am Klang ihrer Stimme merkte Joey, daß etwas mit ihr nicht stimmte, fast schien es, als wäre sie geistig zurückgeblieben. Billy befahl zwei Typen, sie festzuhalten, dann zog er sich die Hose aus und entblößte seine Rieseneier. Die Typen kreischten »He da, Billy Balls!« und »Zeig's ihr, Billy Balls!«. Weitere Zurufe spornten ihn an. Fast ohne Ausnahme lachten sie.

Während Billy in Karen hineinstieß, wurde das Geschrei immer lauter. Alles war so rasch gegangen, daß Joey eine Weile brauchte, bis er merkte, was geschah. Anfangs wurde er so mitgerissen, daß er ins Geschrei einstimmte. Doch als Billy sich an ihr zu schaffen machte und Joey sah, wie das arme Mädchen weinte, wußte er, daß falsch war, was hier geschah. Er meinte zu spüren, daß sich noch ein paar Typen im Zimmer – auf alle Fälle Stevey und Chris – auch nicht besonders wohl fühlten, doch keiner unternahm was dagegen. Joey wollte den Mund aufmachen, aber er wußte, daß er sich damit nur Ärger einhandeln würde. Die Typen im Farbhandel waren seine besten Freunde, die einzigen Freunde, die er hatte, und ein paar von ihnen machten beim Farbenklau mit. Und wenn sie sich nun alle zusammensetzten und beschlossen, Joey nicht mehr mitmachen zu lassen? Er könnte nichts dagegen tun, aber er würde Tausende von Dollars verlieren.

Trotzdem wollte Joey was sagen. Er sah sich bereits als großen Helden, den die Eltern des Mädchens zum Essen einluden, um ihm zu danken. Doch einige Minuten waren vergangen, schon bumste der nächste Typ das geistig zurückgebliebene Mädchen, und Joey stand immer noch da und schaute zu. Jedesmal, wenn er sich rühren oder was sagen wollte, befahl ihm eine innere Stimme, ein anderer Teil seines Selbst, nichts zu tun. Was würde geschehen, wenn er versuchte, die Sache abzubrechen oder ans Telefon zu laufen, um den Bullen Bescheid zu sagen? Irgendwann würde sich herausstellen, daß er von Anfang an dabeigewesen war, daß er wie alle anderen für das Vorhaben gewesen war, als er auf den Laster stieg, und daß er die ganze Zeit danebengestanden hatte, ohne was zu unternehmen. Vor kurzem war in den Nachrichten eine Meldung über eine Bande Schwarzer in Harlem gebracht worden, die eine Frau vergewaltigt hatten, und sämtliche Typen waren in den Knast gewandert. Joey wußte, wie schnell es jetzt dazu kommen konnte, daß er auch im Knast landete.

Er sah zu, wie einer nach dem anderen das Mädchen bestieg – selbst Stevey und Chris machten sich über sie her. Er wußte inzwischen, daß sie tatsächlich geistig zurückgeblieben war, denn als sie schreien wollte, stopfte Billy ihr seine zusammengeknüllte Socke in den Mund und fluchte: »Halt's Maul, du beschränkte Kuh!« Die Zeit war offenbar schneller verstrichen, als Joey geglaubt hatte, denn mit einem Blick auf den Wecker auf der Kommode stellte er entsetzt fest, daß bereits eine Stunde vergangen war. Jemand rief, daß Joey nun an der Reihe sei, aber Joey sagte, er sei nicht in Stimmung. Kevin Miller fragte: »Warum nicht?«, aber Joey wiederholte nur: »Ich bin nicht in Stimmung.« Ein paar Typen riefen »Schwuchtel« und »Homo«, aber Billy setzte sich für ihn ein und sagte: »He, wenn er keine Lust hat, muß er auch nicht. Laßt den Jungen in Ruhe.«

Joey war zwar froh, daß Billy sich für ihn stark machte, aber deshalb konnte er noch lange nicht vergessen, was Billy hier trieb. Er faßte es einfach nicht, daß dies der Junge sein sollte, mit dem er zusammen aufgewachsen war, der Junge, von dem Billys Mutter geprahlt hatte, wie clever und gutaussehend er sei. Nachdem Billy und ein paar der anderen Typen das Mädchen für eine schlappe zweite Runde bestiegen hatten – Billy stieß ein lautes Heulen aus, wenn er kam –, trollten sich die ersten. Joey fiel auf, daß Billy, ehe er ging, dem Mädchen die Socke aus dem Mund nahm und es fragte, ob es einen Schluck Wasser wolle. Die Kleine gab keine Antwort. Sie sah aus wie tot und starrte mit weit aufgerissenen Augen an die Decke, doch da sich ihre Brust hob und senkte, wußte Joey, daß sie nicht tot war.

Auf dem Rückweg wurde kaum geredet. Joey mußte an eine Bar kurz vor Schankschluß denken, wenn alle betrunken und müde waren und bloß noch ein weiches Plätzchen wollten, um sich ausschlafen zu können.

An jenem Abend lag Joey im Bett und wartete darauf, daß es an der Tür schellte oder daß das Telefon klingelte, und er stellte sich vor, wie ein Polizeibeamter zu ihm sagte: »Würden Sie uns bitte aufs Revier begleiten und einige Fragen beantworten?« Er mußte immer wieder aufstehen und pinkeln gehen.

Billy hatte den Typen garantiert, daß Karen sie auf gar keinen Fall verraten würde. Er behauptete steif und fest, daß es ihr Spaß machte, mit einer Menge Kerle Sex zu haben, daß sie sich nur gewehrt habe, weil sie es dann aufregender fand, und er sagte sogar, daß sie es irgendwann vielleicht noch einmal machen wollte. Als er am nächsten Tag zur Arbeit ging, wußte Joey nicht, wie die Jungs sich ihm gegenüber verhalten würden, doch taten sie zu seiner Überraschung so, als wäre nichts geschehen. Es gab die üblichen Frotzeleien und das Gerede darüber, was für ein Arschloch der Boss doch sei, und Kevin Miller fragte Joey sogar, ob er mit ihm und ein paar Jungs am Freitag abend in die Stadt fahren wolle – als hätte er ihn vor kaum vierundzwanzig Stunden nicht eine Schwuchtel genannt, weil er beim Rudelbumsen nicht mitmachen wollte.

Die Tage vergingen, und es schien, als hätte Billy recht behalten. Karen sagte kein Wort zur Polizei. Joey nahm an, daß Billy ihr sicher gedroht und Angst eingejagt hatte, damit sie nichts verriet. Außerdem vermutete Joey, daß es nicht ohne Wirkung für ein Mädchen, besonders für ein geistig zurückgebliebenes Mädchen bleiben konnte, wenn es von einer ganzen Meute vergewaltigt wurde. Vielleicht war die Kleine zu dem Schluß gekommen, daß das Ganze irgendwie ihre Schuld gewesen war.

Allmählich begann auch Joey, die Sache zu vergessen. Billy sagte, er treffe sich nicht mehr mit ihr, was konnte es also bringen, jetzt noch was zu unternehmen? Außerdem machte es ihm derart Spaß, das Geld vom Verkauf der gestohlenen Farbe zu verwetten, daß ihm alles andere unwichtig schien. Sein Kopf steckte voll mit Gedanken an Rennbahnen und Casinos, Pferde und Blackjack, da blieb einfach kein Platz mehr für ein schlechtes Gewissen wegen einer Tat, die er nicht einmal begangen hatte.

Als Mario Cantello aus dem Gefängnis entlassen wurde und die Sache mit dem Farbenklau vorbei war, sah er Billy immer seltener. Er gehörte zu denen, die weiter für Cantello arbeiteten, während Joey sich einige Jahre treiben ließ, in seiner Wohnung in Sheepshead Bay hauste und nach Manhattan zog, sobald er Maureen geheiratet hatte. Joey telefonierte noch mit Billy, vor allem sonntags nachmittags, um mit ihm über die Wetten zu reden, die sie auf die Spiele abgeschlossen hatten. Von anderen Leuten aus der alten Nachbarschaft, denen er zufällig begegnete oder mit denen er telefonierte, wußte Joey, daß Billys Sauferei außer Kontrolle geraten war. Jeden Abend ließ er sich volllaufen, fing Kneipenschlägereien an und trieb es mit Nutten. Seine Mutter hatte einen Typen kennengelernt und war in eine andere Wohnung gezogen, so daß Billy jetzt das Haus in der Albany Avenue für sich allein hatte. Die Hypothek war abbezahlt, also mußte er bloß noch für die Rechnungen aufkommen. Er arbeitete nicht länger für Cantello und hatte statt dessen einen Teilzeitjob in einem Motorradladen angenommen. Er schien nicht unbedingt der glücklichste Mensch auf Erden zu sein, doch war Joey froh, sich keine Geschichten mehr über geistig zurückgebliebene Mädchen anhören zu müssen.

Obwohl er seit dem Super-Bowl-Sonntag nicht mehr mit Billy gesprochen hatte – und davor hatten sie ein Jahr lang nicht mehr miteinander geredet –, ging Joey davon aus, daß Billy ihm helfen würde. Er wußte, so wie er nach dem Unfall zu Billy gehalten hatte, würde Billy nun zu ihm halten. So lief das eben unter alten Freunden.

Von der Haltestelle Fourteenth Street rief er Billy an. Der Anruf weckte ihn, und Billy sagte, er hätte sich letzte

Nacht zugeknallt, und sein Kopf fühle sich an, als wolle er platzen, doch als Joey ihm sagte, daß er sofort mit ihm – persönlich – über was Wichtiges reden müsse, sagte Billy, er solle gleich vorbeikommen. Allerdings riet er ihm, unten von der Ecke aus noch mal anzurufen, da er so müde sei, daß er die Klingel vielleicht überhören würde.

Als Joey die U-Bahn-Station an der Kreuzung Flatbush und Nostrand Avenues verließ, überkam ihn jenes Gefühl, in die Vergangenheit zu gehen, das ihn hier so oft überkam. Das Leben in Manhattan unterschied sich derart gründlich von seinem alten Leben in Brooklyn, daß er kaum glauben konnte, daß Manhattan und Brooklyn auf demselben Planeten lagen. Zwar hatten nur wenige Läden aus der Zeit seiner Kindheit überdauert, doch erinnerte ihn jede Straßenecke und jedes Schaufenster an ein Geschehen aus seiner Kindheit. Fast meinte er, mit seinem Dad durch den Schnee zu stapfen, um eine Zeitung zu holen, oder sich mit einer Schar Freunde von der Schule nach Hause laufen zu sehen.

Die größte Veränderung seit der Zeit, als Joey noch ein Junge gewesen war, betraf die Anzahl der Schwarzen. Als er hier aufwuchs, lebten in seiner Nachbarschaft fast nur Weiße, doch wie er nun die Flatbush Avenue entlangging, sah er nur schwarze Gesichter. Joey hatte nichts gegen Schwarze, er vermißte bloß die ehemalige Nachbarschaft, die alten Zustände. Er malte sich aus, wie die schwarzen Kinder, die hier inzwischen wohnten, etwas Ähnliches fühlen würden, wenn sie in zwanzig Jahren zurückkamen und sahen, daß Koreaner und sonst wer die Schwarzen verdrängt hatten.

Es war etwa acht Jahre her, seit Joey zuletzt in seiner alten Gegend gewesen war. Bis auf die schwarzen Kids, die an den Straßenecken standen und ihren lauten Rap hörten, sah es fast so aus wie früher. Roccos Pizzeria gab es immer noch, und Joey erinnerte sich, wie er mit einer Meute anderer Typen an den Straßenecken herumgelungert, Bier aus Pappbechern getrunken und mit den alten Knackern im Knights of Columbus Billard und Poker gespielt hatte. An den Straßenecken trieben sich immer noch Kids rum, aber sie waren allesamt schwarz und starrten Joey mißtrauisch und wütend an, als er vorbeiging.

Auf der Albany Avenue blieb Joey vor dem alten Familienhaus stehen. Es war ein schmales, zweistöckiges Gebäude, auf dem immer noch die häßlichen, blaßgrünen Dachziegel lagen, mit denen sein Vater in den sechziger Jahren das Dach gedeckt hatte. Joey begann, über seinen Vater nachzudenken, stellte sich vor, wie er das winzige Rasenrechteck vorm Haus mit dem verrosteten Handmäher bearbeitete, während ihm eine dicke Zigarre aus dem Mund hing. Dann dachte er an seine Mutter, wie sie den Kopf aus dem Fenster streckte und mit ihrer heiseren Raucherstimme brüllte: »Carmine, komm zum Essen!« Doch plötzlich wurden Joeys glückliche Erinnerungen durch Bilder von seinen Eltern auf der Krebsstation verdrängt. Drei Wochen, nachdem man bei seiner Mutter Lungenkrebs diagnostiziert hatte, stellte man bei seinem Vater Leberkrebs fest. Sein Vater überlebte seine Mutter um zweieinhalb Monate. Joey erinnerte sich, wie er die Asche seines Vaters auf die Koppel beim Aqueduct gestreut und daß Billy ihn zur Bahn begleitet hatte. Danach war das

Leben ziemlich hart gewesen. Joey war fünfzehn, und er hatte aus seiner Gegend fortziehen, seine Freunde verlassen und bei seiner Tante in Mill Basin wohnen müssen.

Ein schwarzer Junge, etwa zehn Jahre alt, stand in der Auffahrt und starrte Joey an. Joey wußte nicht, seit wann ihn der Junge ansah, aber er schien schon ziemlich lange da zu stehen. Joey war verlegen, als hätte man ihn beim unerlaubten Betreten eines Grundstücks ertappt, also ging er weiter zu Billys Haus. Es sah genauso aus wie Joeys altes Haus, bloß war es braun gestrichen. Nachdem er die fünf Ziegelsteinstufen vorm Eingang hinaufgestiegen war und geklingelt hatte, sah Joey sich um und entdeckte den kleinen schwarzen Jungen wieder, der auf den Bürgersteig gelaufen war und ihn immer noch anstarrte. Als Billy nicht gleich aufmachte, fiel Joey ein, daß er vorher eigentlich von der Ecke aus hätte anrufen sollen. Er wollte die Stufen schon wieder hinuntergehen, als sich die Tür öffnete.

Billy sah schlimmer aus, als Joey ihn je gekannt hatte. Er schien um zehn Jahre gealtert zu sein, hatte kaum noch Haare und sich eine Wampe zugelegt. Der Bart war lang und dreckig, als hätten sich Essensreste drin verfangen. Kaum zu glauben, daß dies derselbe Typ sein sollte, der vor der Midwood High-School mit schwarzer Mähne und cooler Sonnenbrille in seinem Camaro gesessen hatte. Bis auf ein Handtuch um die Hüfte war er nackt, und obwohl sich die Sonne hinter Wolken verbarg, blinzelte er, als müßte er in den strahlendsten Sonnenschein starren.

»He, Joey«, sagte er, ließ sich dann aber von dem kleinen schwarzen Jungen ablenken. »Was zum Teufel treibst du denn hier?« schrie er. »Verschwinde von meinem Grund

und Boden, bevor ich meine Knarre hole. Oder glaubst du vielleicht, ich mach Witze?«

Der schwarze Junge wartete einige Sekunden und lief dann, ohne eine Miene zu verziehen, zurück nach Hause.

Kaum war Joey drinnen, sagte Billy: »Die Scheißnigger in dieser Gegend machen mich noch wahnsinnig. Die sind wie diese verdammten Kakerlaken. Erst siehst du eine – und peng, am nächsten Tag sind's Millionen. Verflucht, was ist denn mit dir passiert?«

Einen Moment lang wußte Joey nicht, wovon Billy redete, dann fielen ihm die genähten Wunden und die blauen Flecke in seinem Gesicht wieder ein. Außerdem begriff er, daß ihn der schwarze Junge wahrscheinlich nur deshalb so angestarrt hatte.

»Das ist einer der Gründe, weshalb ich mit dir reden muß«, sagte Joey. »Können wir uns setzen?«

Billy führte Joey in die Küche, wo er ihm alles vorsetzte, was er im Haus hatte – eine Zweiliterflasche Pepsi und eine Tüte mit alten Chips. In der Spüle stapelte sich das Geschirr, Abfall türmte sich in einer Ecke, und das ganze Haus roch nach saurer Milch. Joey erklärte, daß er eine lange Pechsträhne gehabt und es im Meadowlands fast gepackt hätte, daß er aber jetzt noch tiefer im Schlamassel stecke als zuvor. Dann erzählte er, daß man ihn gefeuert hatte, daß er Schulden habe und sich von einem puertoricanischen Kredithai Geld leihen mußte und daß Carlos' Jungs ihm gestern abend übel mitgespielt hatten. Billy schien die ganze Zeit überhaupt nicht zuzuhören, obwohl er zwischendurch ›Yeah‹ oder ›Kein Scheiß?‹ oder ›Im Ernst?‹ sagte. Er blickte sich unruhig um, manchmal stützte er auch bloß die Stirn in die offene Hand und starrte auf den Tisch. Joey wußte nicht, ob es am Kater oder am Unfall lag. Doch als Joey schwieg, schien Billy alles gehört zu haben, denn er sagte: »Du weißt doch, Mann, daß du immer auf mich zählen kannst. Dabei gibt's nur ein Problem: Ich bin völlig pleite. Letzte Woche mußte ich meinen Wagen wegbringen, kostet mich zweihundert Scheine, irgendwas mit den Scheinwerfern, und ich krieg nicht mal die zusammen. Außerdem hat Dominic, mein Boss im Motorradladen, mir gesagt, daß er mich ab nächsten Monat wahrscheinlich nicht mehr braucht. Also vergiß die zehntausend, oder was immer du für eine Scheißsumme brauchst.«

»Ich weiß doch, daß du nicht so viel Geld hast«, erwiderte Joey, »und ich wollte dich auch gar nicht darum bitten.« Er schwieg einen Moment und überlegte, wie er es am geschicktesten vorbringen sollte. »Was ich dir jetzt sage, hört sich vielleicht verrückt an, aber du weißt ja, daß ich nicht verrückt bin, okay? Du weißt, daß ich ein ganz normaler Typ bin, und ich würde nie was Verrücktes sagen, wenn ich mir nicht völlig sicher wäre, daß es kein bißchen verrückt ist.«

»Klar doch«, sagte Billy und stierte wieder vor sich hin.

Joey wartete, bis Billy ihn ansah, und sagte dann: »Ich will jemanden entführen.«

Billy starrte Joey verdattert an, und Joey wußte nicht genau, ob er ihn verstanden hatte. Er wollte sich wiederholen, als Billy sagte: »Das soll wohl 'n Witz sein, wie?«

»Sieh dir mein Gesicht an«, sagte Joey ernst. »Seh ich aus, als wollte ich Witze machen?«

»Du bist wirklich völlig verrückt«, sagte Billy. »He da! Jemand im Oberstübchen zu Hause?«

»Ich mein's ernst«, sagte Joey. »Glaub mir, wenn es einen anderen Weg gäbe, würde ich den nehmen. Aber ich habe mir alles genau überlegt, hab sogar daran gedacht, meinen alten Boss auszurauben, aber dies ist die einzige Möglichkeit, an Geld ranzukommen. Ich weiß, das klingt nicht gerade wie die normalste Sache der Welt, ist aber tausendmal besser, als sich den Schädel auf dem Bürgersteig einschlagen zu lassen.«

»Und? Was willst du tun? Einfach einen Fremden auf der Straße aufgreifen und eine Million Dollar für ihn verlangen?«

»Keinen Fremden, jemanden, den ich kenne – ein kleines Mädchen. Und ich habe mir noch nicht überlegt, wie ich vorgehe oder wieviel Geld ich verlange, weil mir die Idee erst heute morgen gekommen ist.«

Billy stützte die Ellbogen auf den Tisch und kratzte sich den Schädel.

»Hör mal, ich hab mich gestern wirklich mächtig volllaufen lassen, und für so einen Scheiß bin ich einfach nicht in der richtigen Stimmung.«

»Ich bin bloß deshalb hier, weil ich dich brauche«, sagte Joey. »Scheiße, wen sollte ich denn sonst fragen? Das Mädchen, das ich entführen will, ist die Tochter von Maureens Freunden. Sie ist ungefähr zehn Jahre alt, und sie kennt mich. Ich kann diese Sache nicht allein durchziehen. Ich brauche jemanden, der mir hilft, sie zu schnappen, und dann brauche ich einen Ort, an dem ich sie verstecken kann, höchstens für ein oder zwei Tage. Mann, vielleicht nicht mal so lange. Ich sage dir, diese Leute, ihre Eltern, die sind so vernarrt in die Kleine, das ist einfach unglaublich. Sobald die kapieren, daß sie vermißt wird, zahlen die bestimmt jeden Betrag, um sie zurückzukriegen.«

Billy schüttelte langsam den Kopf, lächelte, als hätte er sich selbst was Lustiges erzählt, und trat dann an die Spüle. Er räumte die oberen dreckigen Teller auf die Stellfläche, beugte sich zum Hahn hinunter und spritzte sich Wasser ins Gesicht. Dann richtete er sich auf und wischte sich Bart und Gesicht mit einem schmutzigen Geschirrtuch ab. Anschließend rieb er sich mit demselben Tuch über die Glatze.

Er sagte: »Als du mich angerufen hast, da wußte ich, daß es irgendwas mit deiner Zockerei zu tun hat. Ich dachte, du wolltest mit mir ausgehen wie in der guten, alten Zeit, ein bißchen Blackjack spielen und ein paar Nutten vögeln. Aber da kommst du rein und knallst mir mit vermummter Visage diese verrückte Entführungsgeschichte und deine irren Pläne vor. Ich glaub, ich will einfach nur wieder ins Bett und weiterschlafen.«

»Du hast doch gesagt, daß du Geld brauchst, stimmt's?«

Billy starrte Joey mit halb offenem Mund an. Diesen blöden, verständnislosen Ausdruck hat er vor dem Unfall nie gehabt, dachte Joey. »Na und?« fragte Billy.

»Na ja«, sagte Joey. »Ist vielleicht ein Segen, daß ich heute morgen bei dir vorbeigekommen bin. Ich meine, für dich steckt schließlich auch Geld in der Sache. Dieser Typ, der Vater von dem Mädchen, der hat Geld wie Heu. Er ist ein Werbefritze und wohnt in einem dieser Prachtbauten an der Upper East Side mit Portier. Ich schätze, der hat mindestens ein paar hundert Riesen auf der hohen Kante, warum sollten wir uns da nicht schlappe fünfzig von ihm holen? Das wären fünfundzwanzig für jeden, und du brauchst überhaupt nichts dafür zu tun. Mußt nur ein kleines Mädchen für höchstens ein, zwei Tage in deinem Keller unterbringen.«

Billy stand der Mund immer noch halb offen, die Augen schielten, als starrte er auf die eigene Nasenspitze. Und dann, als wäre ein loser Draht in seinem Hirn wieder an die richtige Stelle zurückgeschnappt, wurde sein Blick wieder klar, und er sah fast normal aus. Er sagte: »Erzähl mir die ganze Geschichte noch mal von vorn. Wie heißt die Kleine?«

10

David war nie öfter als zweimal ums Jackie-Onassis-Reservoir gelaufen, aber heute entschied er sich für eine dritte Runde, um überschüssigen Streß abzubauen. Während er auf dem Kiesweg dahintrabte, erhöhte er das Tempo und pumpte wie besessen mit den Armen, so daß seine Fäuste auf Augenhöhe waren. Er schlängelte sich zwischen anderen Joggern durch, rempelte den einen oder anderen an und hörte im Vorbeilaufen gelegentlich ein »Paß doch auf!« oder »Arschloch!«. Er fühlte sich übermütig, spürte den Adrenalinstoß der Langstreckenläufer, zog den Reißverschluß seiner Windjacke auf und ließ sich von der eisigen Luft die verschwitzte Brust kühlen.

Er richtete den Blick auf einen Laternenpfahl etwa neunzig Meter vor ihm. Knapp vierzig Meter vor sich entdeckte er einen übergewichtigen Mann in einer Daunenjacke, der langsam dahintrabte. Wenn er vor dem Dicken beim Laternenpfahl war, sagte sich David, dann würde Amy Lee für immer aus seinem Leben verschwinden. Natürlich nahm David nicht an, daß er auch nur die geringste Chance hatte, den Mann zu schlagen – aber das war schließlich der Witz an der Sache.

David erhöhte sein Tempo und schien mit jedem Schritt aufzuholen. Schon nach ein paar Sekunden war er kaum noch zwanzig Meter vom Mann entfernt, und bis zur ›Ziellinie‹ waren es immer noch gut vierzig Meter. Doch als wüßte er, daß er an einem Rennen teilnahm, setzte der Mann plötzlich zu einem Sprint an. David gab sein Letztes und hätte fast eine alte Frau umgerannt, die in die entgegengesetzte Richtung spazierte. Aber der Dicke war viel zu schnell und schlug David um mehrere Längen.

Für David glich die Niederlage einer Botschaft des Teufels. Er hörte auf zu laufen, war schlagartig erschöpft und fürchtete, ohnmächtig zu werden. Die Vision war überdeutlich – wie der Rettungswagen eintraf, wie er unter den Blicken der Menge auf einer Trage davongebracht wurde. Er blieb stehen, versuchte, zu Atem zu kommen, und stützte sich mit flacher Hand am Zaun ab.

Kaum zwanzig Stunden zuvor hatte David seinen neuesten ›Amy-Alarm‹ ausgestanden. Er war am Samstag morgen ins Büro gefahren, um einige Dinge aufzuarbeiten, und er fand es entspannend, allein im Büro zu sein und durch nichts abgelenkt zu werden. Als er gegen drei Uhr nachmittags in seine Wohnung zurückkehrte, empfing ihn Zigarettenrauch. Er folgte dem Geruch bis ins Schlafzimmer, wo Leslie im Schneidersitz auf dem Bett hockte, neben sich einen mit Zigarettenstummeln übersäten Teller. Die letzte, halb aufgerauchte Zigarette stak zwischen Mittel- und Zeigefinger.

»Was ist los?« fragte David.

Schlagartig fiel ihm ein, daß ihr Vater letztes Jahr einer Bypassoperation unterzogen worden war. Er fragte sich, ob jemand gestorben war.

»Keine Sorge«, sagte Leslie, die seiner Stimme die Besorgnis anhörte. »Ich hatte bloß Lust auf ein paar Zigaretten. Ist das vielleicht nicht in Ordnung?«

»Aber du rauchst doch gar nicht«, sagte David.

Mit der Fernbedienung stellte Leslie den Fernseher ab und drückte dann die Zigarette auf dem Teller aus.

»Heute ist was passiert, worüber ich mit dir reden muß.«

Jetzt fragte sich David, ob Amy Lee schuld an der Raucherei war. David beschloß, ganz gelassen zu tun und nichts preiszugeben.

»Laß uns ein Fenster aufmachen«, sagte David, »damit frische Luft ins Zimmer kommt.«

»Hast du nicht gehört, was ich gesagt habe?« fragte Leslie. »Ich will mit dir über etwas Wichtiges reden.«

»Dann rede«, sagte David, öffnete die Fenster und ließ fernen Verkehrslärm und das Geräusch von Sirenen in die Wohnung dringen. »Was hält dich davon ab?«

»Stimmt was nicht?«

»Wieso?« fragte David. »Was sollte denn nicht stimmen?«

»Du scheinst dich über irgendwas aufzuregen.«

»Der Zigarettenrauch«, sagte David und versuchte allzu bemüht, nicht gereizt zu klingen. »Du weißt doch, wie allergisch ich dagegen bin. Ich verstehe einfach nicht, wieso du mit dem Rauchen anfängst. Willst du an Krebs sterben?«

»War was auf der Arbeit?«

»Nein!« David schrie beinahe. Er zog zu heftig an der Jalousie, so daß sie aus der Halterung sprang. Er hielt inne, versuchte, sich zu beruhigen. »Es ist der Rauch«, erklärte er mit Nachdruck. »Ich hasse Rauch.«

»Weißt du noch, ich habe dir doch letztens von der Chinesin erzählt, die ich im Macy's getroffen habe.«

David, der noch immer mit dem Gesicht zum Fenster stand, schloß die Augen.

»Eine Chinesin?«

»Weißt du nicht mehr? Die, die mir von ihren Problemen mit ihrem Freund erzählt hat.«

David zuckte zusammen.

»Ach, die.«

»Du wirst es nicht glauben, aber heute habe ich sie bei Gristede's gesehen.«

»Was du nicht sagst.«

»Ein unglaublicher Zufall, findest du nicht? Zuerst habe ich nicht viel darauf gegeben, aber dann habe ich mich gefragt, wie die Chancen für solch ein Treffen in New York stehen. Das hat mich ins Grübeln gebracht, vor allem, weil sie mir dann erzählt hat, daß sie eine Hellseherin sei, und weil sie alles mögliche über uns gewußt hat.«

»Über uns?«

»Sie kannte meinen Namen – obwohl ich mir fast sicher bin, daß ich ihn nie genannt habe –, und deinen Namen kannte sie auch. Stell dir vor, sie sagte, das würde ihr meine Aura verraten. Und dann hat sie mir erzählt, daß es viele seelische Belastungen und Anspannungen in meinem Leben gebe und daß du etwas tätest, was mich verletze. Sie sagte, du würdest mir etwas verbergen und ich solle dich deshalb zur Rede stellen.«

David versuchte, die Jalousie wieder in die Halterung zu klemmen, doch noch während er daran herumfummelte, krachte sie plötzlich zu Boden.

»Verdammt, ich hasse diese verfluchten Dinger.«

»Hörst du mir überhaupt zu?«

»Ja«, sagte er, das Gesicht noch immer dem Fenster zugewandt.

»Und? Was denkst du darüber? Findest du das nicht auch ziemlich merkwürdig?«

»So merkwürdig nun auch wieder nicht.«

»Wie meinst du das? Ich habe die Frau für völlig übergeschnappt gehalten und hatte Angst, daß sie mir nach Hause folgt.«

»Das würde sie bestimmt nicht tun.«

»Wirklich nicht? Und wieso bist du dir da so sicher?«

»Wie du schon sagtest, weil sie, wie ich meine, wahrscheinlich – na ja, es klingt doch so, als wäre sie verrückt. Ich wette mit dir, daß sie ständig irgendwelche Leute in Supermärkten und Kaufhausabteilungen anquatscht.«

»Aber sie kannte unsere Namen. Sie schien alles über uns zu wissen. Ich fasse es nicht, daß dir das gar nichts ausmacht.«

Endlich konnte David die Jalousie zurück in die Halterung schieben. Er drehte sich zu Leslie um.

»Na also. Die dürfte nicht so bald wieder runterfallen. Weißt du, wir sollten diese Jalousien wirklich austauschen. Wie lange haben wir die schon?«

»Ich sehe immer noch ihre Augen vor mir«, sagte Leslie. »Sie hatte so einen irren Blick. Ich glaube, sie hat kein einziges Mal geblinzelt.«

»Vergiß es«, sagte David. »Es ist vorbei.«

»Und was ist mit all dem, was sie gesagt hat?«

»Die Geschichte mit der Hellseherei ist doch ein Haufen Bockmist. Wahrscheinlich hat sie einfach ins Blaue geraten. David ist ja nicht gerade der seltenste Name auf Erden. Hättest du ihr nicht gesagt, daß sie recht hatte, hätte sie es wahrscheinlich mit Bob, Jim oder Harry und allen möglichen anderen Namen probiert, bis sie den richtigen gefunden hätte. Jedenfalls lohnt es sich nicht, deshalb Krebs zu kriegen. Und tu mir einen Gefallen – solltest du wieder einmal rauchen, geh bitte auf die Terrasse.«

David ging aus dem Schlafzimmer. Vom Flur rief er ihr zu, daß er nach unten ins Foyer gehen wolle, um die Post zu holen. Während er auf den Fahrstuhl wartete, lehnte er sich gegen die Wand und versuchte, sich zu beruhigen. Er schwitzte so stark, daß er seinen eigenen Körpergeruch wahrnahm. Unter den gegebenen Umständen hatte er sich wacker geschlagen, fand er, aber vielleicht gab Leslie auch nur vor, von seiner Affäre nichts zu wissen. Vielleicht wollte sie ihn nur dazu bringen, alles zuzugeben.

Im Foyer sagte der Portier etwas zu David, doch war er so in Gedanken, daß er ihn bitten mußte, sich zu wiederholen.

»Ich habe da einen Brief für Ihre Frau.«

»Einen Brief?«

Der Portier, der junge Schwarze, der nur an Wochenenden arbeitete, hielt einen schlichten weißen Umschlag in der Hand. LESLIE war mit schwarzem Magic Marker auf die Vorderseite geschrieben.

»Wer hat den abgegeben?«

»Eine Frau.«

»Wann?«

»Vor einer halben Stunde.«

»Wie hat sie ausgesehen?«

»Eine Chinesin. Schlank.«

David trat in den Hintergrund des Foyers, fort von den Fahrstühlen, und öffnete den Umschlag. In ihm steckte ein herausgerissener Fetzen Notizpapier mit zerfranstem Rand. Er mußte die Nachricht mehrmals lesen, obwohl sie eigentlich nicht besonders kompliziert war.

ES WAR MIR EIN VERGNÜGEN, IHREN GATTEN ZU VÖGELN.
HERZLICHST, IHRE GESCHÄTZTE HELLSEHERIN

David blieb in der Ecke stehen und kämpfte gegen eine neue Panikattacke an. Er begriff nicht, womit er diese Qualen verdient hatte, und fand schließlich, daß er unmöglich so weitermachen konnte. Irgendwann würde es Leslie doch herausfinden, also erfuhr sie es besser von ihm selbst. Er zerriß den Zettel in möglichst winzige Schnipsel und stopfte sich die Reste in die Hosentasche. Er würde Leslie alles sagen. Was immer dann auch passieren mochte, war besser als das, was jetzt geschah.

Als David die Wohnung wieder betrat, goß Leslie sich gerade ein Glas Diät-Cola ein. Er sagte: »Ich muß mit dir reden. Über etwas sehr Wichtiges.«

»Über was?« fragte Leslie.

Irgendwo zwischen Hirn und Lippen verendete Davids Mut. Er erinnerte sich daran, wie verzweifelt er mit zwölf Jahren gewesen war, als seine Eltern sich scheiden ließen. Für die zehnjährige Jessica würde der Schlag bestimmt noch schlimmer sein. Ihr Leben war jetzt so glücklich, daß es einfach verrückt schien, alles zu zerstören.

»Ich liebe dich«, sagte David feierlich.

Leslie schien verwirrt, dann lächelte sie.

»Ich dich auch.«

David, Leslie und Jessica hatten vorgehabt, den Abend zu Hause zu verbringen und sich einen Videofilm anzusehen. Normalerweise ging David allein zu Blockbuster in der Second Avenue, um das Video auszuleihen, aber heute abend bestand er darauf, daß sich die ganze Familie zusammen auf den Weg machte. Er wußte zwar nicht, wie er reagieren würde, wenn Amy sie auf der Straße ansprach, fürchtete aber, daß sie anrief, sobald er die Wohnung verließ.

Als sie vom Videoladen zurückkamen, klingelte das Telefon. David stürzte an den Apparat, aber der Anrufer hatte bereits aufgelegt. Seine Gedanken überschlugen sich, dann ging er an den Anrufbeantworter in seinem Arbeitszimmer und sah die Ziffer drei blinken. Er sagte Leslie, daß er ein wichtiges Gespräch mit einem Kunden führen müsse, und spielte die Nachrichten bei niedriger Lautstärke ab. Die drei Mitteilungen waren tatsächlich von Amy; die erste lautete: »Hallo David, ich bin's, Amy; ruf mich an.« Die zweite klang ziemlich sexy: »Hi, David, ich liege gerade auf dem Bett und denke an dich. Du fehlst mir. Ruf mich an.« Und die dritte Nachricht begann damit, daß sie sang: *»I just called to say I love you…«*, und dann sagte sie: »Bitte, David, ruf mich an.«

Schwer atmend rief David die Auskunft an und bat um Amys Telefonnummer. Ihr privater Anschluß war nicht eingetragen. Einen Augenblick lang machte er sich Sorgen, dann kam ihm ein Geistesblitz. Er wählte die Rückrufnummer der Telefongesellschaft, und nach dem dritten Klingeln nahm Amy ab. Im Flüsterton erzählte er ihr, daß er sie sehr gern habe, doch wenn sie versuche, seine Familie zu zerstören, sei dies wohl kaum der richtige Weg, das gemeinsame Leben zu beginnen. Er sagte ihr, daß er vorhabe, Leslie zu verlassen, nur könne dies nicht so plötzlich geschehen, weshalb er sie inständig bitte, ihn wenigstens noch eine Woche in Ruhe zu lassen. Amy sagte, daß sie lange genug gewartet habe und es leid sei, sich seine Lügen anzuhören. Wenn David Leslie nicht sofort sagen würde, daß er sich in eine andere Frau verliebt habe, würde Amy vorbeikommen und es ihr selbst erzählen. Es klopfte an die Tür zu Davids Arbeitszimmer. Jessica wollte wissen, wie lange David noch telefonierte. David sagte, es würde nur noch ein paar Minuten dauern, und mit gedämpfter Stimme flehte er Amy an, ihm bis Montag abend Zeit zu lassen. Er sagte, daß er sehr viel für sie übrig habe und daß sie ihm, falls sie wirklich genauso für ihn empfinde, die Zeit bestimmt einräumen würde. Das schien Wirkung zu zeigen. Nach langem Schweigen sagte Amy, sie wolle ihn bis Montag in Ruhe lassen, warnte ihn aber zugleich davor, daß sie nicht länger warten würde. Dann sagte sie, daß sie ihn vermisse, und wünschte ihm eine gute Nacht.

David hatte höchstens auf ein oder zwei Szenen aus dem Film geachtet – der neueste Disney. Während Jessica und Leslie hingerissen auf den Bildschirm starrten und Eisjoghurt aßen, fragte sich David, was er nach Montag anfangen wollte. Er hatte nicht mehr erreicht, als sich etwas Luft zu verschaffen – zwei weitere Tage. Nichts hatte sich geändert. Falls überhaupt, war es eher noch schlimmer geworden. Es ärgerte ihn, daß er Amy gesagt hatte, er habe ›viel für sie übrig‹. Was, wenn sie das Gespräch aufgenommen hatte, um es Leslie zusammen mit dem anderen Band vorzuspielen? Und während er Jessica ansah, wie sie im Schneidersitz vor dem Fernseher hockte, dachte David daran, wieviel er zu verlieren hatte.

Etwa nach der Hälfte hielt Leslie den Film an und sagte, sie müsse auf die Toilette.

»Mami ist übel«, sagte Jessica.

»Ihr ist übel?« fragte David, noch ganz in Gedanken.

»Sie behauptet, sie hätte einen Virus, aber ich glaube ihr nicht. Sie muß sich schon die ganze Woche immer wieder übergeben.«

»Warum glaubst du ihr denn nicht?«

»Ich schätze, irgendwas stimmt nicht mit ihr.«

Als Leslie wenige Augenblicke später zurückkam, fragte David, ob alles in Ordnung sei.

»Natürlich«, sagte sie. »Warum denn nicht?«

Jetzt war David überzeugt, daß Leslie auf dem laufenden war. Und selbst wenn es ihr nicht bewußt war, wußte ihr Unterbewußtsein doch, was los war, das erklärte auch ihren empfindlichen Magen.

Als sich Leslie später ihr Nachthemd anzog, fiel David auf, daß sie an den Oberschenkeln abgenommen hatte und daß ihr Bauch flacher geworden war. Sie sah aus, als hätte sie zehn Pfund abgenommen. Vielleicht war so ein Magenvirus doch gar nicht so schlecht.

»Was machst du da?«

David biß zu und küßte sie dann noch einmal auf den Hals.

Als sie hinterher nebeneinander im Dunkeln lagen, fragte Leslie, woran er denke.

David war sich sicher, daß sie das wußte.

David beschloß, sich den Sonntag von Amy nicht verderben zu lassen. Als er am Nachmittag vom Joggen zurückkam, wollte Leslie daheim bleiben und ein leckeres Abendessen vorbereiten, so daß David mit Jessica ins Museum für Naturgeschichte ging. Ihre Faszination für Dinosaurier hatte sie seit einigen Jahren hinter sich gelassen und interessierte sich jetzt für die Ausstellung über ökologische Zusammenhänge. Sie schien mehr als mancher Meteorologe über globale Erwärmung zu wissen, und ihr großer Traum war es, eines Tages Wetteransagerin in den Nachrichten bei Channel Two zu werden.

David war ungeheuer stolz auf Jessica. Obwohl er sich immer einen Sohn gewünscht hatte und zugegebenermaßen enttäuscht gewesen war, als die Ultraschallbilder keinen Penis gezeigt hatten, war ihm Jessica so ans Herz gewachsen, daß er keine weiteren Kinder wollte. Leslie war einverstanden und hatte sich kurz nach Jessicas Geburt die Eileiter durchtrennen lassen.

Jessica führte David durch das Museum, als wäre es ihr eigener Palast. Dann aßen sie zu Mittag eine Pizza und verbrachten den restlichen Nachmittag im Hayden Planetarium. Als sie schließlich gegen fünf Uhr wieder in die Wohnung zurückkehrten, hatte David die Zeit derart angenehm verbracht, daß er den drohenden Montag ganz vergessen hatte und auch, daß Amy Lee überhaupt existierte.

Später half Leslie ihrer Tochter bei den Hausaufgaben,

und David versuchte, sich in ein Angebot zu vertiefen, das er einem Kunden unterbreiten wollte. Der Kunde, ein italienischer Schmuckfabrikant, hatte bislang nur in Druckerzeugnissen Werbung geschaltet und wollte jetzt eine Anzeigenkampagne im Fernsehen starten. David erstellte sein Angebot anhand von ihm selbst verfaßten Demographien und machte einen Kostenvoranschlag. Die Sache hätte ein Auftrag über mehrere Million Dollar werden können, doch gelang es David kaum, sich auf seine Arbeit zu konzentrieren. Er schien einfach keine bequeme Stellung in seinem Drehsessel zu finden und mußte am Bildschirm immer wieder zurückscrollen, um noch einmal zu lesen, was er gerade erst geschrieben hatte.

Als er ins Schlafzimmer kam, war Leslie noch wach und blätterte in einem Hochglanzmagazin. Sie sagte, sie fühle sich nicht wohl und glaube kaum, daß sie miteinander schlafen könnten, wogegen David nichts einzuwenden hatte. Er konnte nicht einschlafen und ging schließlich ins Wohnzimmer, um den Fernseher einzuschalten. Eine Werbesendung über einen neuen Bauchtrainer machte ihn hundemüde. Als er wieder aufwachte, schienen ihm nur wenige Minuten vergangen zu sein – ein Streifen morgendliches Sonnenlicht fiel durch die Jalousien und tat ihm in den Augen weh. Er war zu erschöpft, um sich rühren zu können, und doch raste sein Herz, als hätte er fünf Tassen Kaffee getrunken. Ansonsten war es ein typischer Montagmorgen. Leslie kümmerte sich darum, Jessica für die Schule fertig zu machen, und auf David wartete ein Becher Kaffee. Leslie trug bereits ihren Nerzmantel, als sie noch einmal in die Küche kam. »Heute soll es schneien«, sagte sie.

»Viel?«

»Fünfundzwanzig Zentimeter, heißt es, kommt aber darauf an, wie das Unwetter die Küste langzieht.«

»Bestimmt bloß Panikmache. Diese Wetterfrösche erzählen doch sowieso nur Mist.«

David spürte, wie sein Hirn auf Automatik schaltete, während er eine Unterhaltung führte, wie sie alle Welt führt, wenn ein Schneesturm angekündigt wird. Ihm kam der Gedanke, daß er nicht mal hier zu sein brauchte. Ein anderer Mann oder ein Roboter konnte problemlos seinen Platz und seine Rolle als Gatte und Vater einnehmen.

Jessica hatte gute Laune und war angesichts des nahenden Unwetters schrecklich aufgeregt.

»Ich habe im Fernsehen die Satellitenbilder gesehen. Der Sturm soll die Küste streifen; das wird der größte Blizzard in der Geschichte New Yorks!«

»Meinst du?« fragte David mit vorgetäuschtem Interesse.

»Ja«, sagte Jessica zuversichtlich. »Wenn ich jetzt bloß beim Fernsehen wäre, um diese vielen Wettermeldungen ansagen zu können.«

»Eines Tages ist es soweit, Kleines«, versicherte ihr David.

Als Jessica fertig war, überfiel David plötzlich ein Gefühl von Abschied, so als sähe er sie zum letzten Mal. Er küßte sie auf die Stirn, dann umarmte er sie und versuchte, sich genau einzuprägen, wie seine glückliche Tochter aussah, wußte er doch, daß sie vielleicht nie wieder so sein würde. Dann gab er Leslie einen Kuß und hoffte, daß es ihr gelingen würde, ihm zu verzeihen.

Wie stets fuhr David mit dem Taxi zur Arbeit. Als er vor

dem Bürogebäude ausstieg, fiel der erste Schneeschauer. Mit einem Blick hinauf zu den wirbelnden Flocken betete er um ein Wunder.

David rechnete damit, Amy in seinem Büro anzutreffen. Sie war nicht dort, doch wußte er, daß dies kaum ein Anlaß zum Feiern war. Wie er Amy kannte, plante sie ihren Auftritt so, daß er ihm maximalen Ärger einbrachte. David versuchte, an seiner Präsentation zu arbeiten, wurde aber immer wieder von sorgenvollen Gedanken abgelenkt. Er legte eine Pause ein und massierte sich eine weitere Portion Minoxidil in die Kopfhaut, obwohl er wußte, daß die Behandlung nichts nutzte. Das Gen für Kahlköpfigkeit war ihm von der Mutter mitgegeben worden, und seine beiden Onkel mütterlicherseits hatten Köpfe wie Billardkugeln, der Vater seiner Mutter ebenso. Er malte sich aus, wie er kahl und einsam in irgendeinem Wohnhaus ohne Fahrstuhl hauste, und fragte sich, ob Jessica dann wohl je ein Wochenende bei ihm verbringen würde.

Auf der morgendlichen Personalversammlung grübelte er weiter über seine ungewisse Zukunft. Einige Leute fragten ihn, ob alles in Ordnung sei. Er antwortete ausweichend und merkte, daß es ihn nicht kümmerte, wie merkwürdig er wirkte.

Gegen Mittag kam Eric in sein Büro.

»Blizzard?« fragte David. »Was für ein Blizzard?«

Er wirbelte seinen Sessel herum und öffnete die Jalousie vor dem Fenster. Draußen war es so weiß, daß er die Second Avenue kaum erkennen konnte.

»Angeblich ist das bloß der Anfang«, sagte Eric. »Heute nachmittag und heute abend soll es erst richtig losgehen.«

»Meine Tochter ist ein Genie«, sagte David.

»Deine Tochter?«

»Sie meinte, daß es ein gewaltiger Schneesturm wird.«

»Der wurde doch schon das ganze Wochenende von sämtlichen Wetterberichten der Stadt angekündigt«, erwiderte Eric.

»Willst du etwa behaupten, daß meine Tochter kein Genie ist?«

»Ich …«

»Du kennst meine Tochter doch nicht mal«, fauchte David. »Sie ist die Klügste in der Schule. Bestimmt ist sie klüger als die Hälfte der Leute in dieser Agentur.«

»Ist sie ganz bestimmt«, sagte Eric. »Nun gut, war nett, mit dir zu plaudern.«

»He, tut mir leid«, sagte David. »Geh nicht.«

Eric blieb an der Tür stehen und drehte sich wieder um. David sagte: »Ich fürchte, ich bin heute ein bißchen nervös.«

»Ein bißchen?« fragte Eric. »Man macht sich Sorgen um dich, Mann. Laß mich raten. Hat es zufällig was mit Amy Lee zu tun?«

»Mach die Tür zu.«

Eric schloß ab, und David sagte ihm, er solle sich hinsetzen. »Sie macht Leslie und mir die Hölle heiß.«

»Leslie weiß Bescheid?«

»Ich fürchte, sie ahnt was. Aber es ist nur noch eine Frage der Zeit, bis sie Gewißheit hat.«

David berichtete Eric, was am Wochenende geschehen war, und erzählte ihm auch von Amys Ultimatum. Eric, unterbrach ihn einige Male, saß meistens aber nur stumm da und schüttelte gelegentlich den Kopf. Als David fertig war, sagte er: »Das ist doch verrückt, Mann. Du mußt was unternehmen.«

»Was denn?«

»Setz sie auch unter Druck. Sag ihr, du würdest mit den Bildern und Nachrichten, die sie dir geschickt hat, dafür sorgen, daß man sie feuert.«

»Das würde sie bloß noch wütender machen. Ich sage dir, bei der ist eine Schraube locker. Außerdem würde sie mir sowieso nicht glauben, weil sie genau weiß, daß ich bloß Angst davor habe, daß Leslie was herausfinden könnte.«

»Und wenn du deine eigene Aufnahme machst – von Amy, wie sie versucht, dich zu erpressen? Dann kannst du sie Leslie vorspielen. Vielleicht versteht sie dich ja.«

»Was soll sie verstehen? Es gibt keine nette Art, deiner Frau zu sagen, daß du sie betrogen hast. Ich würde ihr bloß sagen: ›Aber sie hat doch versucht, mich zu erpressen – vergibst du mir jetzt, Liebling?‹ Das kommt bestimmt gut an.«

»Was willst du also tun?«

»Ich sag ihr, daß sie tun kann, was sie will. Wenn sie Leslie Briefe schicken, sie anrufen, ihr in den Supermarkt folgen will, dann soll sie das tun. Ich kümmere mich um diesen Scheiß nicht mehr.«

»Aber du weißt, was dann los ist, wenn du heute abend nach Hause kommst?«

»Ich habe verdient, was mich erwartet«, sagte David. »Ich habe mich selbst in diese Lage gebracht.«

»Mann, das ist doch verrückt«, sagte Eric. »Man kann

die Menschen nicht kontrollieren, und du konntest schließlich nicht wissen, daß sie so ausrasten wird.«

»Ich hätte mit der ganzen Sache früher Schluß machen können – ehe sie außer Kontrolle geriet.«

»Das kannst du jetzt leicht sagen.«

»Nein«, sagte David und schüttelte den Kopf. »Ganz klar, *ich* habe es so weit kommen lassen. Ich habe dir letztens nicht gesagt, daß ich ihr einige Dinge erzählt habe, die sie einfach nicht mißverstanden haben konnte.«

»Was denn zum Beispiel?«

»Eine Menge Dinge – aber darauf kommt es gar nicht mehr an. Jedenfalls geht es nun darum, daß ich Verantwortung übernehmen muß. Ich war ein beschissener Ehemann und ein beschissener Vater, und dafür gibt es jetzt die Quittung.«

»Na ja, wenn du heute abend Unterstützung brauchst, könnte ich dich nach Hause begleiten, oder wir treffen uns zu viert zum Essen. Ich könnte Debbie auf der Arbeit anrufen und fragen, was sie vorhat...«

»Sehr freundlich von dir«, sagte David, »aber ich kann die Sache auch allein schaukeln.«

Was für einen Haufen Scheiße, dachte David, als Eric sein Büro verlassen hatte. Wenn er heute abend nach Hause kam, würde er ganz bestimmt nicht in der Lage sein, irgendwas zu ›schaukeln‹, falls Leslie über ihn herfiel. Er sah Bilder vor sich aufblitzen – Leslie, die ihn anschrie und verfluchte, während Jessica daneben stand und zusah. Wenn Leslie ihn aus der Wohnung warf, wußte er nicht, wohin er sollte. Wahrscheinlich würde er wieder zu seiner Mutter und seinem Stiefvater nach Long Island ziehen müssen, zurück in sein altes Zimmer. Die Wände waren immer noch mit Kaugummisticker und Baseballpostern von Hank Aaron und Willie Mays beklebt.

David ging den ganzen Nachmittag nicht ans Telefon. Gegen drei kamen zahlreiche Anrufe, und er nahm an, daß es Amy war, die herausfinden wollte, ob er Leslie bereits Bescheid gesagt hatte. Doch wenn Amy mit ihm reden wollte, würde sie schon vorbeikommen müssen. Er spielte die Nachrichten nicht mal ab, da er fürchtete, daß ihm schlecht würde, wenn er ihre Stimme hörte.

Es war zehn vor fünf. Wenn Amy vorhatte, sich in seinem Büro blicken zu lassen, verstand er nicht, weshalb sie so lange wartete. Der Schnee fiel immer dichter, und er fragte sich, ob sie vielleicht beschlossen hatte, heute nicht zur Arbeit zu kommen. Vielleicht hatte sie auch einen plötzlichen Sinneswandel erlebt, war aufgewacht und hatte gemerkt, daß sie verrückt war.

Die meisten Mitarbeiter waren bereits früh am Nachmittag gegangen, um vor Ausbruch des Unwetters nach Hause zu kommen. Als David Wintermantel und Handschuhe anzog, wurde ihm die ungewöhnliche Stille bewußt. Meistens klingelten um diese Zeit Telefone, Leute redeten, und von draußen waren Autos und Sirenen zu hören. Doch heute vernahm er kaum einen Laut.

Als er die Bürotür öffnete, stand Amy vor ihm in schwarzem Wollkleid und passendem Hut. Sie sagte: »Bist du jetzt bereit, den Rest deines Lebens mit mir zu verbringen?«

11

Leslie konnte nicht fassen, daß sie nur noch neunundneunzig Pfund wog. Falls ihre Waage nicht kaputt war, würde dies bedeuten, daß sie in den letzten zwei Tagen drei Pfund abgenommen hatte, obwohl sie sich fühlte, als hätte sie fünf zugenommen. Während sie sich im Spiegel ihrer Schlafzimmertür musterte, fiel ihr auf, daß die Schenkel sich oben immer noch aneinander rieben und daß das Faltendreieck auf ihrem Hintern auch noch zu sehen war. Dies war ihr ›dünner Spiegel‹, erinnerte sie sich, also sah sie in Wirklichkeit vermutlich noch viel wabbliger und widerlicher aus.

Sie fühlte, wie die Kekse, die sie sich gerade in den Mund gestopft hatte, durch ihre Kehle rutschten, und stürzte ins Bad. Gerade als sie sich über die Toilettenschüssel beugte, klopfte Jessica an die Tür und sagte: »Ich komme noch zu spät zur Schule, Mami.«

Nur mit Mühe behielt Leslie die Kekse bei sich. Es war nicht einfach. Sie schloß die Augen, preßte die Lippen zusammen und konzentrierte sich darauf, die Speiseröhre verschlossen zu halten. Die Kekse wurden verdaut, aber sie wußte eigentlich nicht, ob sie sich darüber freuen sollte. Bestimmt nahm sie deshalb ein Pfund zu, und die Waage mußte einfach um fünf Pfund zu niedrig eingestellt sein.

Zum Ausgleich würde sie aufs Mittagessen verzichten und zum Abendessen nur einen Salat ohne Dressing nehmen.

Als sie sich dann hinten in die Hüfte kniff und die Daumen in ihre enge Taille preßte, dachte sie an Dr. Sloan, jenen Psychiater, zu dem ihre Eltern sie mit sechzehn geschickt hatten. Dr. Sloan hatte ihr gesagt, daß ein obsessives Interesse für Essen und Gewicht oft auf häusliche Probleme hindeute. Ihre jugendliche Anorexie hatte er mit der Zwangsvorstellung ihrer Mutter in Verbindung gebracht, eine Überlebende des Holocausts zu sein. Leslie war sich nie sicher gewesen, ob sie dies wirklich glauben sollte, doch fragte sie sich nun, ob ihre Eßprobleme nicht doch mit David zusammenhingen.

Als sie gestern abend miteinander geschlafen hatten, war sie sich vorgekommen, als ob sie angegriffen würde. Und im selben Augenblick hatte sie fest geglaubt, daß mit ihr irgendwas nicht stimmte. Sie war kalt, neurotisch, vielleicht sogar eine verhinderte Lesbe. Doch nun entschied sie, daß sie nicht allein schuld sein konnte. David war schließlich derjenige, der sich kalt und abweisend verhalten hatte, und er hatte weder Verständnis noch Mitgefühl bewiesen, als sie ihm von der Frau erzählte, die ihr aufgelauert hatte. Leslie war dermaßen wütend, daß sie den Toilettensitz herunterknallte und so heftig spülte, daß ihr fast der Griff abgebrochen wäre.

Während das Wasser durch den Abfluß strudelte, überlegte sie, ob David wohl eine Affäre hatte. Das würde die vielen Überstunden im Büro erklären, seine abweisende Haltung im Bett, seine ständige Zerstreutheit. Doch David war ein derart lausiger Lügner, daß Leslie sich einfach nicht vorstellen konnte, wie er eine Affäre haben sollte, ohne sich sofort zu verraten.

Als Leslie ihre Tochter zur Schule brachte, fielen die ersten Schneeflocken.

»Das ist schon der Schneesturm«, sagte Jessica. »Und am Nachmittag schneit es dann richtig.«

Leslie war in Gedanken; sie fragte sich, ob diese Chinesin sie wieder verfolgte.

»Geh ein bißchen schneller«, sagte Leslie. »Du willst doch nicht zu spät kommen.«

Im Gehen steckte sich Leslie eine Zigarette an.

»Das ist sie – die blonde Schickse mit der Zigarette«, sagte Joey zu Billy. »Die Kleine heißt Jessica.«

Sie saßen in Billys Auto und rollten langsam die East Seventy-seventh Street entlang. Joey duckte sich auf dem Beifahrersitz und linste übers Armaturenbrett.

»Ganz hübsch«, sagte Billy.

»Glaub mir, die ist nicht dein Typ«, sagte Joey. »Sie gehört zur Sorte der Reichen von der Upper East Side. Arbeitet nicht mal. Geht bloß einkaufen und hockt den ganzen Tag auf dem Hintern. Ist auch egal, wichtig ist nur, daß du dir überlegen mußt, wie du die Kleine in den Wagen kriegst. Es muß schnell gehen, aber nicht zu schnell. Gar nicht schlecht, daß es heute schneit – vielleicht lassen sie die Kinder dann früher heim. Wenn du sie heute nicht erwischst, vergiß es – es gibt immer ein nächstes Mal. Aber was du auch tust, mach keine Dummheiten und laß dich ja nicht erwischen. Hörst du?«

Billy starrte aus dem Fenster.

»Sie gehört zur Sorte der Reichen von der Upper East Side.«

»Ich versuche dir gerade ein paar Anweisungen zu geben. Reiß dich zusammen und konzentriere dich, wir dürfen nämlich keinen Mist bauen. Konzentrierst du dich? Also, wo sollst du mit deinem Auto stehen?«

»Vor der Schule.«

»Nein, bleib da hinten beim Hydranten, habe ich dir gesagt. Wenn die Bullen dich weiterwinken, fahre einmal um den Block und komme zurück oder such dir einen Platz in der Nähe. Wenn du siehst, wie sie dir über die Schulauffahrt entgegenläuft, denk daran, die Skimaske überzuziehen. Sag, ihre Mama hätte dir gesagt, daß du sie abholen sollst – sag ihr, du arbeitest für einen Abholdienst. Die Kleine ist clever, weshalb sie dir vielleicht nicht glauben wird, du mußt also ziemlich überzeugend wirken. Nenn ihr Namen. Die Mutter heißt Leslie, vergiß das nicht, und der Vater David. Leslie und David Sussman.«

»Sie hat einen hübschen kleinen Hintern.«

Vor der Schule verabschiedete sich Leslie von Jessica. Joey war sich jetzt nicht mehr so sicher, ob Billy auf Leslie oder auf Jessica starrte.

»Hör auf mit dem Blödsinn«, sagte Joey. »Du darfst die Sache nicht verbocken, also sollten wir uns lieber darum kümmern, daß du sie richtig machst. Du mußt ihr sagen, warum ihre Mutter wollte, daß du sie abholst. Sag ihr, ihr Daddy hätte einen Unfall gehabt – er läge im Krankenhaus.«

»Verdammt, hörst du wohl endlich auf, mir zu sagen, was ich zu tun zu habe?«

Billy wirkte mit einemmal wie ein Geisteskranker und erinnerte Joey an einige Irre, die er immer auf der Rennbahn und in den Wettbüros sah.

»Ist ja gut, beruhige dich, okay?«

»Dann hör auf«, sagte Billy. »Hör einfach auf. Hör auf, mich wie einen blöden Zweijährigen zu behandeln.«

Heftig atmend drückte Billy die Stirn ans Steuer. Joey ließ ihn einige Sekunden in Ruhe und sagte dann: »Bist du völlig übergeschnappt, so rumzuschreien? Willst du, daß die Leute zu uns rüberschauen und dich so sehen? Wenn sie dann hören, daß heute ein kleines Mädchen entführt wurde, sagen sie: ›Ich erinnere mich, so einen Typen in einem hellblauen Buick vor der Schule gesehen zu haben.‹ Du kannst von Glück reden, wenn noch keiner deine Nummer aufgeschrieben hat.«

Billy preßte immer noch die Stirn ans Steuer. »Tut mir leid«, sagte er. »Okay? Tut mir verdammt leid.«

Joey sagte: »Vielleicht sollten wir einfach nach Hause fahren – bis morgen warten.«

»Hör auf mit dem Scheiß«, sagte Billy plötzlich mit frischer Energie. »Ich bin extra um sechs Uhr früh aufgestanden, um dich abzuholen. Glaubst du, ich steh morgen wieder um sechs auf? Vergiß es. Wir ziehen die Sache heute durch, oder wir lassen sie ganz.«

Als er in Billys blutunterlaufene Augen und auf die auf seiner Stirn hervortretenden Adern starrte, fragte sich Joey, ob diese Entführung tatsächlich eine gute Idee gewesen war.

Als Leslie die Tür zu ihrer Wohnung öffnete und das Telefon klingelte, wußte sie mit Gewißheit, daß Amy am Apparat war. Irgendwie hatte sie ihre Telefonnummer herausbekommen, und jetzt rief sie an, um weitere Prophezeiungen zu machen. Leslie wollte das Gespräch dem Anrufbeantworter überlassen, entschied dann aber, daß sie es leid war, eine Fremde in ihr Leben dringen zu lassen, und nahm nach dem dritten Klingeln ab.

»Hallo Leslie?«

Es war Maureen. Leslie stieß einen tiefen Seufzer aus und sagte: »Ich bin gerade erst zur Tür reingekommen.«

»Ich kann sowieso nicht lange reden. Ich bin auf Arbeit, aber warte, bis du dir das angehört hast – ich habe deinen Rat befolgt.«

Leslie hatte keine Ahnung, wovon Maureen redete.

»Meinen Rat?«

»Weißt du noch, wie du mir letztens erzählt hast, daß ich versuchen soll, einen gutaussehenden Typen anzulächeln? Na ja, ich hab's getan. Ich war in der Notaufnahme vom St. Vincent Hospital. Joey ist überfallen worden.«

»Überfallen?«

»Nichts Schlimmes. Vorgestern abend, nachdem wir euer Haus verlassen hatten. Als er den Müll runtergebracht hatte, wurde er von so einem Obdachlosen angefallen.«

»Mein Gott!«

»Er mußte genäht werden, aber jetzt ist alles wieder okay. Jedenfalls habe ich im Wartesaal auf ihn gewartet, als mir ein Kerl auffiel, der mir gegenüber saß. Groß und blond – sehr gut aussehend. Ich wollte ihn einfach ignorieren, aber dann fiel mir ein, was du gesagt hast, der Rat, den du mir gegeben hast, und ich sagte mir: ›Warum nicht?‹ Also habe ich ihn angelächelt. Zuerst schien er ein wenig überrascht, und ich dachte schon, ich hätte mich zur Närrin gemacht, aber dann hat er zurückgelächelt. Und du glaubst nicht, was dann passiert ist. Er stand auf und setzte sich direkt neben mich. Ehe ich wußte, wie mir geschah, haben wir uns unterhalten. Er sah einfach umwerfend aus, du glaubst es nicht. Er hat blondes Haar und Augen wie Paul Newman, und er hat mir erzählt, daß er auf seinen Bruder wartet, der einen Asthmaanfall hatte. Dann fragte er mich, auf wen ich denn warte. Du kennst mich, normalerweise lüge ich nicht, aber diesmal habe ich nicht mal drüber nachgedacht. Zum Glück trug ich keinen Ehering, also habe ich ihm gesagt, daß ich auf meinen Onkel Joey warte.«

Maureen lachte.

»Jedenfalls haben wir weiter miteinander geredet. Er hat mir alles über seinen Job erzählt. Er arbeitet im Fachhandel – Verkäufer für eine Teppichfirma. Dann kam sein Bruder, und sie wollten gerade gehen, da fragt mich dieser Typ – er heißt übrigens Pete –, ob ich am Montag mit ihm essen gehen will. Wieder konnte ich es einfach nicht fassen. Ich sagte mir: ›War das schon immer so einfach? Warum habe ich bloß keine tollen Typen angelächelt, als ich Single war?‹ Jedenfalls habe ich für heute mittag eine Verabredung zum Essen. Und? Was denkst du? Bin ich verrückt?«

»Entschuldige«, sagte Leslie. Sie war mit ihren Gedanken woanders.

»Mit diesem Typen essen gehen«, sagte Maureen. »Ist das blöd oder so? Ich meine, ich weiß, daß es verrückt ist, aber soll ich es tun, ich weiß nicht, bloß um zu sehen, wie es ist?«

»Sicher doch«, sagte Leslie, die sich plötzlich erschöpft fühlte. »Du hast es verdient, glücklich zu sein.«

»Ich muß gestehen«, sagte Maureen, »daß ich total aufgeregt bin. Ich konnte die letzten beiden Nächte nicht schlafen, und Joey habe ich kaum wahrgenommen. Es ist schrecklich, aber gleichzeitig ist es auch wunderbar.«

»Ich freue mich für dich«, sagte Leslie. »Aber ich bin gerade erst reingekommen...«

»Herrje, ich muß los – mein Chef kommt. Ich wollte dir bloß danke sagen. Du hattest mit allem ja so recht. Wäre ich klüger gewesen, hätte ich schon vor langer Zeit auf dich gehört.«

Nachdem Leslie etwa zwanzig Minuten später zwei Scheiben Toast und vier Löffel Hüttenkäse zum Frühstück gegessen hatte, war sie irgendwie immer noch ziemlich aufgewühlt. Woran es lag, wußte sie nicht, kam aber zu dem Schluß, daß es etwas mit Maureens Anruf zu tun haben mußte. Obwohl es sie freute, daß Maureen sich nach einer Alternative zu ihrem Versager von Ehemann umsah, wollte Leslie ihre Freundin nicht unbedingt glücklich sehen. Maureens Unsicherheit war etwas, worauf Leslie stets zählen konnte. Wie schlecht es auch um Leslies Leben bestellt war, Maureen stand doch immer noch eine Stufe schlechter da. Plötzlich aber hatte sich ihre Beziehung geändert, und Leslie war sich nicht sicher, was sie davon halten sollte.

Leslie verbrachte den Nachmittag auf dem Sofa und schaute fern. Hin und wieder wurden die Sendungen von

Meldungen über den Schneesturm unterbrochen. In einer ihrer Serien mußte ihrem Lieblingsschauspieler ein Herz transplantiert werden, und Leslie nahm die Operation so mit, daß sie nicht einmal mehr aus dem Fenster schaute. Kaum war der Film zu Ende, erschien der Nachrichtensprecher von Kanal sieben und gab bekannt, daß man in New York den Notstand ausgerufen habe. Leslie schaute ins wirbelnde Weiß hinaus und begriff erst jetzt, daß Jessica vermutlich früher aus der Schule nach Hause geschickt worden war.

Gewöhnlich hörte die Schule um drei Uhr auf, jetzt war es zwei. Sicherheitshalber rief Leslie in der Schule an, eine Sekretärin war am Apparat.

»Wie meinen Sie das?« fragte Leslie. »Warum hat man mich nicht angerufen?«

Die Sekretärin erklärte, daß man versucht habe, alle Eltern anzurufen und ihnen Bescheid zu geben, und wie überrascht sie sei, daß Leslie keinen Anruf erhalten habe. Leslie fiel ein, daß der Anrufbeantworter zwei- oder dreimal angesprungen war, während sie ihre Sendung gesehen hatte.

»Und wo ist meine Tochter jetzt?«

»Sie wird noch in der Schule sein und warten. Der Unterricht war schon vor fast einer Stunde zu Ende.«

Inzwischen war Leslie ziemlich unruhig geworden. Es war gar nicht Jessicas Art, auf dem Heimweg von der Schule zu trödeln.

So schnell es ihr auf den rutschigen, schneebedeckten Bürgersteigen möglich war, lief Leslie zur Schule zurück. Sie hatte keine Stiefel und keine Handschuhe angezogen, weshalb sie nach zehn Minuten weder ihre Zehen noch ihre Finger spüren konnte. Jessica stand nicht vor der Schule, und in der Eingangshalle war sie auch nicht zu sehen, also lief Leslie ins Gebäude, um nach ihr zu suchen. Die Schule war still und leer. Leslie eilte zum Büro der Direktorin, wo sie zu ihrer Erleichterung Mrs. Johnson traf, jene junge Schwarze, mit der sie sich auf einigen Elternversammlungen angefreundet hatte.

»Wissen Sie, ich habe Jessica tatsächlich vor etwa einer Dreiviertelstunde gesehen. Sie sagte, Sie hätten ihr erlaubt, heute allein nach Hause zu gehen. Warum? Ist sie nicht angekommen?«

»Nein, und ich mache mir ehrlich gesagt ziemliche Sorgen.«

»Ach, das müssen Sie nicht. Die Kinder waren schrecklich aufgeregt, weil sie heute einen halben Tag frei haben. Bestimmt machen sie irgendwo eine Schneeballschlacht, oder Jessica ist längst auf dem Weg nach Hause.«

Leslie schlitterte und stolperte zurück zu ihrer Wohnung. Der Schnee schien jetzt dichter zu fallen und blies ihr auf der Second Avenue direkt ins Gesicht. Ihr war, als wäre sie bereits den ganzen Tag durch Schnee und Kälte gestapft, als der Portier sagte, daß er Jessica nicht gesehen habe. Leslie versuchte, die Ruhe zu bewahren. Sie sagte sich, daß Mrs. Johnson bestimmt recht hatte – Jessica spielte bloß irgendwo im Schnee herum und hatte einen Riesenspaß. Doch sie wurde die Befürchtung nicht los, daß etwas Entsetzliches geschehen war. Sie mußte daran denken, wie Amy im Supermarkt ausgesehen hatte, wie die Chinesin sie mit diesen Augen angestarrt hatte, die niemals zu blinzeln schienen.

Leslie sagte sich, daß sie sich zusammenreißen müsse, sie stellte zu viele Vermutungen an. Bloß weil sie von einer Frau belästigt worden war, mußte die nicht gleich ihre Tochter entführt haben. Sie ging zurück zur Schule, überzeugt, daß Jessica dort auf sie warten würde. Doch Jessica war nicht da. In wachsender Verzweiflung mußte Leslie feststellen, daß die Türen der Schule nun verschlossen waren. Leslie suchte eine Telefonzelle und rief David an. Sein Anrufbeantworter sprang an, und sie hinterließ ihm eine Nachricht, sagte ihm, daß er sie so bald wie möglich zu Hause anrufen solle. Der Portier hatte immer noch nichts von Jessica gesehen. Es war zehn vor vier. Auf dem Anrufbeantworter waren keine Nachrichten, und als sie David erneut anrief, hörte sie wieder nur seine Stimme auf Band. Leslie war inzwischen so erschöpft, daß sie nicht einmal versuchte, David unter einer anderen Nummer in seiner Abteilung zu erreichen.

Sie ging noch einige Male zur Schule und wieder zurück. Es mußte einfach eine harmlose Erklärung geben – Jessica war bei einer Freundin und sah fern, alles war in Ordnung.

Leslie telefonierte mit sämtlichen Freundinnen von Jessica, doch keine wußte, wo Jessica war. Zwei Stunden später war es stockdunkel, der Blizzard tobte mit voller Macht. Leslie rief die Polizei an.

12

»Woran denkst du?«

David hatte aus dem Fenster in den wirbelnden Schnee geschaut, der gegen die Gebäude der Fifth Avenue trieb.

»An nichts«, sagte er.

»Du brauchst dich bei mir nicht zu genieren.«

David konnte es nicht fassen, daß er mit Amy Lee in einem Taxi saß. Im Büro hatte er ihr gesagt, daß es mit seiner Ehe vorbei und er bereit sei, den Rest seines Lebens mit ihr zu verbringen. Er wußte, wie rückgratlos und idiotisch das war, doch hatte er bei der Erinnerung daran, wie Jessica ihn heute morgen zum Abschied umarmt hatte, einen Rückzieher gemacht. Er würde es einfach nicht ertragen können, ein Wochenend-Papa zu sein oder – schlimmer noch – sich vorzustellen, daß Jessica ihn vielleicht nie wiedersehen wollte.

Während der Fahrt griff Amy einige Male nach seiner Hand. Und David überließ sie ihr jedesmal für kurze Zeit, um sie dann behutsam zurückzuziehen. Jetzt lag Amys offene Hand auf Davids linkem Schenkel. David schien es, als stecke sein Bein in einer Schraubzwinge.

Er wußte, daß der einzige Ausweg aus diesem Alptraum darin bestand, Amy ein Bestechungsgeld anzubieten. Auf einem Konto der Citybank hatte er über zwölftausend Dollar, auf die Leslie keinen Zugriff hatte. Mit fünftausend Dollar würde er anfangen, ihr dann acht, schließlich zehn anbieten und nur im äußersten Fall bis zwölf gehen. Jeden weiteren Dollar würde er vom gemeinsamen Konto abheben müssen, und David wußte, daß er seine liebe Not haben würde, Leslie den fehlenden Betrag zu erklären.

Der Schnee erlaubte es dem Taxifahrer nicht, auf der Morton Street zu wenden, weshalb David und Amy schon auf der Seventh Avenue South ausstiegen. Die sonst so belebte Kreuzung war leer und gespenstisch still. Im matten Licht der Laternen schien sich der Schnee orangerot zu färben. Als Amy auf den Bürgersteig trat, glitt sie auf ihren hochhackigen Schuhen aus und hakte sich bei David unter. Sie klammerte sich auch auf dem Rest des Weges an David, der eisige Schnee peitschte ihnen ins Gesicht. Ihre Wohnung befand sich in der Mitte des Blocks.

Amy lebte in einer großen Zweizimmerwohnung, die sie, wie David vermutete, mindestens sechzehnhundert im Monat kostete. Die Wohnung war mit einfachen Kiefernmöbeln spärlich eingerichtet, die sicher alle bei Ikea in New Jersey gekauft worden waren. Amy verschwand im Schlafzimmer, während David sich an den Küchentisch setzte und auf Monets eingerahmte Seerosenblätter starrte. Das Bild erinnerte ihn an seine Flitterwochen mit Leslie in Paris, als sie die dreistündige Fahrt mit dem Zug zu Monets Garten in Giverny unternommen hatten. Er dachte daran, wie er mit Leslie vor eben jener Brücke gestanden hatte, die auf dem Gemälde zu sehen war, wie er sie an sich gedrückt und sein Kinn auf ihrer Schulter geruht hatte.

»Zieh deinen Mantel aus«, sagte Amy. »Bleib einen Augenblick.«

Amy hatte sich schwarze Leggins und ein übergroßes weißes T-Shirt angezogen. Sie war barfuß, und David roch, daß sie sich erneut mit diesem aufdringlich starken Parfüm eingesprüht hatte, das sie auch sonst stets trug. Ihr Duft erinnerte David an die Gelegenheiten, bei denen er in Bloomingdales Kosmetikabteilung darauf gewartet hatte, daß Leslie mit ihren Einkäufen fertig wurde. Amy trat hinter David und zog ihm den Mantel von den Schultern.

»Wie wär's mit einer schönen Tasse Tee?«

David schüttelte den Kopf.

»Kaffee? Heißen Kakao? Ich mache dir einen schönen heißen Kakao. Der wird dich aufwärmen.«

Während Amy das Wasser aufsetzte, starrte David wieder auf das Monet-Poster.

Amy sagte: »Ich habe dir übrigens schon zwei Schubladen in meiner Kommode freigeräumt. Ich weiß ja nicht, wann du anfangen willst, deine Sachen rüberzubringen, aber ich habe noch einen Ersatzschlüssel für die Wohnung, den kann ich dir morgen geben. Ach, und du kannst den ganzen Flurschrank belegen. Irgendwann werden wir uns vermutlich doch nach einer Wohnung mit drei oder vier Zimmern umsehen. Ich weiß nicht, wie es dir geht, aber ich wohne lieber im Village als auf der Upper East Side. Da ist es mir für meinen Geschmack ein bißchen zu spießig. Vermutlich müssen wir sowieso abwarten, wie die Scheidung ausfällt, bevor wir wissen, was wir uns leisten können. Ich selbst wohne lieber in einer großen als in einer luxuriösen Wohnung. Platz ist das wichtigste. Ich hatte natürlich keine Geschwister, aber wenn ich welche gehabt hätte, dann hätte ich kein Zimmer mit ihnen teilen wollen, also sehe ich auch nicht ein, warum unsere Kinder sich ein Zimmer teilen sollten. Vielleicht sollten wir auch an ein Haus denken, nicht in der Vorstadt, sondern irgendwo auf dem Land. Aber das hängt davon ab, was du für eine Stelle findest und welche Schule für deine Tochter in Frage kommt – falls dir das Sorgerecht zugesprochen wird. Alles in Ordnung?«

David starrte immer noch auf das Poster.

»Wieviel willst du?«

»Wieviel?« fragte Amy. »Ich weiß nicht, was meinst du?«

»Komm schon, du bist doch eine intelligente Frau. Du mußt doch in irgendeinem Winkel deines Hirns begreifen, wie lächerlich das alles ist. Keine Beziehung fängt so an, das weißt du. Also frage ich dich noch mal – wieviel willst du haben, damit du mich für immer in Ruhe läßt?«

Amy starrte David einige Sekunden mit halb geöffnetem Mund an.

»Das soll wohl ein Witz sein, wie? Du hast nicht gerade gesagt, was ich gehört zu haben glaube, nicht?«

»Wie wäre es mit fünftausend Dollar?«

Amy lachte bitter.

»Meinst du, ich will dein Geld? Ich fasse es nicht. Nach all der Zeit, die wir zusammen verbracht haben, hätte ich doch ein bißchen mehr Respekt von dir erwartet.«

»Wir haben einige Male zusammen gevögelt, mehr nicht. Mit einer Nutte wäre ich genausogut bedient gewesen, und wenn ich clever gewesen wäre, wäre ich auch zu einer gegangen. Achttausend Dollar morgen früh in einem Umschlag, und wir sind quitt.«

Der Kessel pfiff, das Wasser begann zu kochen. Das Pfeifen wurde immer lauter und schriller, doch Amy rührte sich nicht. Und als würde sie das Geräusch erst jetzt wahrnehmen, drehte sie schließlich die Flamme ab.

»Ich habe eine Idee«, sagte Amy, »tun wir einfach so, als wäre gerade nichts geschehen. Ich komme noch mal aus dem Schlafzimmer, und wir fangen ganz von vorn an.«

»Zehntausend. Das ist mein letztes Angebot.«

Amy setzte wieder ihre unbewegliche Miene auf.

»Ich glaube, du kapierst nicht, was für eine Frau ich bin«, sagte sie. »Ich bin eine gute Frau, eine ehrliche Frau, und ich weiß, was mir zusteht. Doch eines sage ich dir – ich bin viel besser als diese verhärmte Alte, die du deine Gattin nennst. Wäre ich deine Frau, würde ich nicht an einem Sonntag morgen zu Hause sitzen, während du mit deiner Tochter ins Museum gehst. Jede Minute des Tages würde ich damit zubringen, die bestmögliche Mutter und Ehefrau zu sein.«

»Woher weißt du, daß wir im Museum waren?«

»Jetzt hör schon auf«, sagte Amy. »Hab ich vielleicht kein Recht darauf, einige Zeit mit meiner künftigen Familie zu verbringen? Und eins will ich dir sagen – deine Tochter sah mir keineswegs wie ein glückliches kleines Mädchen aus. Ich habe auf der Toilette mit ihr gesprochen, und sie schien ihre Mami kein bißchen liebzuhaben.«

»Wieso habe ich dich nicht gesehen?« fragte David.

»Du hast mich direkt angestarrt«, sagte Amy, »aber mit meiner blonden Perücke und der Sonnenbrille kann ich wie ein völlig anderer Mensch aussehen.«

David fragte sich, wie oft Amy wohl ihn und seine Familie schon verfolgt hatte. Er stand auf und zog sich den Mantel an.

»Na schön, zwölftausend, aber mehr kann ich auf keinen Fall aufbringen. Nimm's, oder laß es bleiben.«

»Setz dich sofort wieder hin«, sagte Amy.

»Ich fahre nach Hause zu meiner Familie«, sagte David. »An deiner Stelle würde ich das Geld nehmen und damit einen guten Psychiater bezahlen.«

Als David die Tür aufschloß, sagte Amy: »Warte.«

Irgendwas in Amys Stimme ließ David umdrehen. Sie hielt eine Waffe in der Hand und zielte direkt in sein Gesicht.

»Bist du nicht mehr bei Trost?«

Amys Handtasche lag offen auf dem Tisch. David begriff, daß die Waffe offenbar aus der Tasche stammte.

»Was machst du mit einem Revolver?«

»Setz dich wieder auf deinen Platz«, sagte Amy, »und zieh den Mantel aus.«

»Und wie soll das jetzt weitergehen?« fragte David, ohne den Blick von der Waffe zu wenden. »Du hältst mir einen Revolver vors Gesicht und glaubst, wir könnten anschließend auf immer glücklich zusammen leben?«

»Setz dich«, sagte Amy ungeduldig. Die rechte Hand, in der sie die Waffe hielt, begann zu zittern, und sie griff mit der linken nach dem Handgelenk, um sie ruhig zu halten. »Setz dich!«

»Sieh dich doch an«, sagte David. »Du bist verrückt.«

»Verdammt, wenn du dich jetzt nicht hinsetzt...«

»Was dann? Willst du mich erschießen?« David konnte

selbst nicht glauben, wie gelassen er sich verhielt. »Was hast du davon? Wenn ich tot bin, kannst du mich nicht heiraten.«

»Ich bringe uns beide um.«

»Beruhige dich, okay?«

»Ich warne dich ...«

»Hör doch, jetzt leg endlich die Waffe weg.«

»Bleib stehen.«

»Gib sie mir.«

»Bleib wo du bist, habe ich gesagt!«

David stürzte sich auf sie. Mit einer Hand packte er ihren Arm, mit der anderen entwand er ihr den Revolver. Er fiel zu Boden. David stieß Amy zurück, sie stolperte übers Tischbein und fiel hintenüber. Er sah, wie ihre Augen ihn entsetzt anblickten, wie sich ihr Mund zum Schrei öffnete. Dann krachte ihr Hinterkopf an die Kante der Arbeitsfläche. Amy sackte zu Boden und lag reglos auf der Seite, Blut troff aus ihrem Kopf. Doch David hörte nicht auf. Er reagierte impulsiv, kannte nur noch seine Wut und griff nach dem erstbesten Gegenstand, der ihm in die Hände fiel – eine schwere Bratpfanne vom Herd –, holte aus und schlug sie ihr so fest er konnte ins Gesicht. Er hieb mindestens fünf-, sechsmal auf sie ein, bevor er begriff, was er da tat. Blut strömte Amy jetzt aus Nase und Mund.

David bekam keine Luft. Sein Puls raste derart, daß er glaubte, einen Schlaganfall oder einen Herzinfarkt zu bekommen. Er konnte nicht begreifen, was er getan hatte. Er hatte noch nie jemanden geschlagen oder sich mit jemandem geprügelt. Er fing an zu weinen, Tränen liefen ihm über die Wangen. Dann kniff er die Augen zusammen und hoffte, daß alles nur ein Alptraum war. Doch als er die Augen wieder öffnete, sah er Amys zusammengerollten Körper auf dem Boden liegen. Blut floß in Strömen.

David ging einen Schritt in Richtung Telefon, dann erstarrte er. Seine Gedanken rasten.

Krankenwagen heißt Polizei, heißt Leben im Gefängnis, heißt, Leslie erfährt alles über meine Affäre, heißt Scheidung, heißt, ich sehe Jessica nie wieder.

Er bückte sich, stützte die Hände auf die Knie, holte langsam und tief Luft und versuchte, sich zu beruhigen. Dann griff er sich ein Geschirrtuch und begann, alles abzuwischen. Zum Glück war er nur in der Küche gewesen. Er wischte den ganzen Tisch ab und den Stuhl, auf dem er gesessen hatte, er wischte den Revolver ab und legte ihn wieder auf den Boden. Dann wischte er die Pfanne ab und legte sie ebenfalls auf den Boden. Er nahm nicht an, daß er noch etwas anderes angefaßt hatte, wischte auf alle Fälle aber auch die Türklinke und die Tür selbst ab, sämtliche Stühle und den Kühlschrank. Dann wischte er alles ein zweites und ein drittes Mal ab und vermied es dabei, Amy anzuschauen. Als er glaubte, alles erledigt zu haben, sah er den Blutfleck an seinem rechten Ärmel. Er spülte ihn überm Waschbecken aus, wrang ihn aus, so gut er konnte. Er glaubte nicht, daß er sonstwo Blut abbekommen hatte.

Er vernahm Stimmen auf dem Flur. Zweifellos hatte man Amy hinfallen hören und kam, um nachzuschauen, ob alles in Ordnung war. Doch die Stimmen – ein Mann und eine Frau lachten, redeten über das Unwetter – zogen vorbei, und er hörte, wie die Schritte langsam verklangen, als die beiden die Treppe hinaufgingen.

David war schweißgebadet. Als sein Blick zufällig auf Amys weit geöffnete Augen fiel, mußte er sich fast übergeben. Er lauschte aufmerksam, um sicherzugehen, daß niemand kam. Dann nahm er das Geschirrtuch, öffnete sehr langsam die Wohnungstür, lugte hinaus und überzeugte sich, daß niemand auf dem Flur war. Die Luft schien rein zu sein, also warf er das Tuch zurück auf die Arbeitsfläche in der Küche und ließ hinter sich die Tür zufallen.

Er konnte sich nicht mehr daran erinnern, wie er aus dem Haus gekommen war. Ihm schien es, als wäre er plötzlich aufgetaucht und liefe durch den Schnee über die Morton Street. Draußen hatte sich offenbar niemand aufgehalten, der ihn beim Verlassen des Gebäudes gesehen haben könnte. Er hoffte, daß man den Kampf nicht gehört hatte, wußte aber nicht, wie dies möglich sein sollte. Was für ihn sprach, war nur, daß Amy seines Wissens nicht laut geschrien hatte, falls sie überhaupt geschrien hatte.

Der Schnee fiel jetzt noch dichter als zuvor und verringerte die Sicht. Fußspuren, die er eventuell hinterlassen hatte, würden bald bedeckt sein.

Er lief quer durch die Stadt und versuchte, sich auf den Schnee zu konzentrieren, damit er an sonst nichts denken mußte. Doch andere Gedanken drängten sich auf. Er wußte nicht, warum er zur Pfanne gegriffen hatte. Jetzt konnte er unmöglich behaupten, daß es ein Unglück oder Notwehr gewesen war.

Am Astor Place nahm er die U-Bahn. Während er im beinahe leeren Waggon saß, sah er immer wieder Amys schlaffen Leichnam und die Blutpfütze vor sich. Doch machte ihm jetzt nicht so sehr der Gedanke zu schaffen, daß er sie getötet hatte, als vielmehr die Vorstellung, daß sie womöglich gar nicht tot war.

13

Es schneite immer noch ein wenig, als Billy Balls aus dem Brooklyn Battery Tunnel fuhr. Sobald er sich der Mautstation näherte, warnte er das kleine Mädchen, das gefesselt auf dem Rücksitz lag, und sagte ihm, es solle sein blödes Maul halten.

»Ich will dir nicht weh tun oder so«, sagte er, »aber wenn du diesen Scheiß verbockst, dann setzt's was.«

Das Mädchen sagte keinen Ton – wie sollte es auch, hatte er ihm doch eine Socke in den Mund gestopft. Billy hörte die Kleine leise weinen, aber das tat sie schon, seit er sie abgeholt hatte.

»Halt die Schnauze, verdammt noch mal!« schrie er.

Er hieb mit der flachen Hand aufs Armaturenbrett, dann stellte er das Radio an. Dion sang *The Wanderer*, und Billy begann mitzusingen.

»Now I'm the type of guy, who'll never settle down…«

Die Schwarze, die in der Mautstation arbeitete, schien von ihrem Job so gelangweilt, daß sie Billy nicht mal anschaute und erst recht keinen Blick auf die Wulst unter der Decke auf dem Rücksitz warf.

»Braves Mädchen!« rief Billy über die Schulter, als er das Auto auf den Belt Parkway lenkte. »Mach einfach, was ich dir sage, dann geht auch alles in Ordnung!«

Als *The Wanderer* zu Ende war und ein schnulziger Elvis-Song begann, überkam Billy ein Gefühl, als hätte er etwas vergessen. Das passierte ihm ständig seit dem Unfall. Es war, als wäre er plötzlich nicht mehr in der Lage, sein eigenes Gesicht im Spiegel zu erkennen.

»Scheiße! Scheiße! Scheiße!« schrie er, dann hämmerte er mit der Faust aufs Armaturenbrett. Der Wagen schleuderte über eine vereiste Stelle und wäre fast mit einem Lieferwagen auf der rechten Spur zusammengekracht. Der Lieferwagen fuhr neben Billys Wagen her, und Billy streckte dem Fahrer den Mittelfinger hin. »Verpiß dich, Schwanzlutscher!«

Billy versuchte, sich zu beruhigen, und machte tiefe, langsame Atemzüge. Er hatte das Mädchen in den Wagen gelockt, genau wie Joey es ihm gesagt hatte. Na ja, nicht genau so, aber was hätte er denn machen sollen? Die Kleine wollte nicht ins Auto, und er wollte morgen nicht noch mal nach Manhattan fahren und wieder den ganzen Tag wie ein blöder Blindgänger in der zweiten Reihe parken. Schuld hatte jedenfalls dieses neunmalkluge Mädchen, nicht er. Sagt die doch: »Wenn mein Papa einen Unfall gehabt hätte, dann hätte mir meine Mutter Bescheid gegeben, daß mich jemand abholt.« Und da war Billy schlagartig aufgegangen, wie dämlich ihr Plan war. Warum sollte ein kleines Mädchen einem Typen mit Skimaske glauben? Und dieses Mädchen war clever, schließlich ging es auf eine Privatschule und all den Scheiß. Die Kleine war wie eines dieser Mädchen aus – wie hieß noch der Film, der immer auf Kanal neun lief – *Mary Poppins,* bloß hatte sie nicht diesen tuntigen britischen Akzent.

Wahrscheinlich war es ein dämlicher Plan, direkt vor der Schule aus dem Wagen zu steigen, sich das Mädchen zu schnappen und loszufahren. Was den Teil anging, würde er Joey jedenfalls was vorlügen müssen. Immerhin hatte es geklappt. Er war so schnell gewesen, daß ihn bestimmt niemand gesehen hatte, und hätte er es nicht getan, was hätte er dann tun sollen, hätte er am nächsten Tag zur Schule zurückkommen und der Kleinen Bonbons anbieten sollen, um sie ins Auto zu kriegen? Bestimmt hätte das kleine Balg Mami und Papi die ganze Geschichte erzählt, und er hätte von Glück sagen können, wenn die Bullen nicht auf ihn gewartet hätten, um ihn mitzunehmen.

Als er über den schneebedeckten Ocean Parkway fuhr, vorbei an all den Wohnhäusern, in denen die alten Juden lebten, fühlte Billy sich schon viel besser. Das passierte ihm manchmal auch – den einen Augenblick war er sich sicher, was vergessen zu haben, im nächsten arbeitete sein Verstand wieder ganz normal. Das Problem war nur daß er nie genau wußte, ob wirklich alles in Ordnung war, oder ob er nicht bloß vergessen hatte, daß er etwas vergessen hatte.

Billy liebte Brooklyn. Allerdings hatte er manchmal die Schnauze voll von all den verdammten Niggern in seinem Viertel, so daß er gelegentlich daran dachte, sich eine Wohnung in Bay Ridge oder in Sheepshead Bay zu suchen. Aber Typen wie Joey, die nach Manhattan zogen, die konnte er einfach nicht begreifen. Die wurden zu blöden Snobs und schienen es nicht mal zu merken. Ständig tat Joey, als stünde er über allem, kam nicht mehr zum Kartenspielen nach Brooklyn und auch nicht mehr nach Coney Island, um einen draufzumachen. Allein von dem Gedanken an diese schwarzen Miezen mit ihren dicken Lippen und fetten Ärschen bekam Billy einen Steifen.

Als Billy in der Auffahrt parkte und Motor und Radio abstellte, ermahnte er das Mädchen, still zu bleiben. Bevor er es aufhob und ins Haus brachte, wollte er sichergehen, daß ihn der kleine Nigger von nebenan nicht bespitzelte. Inzwischen schneite es ziemlich heftig, und er konnte sich durchaus vorstellen, daß der Kleine sich draußen rumtrieb, um mit seinen kleinen Bimbofreunden einen Schneemann zu bauen.

Nachdem er einen Augenblick vor dem Wagen gewartet hatte, dachte sich Billy, daß es jetzt genug war. Er hievte das Mädchen auf den Rücksitz, sagte: »Reiß dich zusammen, dann brauche ich dir auch nicht weh zu tun«, und hob die Kleine auf. An ihrem Kopf klebte immer noch das schwarze Isolierband, mit dem er ihr die Augen verbunden hatte, ein paar Streifen klebten zudem über ihren Lippen und verdeckten die in den Mund gestopfte Socke. Er ging rasch, machte sich nicht einmal die Mühe, den Reißverschluß seiner khakifarbenen Armeejacke zuzuziehen. Er trug sie durch den Nebeneingang ins Haus. Die Kleine weinte immer noch.

»Schon gut, hör endlich auf, verdammt noch mal«, sagte er und trug sie die Stufen in den dunklen Keller hinunter. Am Ende der Treppe knipste er das Licht an. Hier unten herrschte das reinste Chaos. Farbeimer, verrostete Gartengeräte, ein paar alte Fahrräder und anderer Müll lagen überall verstreut. Drinnen war es ebenso feucht und kalt wie draußen.

Billy stellte einen alten Klappstuhl auf, wischte Staub und Spinnenweben fort und setzte das Mädchen ab.

»Wenn du willst, daß es dir hier gutgeht, sei lieber ein braves Mädchen und mach keinen Ärger. Die Socke bleibt in deinem Mund, und Hände und Füße muß ich gefesselt lassen, tut mir leid, aber wenn du willst, nehme ich dir das Klebeband ab. Soll ich das Band abnehmen?«

Das Mädchen nickte.

Billy zog ihr das Band vom Mund und riß dem Mädchen dabei einige Haare aus. Durch die Socke hindurch stieß sie einige erstickte Laute aus.

»Halt die Schnauze, verdammt, oder ich kleb dir das Band gleich wieder drauf.«

Die Augen der Kleinen waren immer noch verbunden, aber ihm gefiel, wie ihr Mund aussah. Sie war wirklich ein hübsches kleines Biest. Sie erinnerte ihn an die Mädchen, mit denen er in der dritten und vierten Klasse rumgeschmust hatte. Sauberes, glattes Gesicht, nicht mit Pickeln übersät wie die Tussis, die er in letzter Zeit gebumst hatte. Ihr Mund war süß – weiße Zähne, als hätte sie ihr Lebtag noch keine Zigarette geraucht, und sie stank auch nicht nach Knoblauchpizza. Schmale, rosafarbene Lippen, richtig niedlich, wie die sich um die Socke spannten. Er fragte sich, ob sie einen Freund hatte. Sie dürfte etwa elf Jahre sein, und in der Gegend, in der er aufgewachsen war, gab es eine Menge elfjährige Luder. Aber sie schien keine vom Typ Luder zu sein. Sie gehörte zur hübschen, hochnäsigen Sorte, die dem Lehrer nach dem Unterricht in den Arsch kriechen. Jedenfalls war sie keine von der Art, die ihn in der siebten Klasse gemocht hätte.

Sanft strich er mit dem Handrücken über ihre Wange und sagte: »Hat dir schon mal jemand gesagt, was für ein süßer Fratz du bist?«

Tränen strömten jetzt unter dem Band hervor über die Wangen des Mädchens. »Verflucht, was heulst du denn? Das war ein Kompliment. Warte, bis du erwachsen bist, Pfunde zulegst und häßlich wirst. Dann sehnst du dich nach so einem netten Kerl wie mir, der dir sagt, daß du süß aussiehst. Hast du einen Freund?«

Das Mädchen weinte immer noch.

»Antworte mir. Hast du einen Freund?«

Endlich schüttelte das Mädchen langsam den Kopf.

»Als ich in deinem Alter war, hatte ich jede Menge Freundinnen. Ich weiß, es fällt dir schwer, das zu glauben, bei meiner Glatze und so, aber damals war ich ein verdammt niedlicher Bengel. Ein echter Casanova, wenn du verstehst, was ich meine. Ich war wie dieser, wie heißt er noch, der mit der Fernsehshow? Mist, ich hasse es, wenn ich was vergesse. Jedenfalls war ich wie der Typ aus der Show, mit dem sie alle ausgehen wollten. Die schwarzen Haare angeklatscht, jede Menge Gel drin, und ich hatte echt coole Klamotten. In der Junior High-School trug ich eine schwarze Lederjacke. Und ich hatte einen Ohrring – nicht im rechten Ohr, war ja keine blöde Tunte – im linken. Einen kleinen Silberblitz, und die Weiber waren verrückt danach. Chachi. So heißt er, der Fernsehtyp. Seinen echten Namen habe ich vergessen. Irgendwas Italienisches. He, hör schon auf zu heulen!«

Billy schob dem Mädchen die locker geballte Faust unters Kinn und hob sanft ihren Kopf an.

»So ist's schön, du brauchst doch keine Angst vor mir zu haben. Was könnte ich dir schon tun, dich beißen? Ich mach das doch bloß, weil ich einem Freund einen Gefallen schulde. Wir besorgen uns nur ein bißchen Geld von Mami und Papi, und dann laß ich dich wieder frei. – He, ich hab da eine Idee. Willst du, daß ich dir die Socke aus dem Mund nehme? Ich mach's, aber du mußt mir versprechen, daß du nicht schreist. Wenn du schreist, stopf ich dir die Socke gleich wieder rein und nehme sie nie wieder raus. Versprichst du mir, daß du nicht schreist?«

Das Mädchen nickte. Billy nahm die Socke aus dem Mund, und die Kleine hustete. Billys Hand lag auf ihrem Schenkel.

»Was ist los? Bist du etwa krank? Ich sag dir was. Irgendwo hab ich einen Radiator. Ich suche ihn, mache ihn sauber und stelle ihn heute abend für dich an. Ich würde dich ja mit nach oben nehmen, aber...« – fast hätte er Joeys Namen genannt – »dieser Typ, für den ich arbeite, der sagt, daß du ständig unten bleiben mußt für den Fall, daß die Polizei hier reinplatzt oder so. Weißt du, du hast hübsche Zähne. Lächle und laß...« – fast hätte er seinen eigenen Namen genannt, »und laß sie mich anschauen.«

Mit dem Daumen zog Billy die Oberlippe des Mädchens hoch.

»Hübsch. Ich möchte wetten, daß du keine Karies hast.«

»Ich bin durstig.«

»Hab ich dir gesagt, daß du reden sollst? Du hörst mir zu, okay? Sonst werde ich schrecklich böse. Ich hol dir Wasser, ich hol dir Mineralwasser, ich hol dir, was du willst, verdammt, ich dachte mir bloß, wir spielen vorher noch ein kleines Spiel. Magst du Spiele? Sag nichts. Von jetzt an redet nur einer, und das bin ich.«

Billy steckte dem Mädchen seinen Daumen in den Mund.

»Das gefällt dir, nicht? Fühlt sich an wie ein Lutscher. Also tu einfach, als wär's einer. Tu einfach so, als wenn mein Daumen ein schöner, saftiger Lutscher wär.«

Billy fühlte sich schon, wie er sich fühlte, wenn er an die schwarzen Miezen auf Coney Island dachte. Dann fing der Schmerz an. Es dauerte einige Sekunden, bis er begriff, daß der Schmerz von seinem rechten Daumen kam, und es dauerte noch einige Sekunden länger, bis er merkte, daß das Mädchen mit aller Kraft zubiß.

»Verflucht!« Er schrie und versuchte, seinen Daumen zu befreien, aber das Mädchen biß fest zu und ließ nicht locker. Billy zog das Mädchen an den Haaren vom Stuhl und konnte sich endlich losreißen.

»Du kleine Fotze!«

Er schlug ihr ins Gesicht. Der Schmerz in seinem Daumen war unerträglich, Blut tropfte auf den Boden. Er stopfte ihr die Socke wieder in den Mund, ging nach oben und ließ kaltes Wasser über die Wunde laufen, über dem Knöchel waren deutlich die Spuren ihrer Zähne zu sehen. Nach einer Weile hörte es schließlich auf zu bluten. Es ärgerte ihn, daß er die Kleine geschlagen hatte, und er nahm sich vor, von nun an nett zu ihr zu sein, damit sie ihn liebgewann.

Als er zurück nach unten ging, weinte das Mädchen wieder. Billy sagte: »Reden wir übers Essen. Was hältst du von Paprikachips?«

14

Als David den Polizeibeamten auf seinem Sofa und Leslie ihm gegenüber sitzen sah, wie sie in eine verknüllte Serviette heulte, war er davon überzeugt, daß Amy lebte und daß er den Rest seines Lebens im Gefängnis verbringen würde. Er stellte sich seine Platzangst vor und daß er sich fühlen würde, als wäre er vierundzwanzig Stunden am Tag in einen Fahrstuhl eingesperrt.

Leslie blickte David an und schluchzte noch lauter als zuvor. David fragte sich, wann ihm der Polizist die Handschellen anlegen würde.

Der Polizist, der einen buschigen Schnauzbart trug und dessen Akzent deutlich nach Bronx klang, sagte: »Ich glaube, ich sollte Ihnen wohl besser einen kurzen Überblick über die Lage geben, Mr. Sussman.«

David beschloß, sich gelassen zu geben, jedenfalls so gelassen wie möglich. Er würde abwarten, was der Beamte zu sagen hatte, bevor er irgendwas von sich gab. Und dann würde er sich weigern, ohne einen Anwalt auch nur ein Wort zu reden. Die rechte Hand behielt er in der Tasche und hoffte, daß der Fleck auf dem Ärmel nicht zu sehen war.

»Die Lage?« fragte David. »Was für eine Lage?«

»Allem Anschein nach ist Ihre Tochter heute nachmittag entführt worden.«

David überkam eine Welle der Erleichterung. Erst als Leslie aufschaute und David ihr gerötetes Gesicht und die verlaufene Wimperntusche unter ihren Augen sah, begriff er, was hier vor sich ging.

»Entführt? Wovon, zum Teufel, reden Sie überhaupt?«

Mit ruhiger, sachlicher Stimme erklärte der Beamte, daß Jessicas Schule den Kindern wegen des Schneesturms vorzeitig freigegeben habe und daß Jessica, als Leslie sie abholen wollte, nicht da gewesen sei. Während der Beamte sprach, weinte Leslie ganz unbeherrscht, und David ging zu ihr und legte einen Arm um sie.

»Dafür muß es doch eine vernünftige Erklärung geben«, sagte David. Seine Gedanken wirbelten noch durcheinander, zerrten ihn in unterschiedliche Richtungen. Wie konnte dies nur geschehen? »Wahrscheinlich ist sie bei einer Freundin. Haben Sie schon alle ihre Freundinnen angerufen?«

»Ein Beamter geht augenblicklich jeder nur möglichen Spur nach, und trotz des Schneesturms wird von unserer Dienststelle alles Menschenmögliche unternommen, um ihre Tochter zu finden. Ich hielt es bloß für das beste, bis zu Ihrer Rückkehr bei Ihrer Frau zu bleiben.«

Zum ersten Mal seit seiner Ankunft meldete Leslie sich mit unsicherer Stimme zu Wort: »Wo bist du gewesen?«

»Was soll das?« fragte David. »Ich war im Büro.«

»Ich habe den ganzen Tag versucht, dich zu erreichen, schon seit...« Sie unterdrückte ihre Tränen. »Wo warst du denn?«

David fiel wieder ein, daß er am Nachmittag sämtliche Anrufe dem Anrufbeantworter überlassen hatte, da er in dem Glauben gewesen war, daß Amy ihn erreichen wollte.

»Ich habe in Sitzungen gesteckt«, sagte er, »und keine Anrufe angenommen.«

»Ihre Frau hat bereits eine Nummer von uns erhalten, über die Sie rund um die Uhr die neueste Entwicklung erfahren können«, sagte er, »aber natürlich geben wir Ihnen auch Bescheid, sobald wir etwas wissen.«

»Was ist mit dieser Frau, von denen ich Ihnen erzählt habe?« fragte Leslie.

»Die Beamten kümmern sich drum«, sagte der Polizist, »aber ehrlich gesagt, wenn Sie uns nur sagen können, daß sie Amy heißt, eine Asiatin und etwa fünfundzwanzig Jahre alt ist, glaube ich nicht, daß wir damit weit kommen. Wenn Sie wüßten, wo sie wohnt oder arbeitet, wäre das allerdings was anderes.«

»Aber ich bin mir sicher, daß sie irgendwas damit zu tun hat.«

»Keine Sorge, wir tun, was wir können«, sagte der Beamte. »Doch solange Sie keine Lösegeldforderung erhalten oder Ihre Tochter keine vierundzwanzig Stunden vermißt ist, können wir nicht mal sicher sein, daß sie tatsächlich entführt wurde.«

»Finden Sie sie!« jammerte Leslie. »Mir ist egal, was Sie tun müssen – nur finden Sie meine Tochter! Finden Sie sie!«

Nachdem der Beamte gegangen war und Leslie sich endlich beruhigt hatte, fragte sie David, ob er glaube, daß sie Jessica jemals wiedersehen würden.

»Mal den Teufel nicht an die Wand«, sagte David. Er

hatte auch geweint, doch nun flossen die Tränen erst recht. »Es muß doch eine vernünftige Erklärung dafür geben.«

»Hörst du endlich auf, so verdammt egoistisch zu sein? Sie ist weg. Jemand hat uns unsere Tochter gestohlen.«

»Das wissen wir noch gar nicht.«

»Und wo ist sie dann?«

»Bei einer Freundin. Vielleicht hat sie bloß vergessen, dir Bescheid...«

»Sie ist bei keiner Freundin. Ich hoffe nur, daß sie noch lebt.«

»Die Seventy-seventh Street ist eine ziemlich belebte Straße, vor allem um diese Uhrzeit. Nach der Schule hat sie bestimmt keiner geschnappt, und Jessica ist viel zu clever, um mit einem Fremden irgendwo hinzugehen.«

»Ich hätte auf sie warten sollen. Es ist meine Schuld.«

»Niemand hat Schuld.«

»Ich saß einfach bloß hier und hab mir diese blöde Fernsehsendung angeschaut... aber was ist mit dieser Frau? Und was ist mit dieser Kassette? Weißt du noch, wie neulich diese Kassette abgegeben wurde? Ich hab ganz vergessen, der Polizei davon zu erzählen, aber glaubst du, daß die was damit zu tun hat?«

»Wie sollte denn die Kassette was damit zu tun haben?«

»Ich habe keine Ahnung, ich frage mich bloß, ob vielleicht eine Nachricht auf dem Band war, irgendwas, das gelöscht wurde oder das wir nicht hören konnten. Vielleicht sollten wir der Polizei das Band geben.«

»Ich denke, wir sollten alles tun, was in unserer Macht steht, aber wozu das gut sein sollte, weiß ich nicht. Meine Kehle ist trocken. Ich brauche was zu trinken.«

David suchte nach einem Vorwand, um von Leslie loszukommen. Seit sie Amys Namen erwähnt hatte, plagten ihn fürchterliche Kopfschmerzen. Als sein Blick auf die Bratpfanne auf dem Herd fiel, bekam er kaum noch Luft.

»David?«

Leslies Stimme ließ ihn zusammenzucken. Das Glas, das er gerade aus dem Schrank genommen hatte, fiel ihm aus der Hand und zersplitterte auf dem Boden.

»Was ist los?« fragte Leslie.

»Nichts«, fauchte David. »Scheiße, wo zum Teufel ist der Besen?«

»Laß das doch«, sagte Leslie.

David ging über den Flur zum Besenschrank. Sein Puls raste, der Mund war trocken, und ihm dröhnte der Kopf.

Während er die Scherben auffegte, stand Leslie weinend in der Küche.

Sie sagte: »Was sollen wir nur tun?«

»Was können wir schon tun?« fragte David. »Wir warten.«

»Ich habe alle unsere Freunde angerufen, vielleicht sollte ich sie noch mal anrufen. Vielleicht habe ich einen vergessen.«

»Du hast niemanden vergessen.«

»Woher willst du das wissen? Ich meine, ich glaube nicht, daß ich einen vergessen habe, aber vielleicht ist einer dabei, der…«

»Du hast keinen vergessen, sage ich dir.«

»Was ist los mit dir? Warum schreist du mich an?«

»Weil du mir nicht zuhörst. Ich rede mit dir, und dann muß ich mich wiederholen.«

»Wenn du insgeheim auf mich wütend bist – wenn du glaubst, ich hätte sie abholen sollen, dann wär's mir lieber, du würdest es mir rundheraus sagen.«

»Ich bin nicht wütend auf dich«, sagte David. »Ich meine, wie hättest du auch annehmen können, daß die Kinder früher nach Hause geschickt werden, bloß weil ein Schneesturm tobt?«

»Komm mir bloß nicht sarkastisch!«

»Ich bin weder sarkastisch noch sonst was.«

»Du Arschloch!« schrie Leslie. »Bleib mir vom Leib!«

Sie stürmte aus der Küche und knallte die Tür zum Schlafzimmer hinter sich zu. Nach einigen Augenblicken der Stille bekam David ein schlechtes Gewissen. Er wußte, daß Leslie keine Schuld traf – wenn jemandem etwas vorzuwerfen war, dann nur ihm selbst.

Ihm war klar, daß Amy hinter all dem stand. Wenn sie verrückt genug war, ihn und seine Familie zu verfolgen, dann war sie vermutlich auch verrückt genug, ein kleines Mädchen zu entführen. Dann kam David ein Gedanke, der ihm wie ein scharfer Stich mitten durch die Brust fuhr – was, wenn Jessica in ebendiesem Moment in Amys Wohnung steckte? Er stellte sich vor, wie sie gefesselt im Schlafzimmer lag, als er Amy in der Küche zu Brei schlug. Mittlerweile freute es ihn, daß er Amy umgebracht hatte; dieses Miststück hatte nur bekommen, was es verdiente. David stellte sich vor, wie er zurück zu Amys Wohnung ging, die Tür aufbrach und Jessica rettete. Doch er wußte, daß dies ein dummer Einfall war. Die Polizei würde ihn festnehmen, und Jessicas Aussage würde ihn lebenslang hinter Gitter bringen. Er konnte bloß hoffen, daß er sich irrte und daß Jessica nicht in der Wohnung steckte.

Aber was, wenn Amy gar nicht tot war? Es schien fast unmöglich, daß sie überlebt haben konnte, aber wie sollte er sich da sicher sein? David malte sich aus, wie Amy aufstand, mit blutverschmiertem Gesicht ans Telefon ging und einen Krankenwagen rief. Doch falls sie überlebt hatte, dann begriff David nicht, wieso ihn die Polizei noch nicht verhaftet hatte. Vielleicht litt sie unter Gedächtnisschwund, oder sie hatte erneut ihr Bewußtsein verloren, oder – was wahrscheinlicher schien – sie hatte der Polizei absichtlich nicht erzählt, was passiert war. Ohnmächtig sah David ein, wie typisch es für Amy sein würde, seine Qualen so lange wie möglich verlängern zu wollen.

David stand vor der Schlafzimmertür und flehte Leslie an, ihn hereinzulassen.

»Komm schon, Lez. Jetzt ist wohl kaum der richtige Zeitpunkt für einen Streit. Herrgott noch mal!«

Nach einigen Minuten gab David auf. Er wartete, bis sich sein Atem wieder beruhigt hatte, und ging dann zurück in die Küche, um die restlichen Scherben aufzufegen.

Im Fernseher funkelte Clint Eastwood einen der bösen Jungs an. David wünschte sich, er wäre genauso cool. Er kniff die Augen zu schmalen Schlitzen zusammen und versuchte, sein Gesicht erstarren zu lassen, fühlte sich danach aber keineswegs entspannter als zuvor.

Ein Guru – ein früherer Kunde – hatte David einmal ein Mantra verraten, und obwohl er schon seit Jahren nicht mehr meditiert hatte, versuchte er nun, langsam ein- und auszuatmen und seine Aufmerksamkeit nach innen zu lenken. Es schien zu klappen, aber dann fing Eastwood an, sämtliche Bösewichter im Saloon abzuknallen. Die Schüsse hallten in Davids Hirn wie Silvesterknaller wider, und erneut sah er Amy auf dem Küchenboden liegen. Er stellte den Ton ab und holte tief Luft. Leslie kam aus dem Schlafzimmer, auf den Wangen neue Mascaraspuren.

»Wie um alles in der Welt kannst du dich jetzt vor den Fernseher hocken?«

»Ich habe mir die Nachrichten angesehen«, sagte David. »Ich dachte, die bringen vielleicht was über Jessica.«

»Und?«

David schüttelte den Kopf. Leslie setzte sich neben ihm aufs Sofa und drückte ihn. David fand es angenehm, daß er sich bei Leslie nicht zu entschuldigen brauchte und daß sie dies auch gar nicht von ihm erwartete. Sie mußten wirklich die beste Ehe der Welt führen. In diesem Augenblick liebte er Leslie so sehr, daß er sich nicht vorstellen konnte, was in ihn gefahren war, als er sich mit einer Frau wie Amy Lee einließ. Er betete zu Gott, daß Amy tot war, daß Jessica sich nicht in ihrer Wohnung aufhielt und daß niemand ihn gesehen hatte, als er sie verließ. Vielleicht würde sich alles noch zum Besten wenden – vielleicht gab es eine Lösung für diesen Alptraum, die er sich nicht vorstellen konnte.

Ohne zu reden, saßen David und Leslie scheinbar eine kleine Ewigkeit auf dem Sofa, obwohl es wohl nur einige Minuten gewesen waren. Dann sagte Leslie: »Laß uns die Polizei anrufen.«

»Warum? Glaubst du nicht, daß sie uns angerufen hätte, wenn sie etwas wüßte?«

»Vielleicht, vielleicht auch nicht.«

Leslie wählte die Sondernummer. Erst ließ man sie mehrere Minuten warten, dann wurde ihr gesagt, daß man in ihrem Fall noch keinen Durchbruch erzielt habe. Niedergeschlagen setzte sie sich wieder neben David. Schweigend hockten sie einige Augenblicke da und starrten geistesabwesend auf den tonlosen Clint-Eastwood-Film, als Leslie plötzlich von David abrückte und mit vor Aufregung weit aufgerissenen Augen sagte: »Ich hab's!«

David fühlte sich, als wäre er auf den elektrischen Stuhl festgeschnallt worden, und der erste Stromschlag jage durch seinen Körper. Ihm war schwindlig, und seine Lippenmuskeln waren taub. Leslies Worte überschlugen sich, und David bekam erst nach und nach mit, was sie sagte.

»... und jetzt passiert's, begreifst du nicht? Ihre Vorhersage wird wahr. Sie sagte, es würde in meinem Leben zu Belastungen und Anspannungen kommen, und das hat sie gemeint. Was könnte schlimmer sein als das Verschwinden der eigenen Tochter? Sie hat bloß nicht gesagt, daß sie die Ursache meiner Probleme sein wird. Aber das ist der Beweis – sie hat eindeutig ihre Hände im Spiel.«

Erleichtert atmete David auf. Wenigstens hatte Leslie keine Affäre vermutet, aber wie lange noch ...?

»Bestimmt ist das alles nur ein Zufall«, sagte David. »Warum sollte eine Frau so von dir besessen sein, daß sie deine Tochter entführt?«

Davids Stimme bebte, da er den neuen Schock immer noch nicht ganz verwunden hatte. Leslie umarmte ihn erneut und erwiderte: »Laß es dir gesagt sein, sie hat hier eindeutig ihre Hände im Spiel.«

15

Im Central Park waren mehr als vierzig Zentimeter Schnee gefallen, aber das war Joey scheißegal. Er wartete auf die eigentlichen Nachrichten, darauf, ob es eine Meldung über eine Entführung in der Upper East Side gab, aber alle Sender berichteten über den Schneesturm, als handelte es sich um den gottverdammten Weltuntergang.

Gestern abend hatte sich Joey schon ständig die Fernsehnachrichten angeschaut. Und ungefähr alle halbe Stunde hatte er Billy angerufen, ihn aber nie erwischt. Erst ging keiner ran, dann war die ganze Nacht besetzt. Heute morgen hatte wieder keiner abgenommen. Joey hätte ihn umbringen können. Gestern hatte er ihm mindestens dreimal gesagt, er solle ihn auf jeden Fall anrufen, sobald er zu Hause sei. Aber da hatte er bereits gewußt, daß Billy nicht daran denken würde. Seine Blicke waren umhergewandert, als steckte er mit dem Kopf in den Wolken, und einige Male hatte Joey »He, Billy!« rufen müssen, damit er ihm wieder zuhörte.

Joey hoffte, daß nichts schiefgelaufen war. Gestern abend hatte er kaum einschlafen können. Die Nähte auf Wange und Stirn machten ihm zu schaffen, außerdem rechnete er damit, daß jeden Augenblick die Polizei bei ihm hereinplatzen würde. Billy war blöd genug, sich erwischen zu lassen. Joey stellte sich vor, wie Billy im Polizeirevier sein großes Mundwerk aufriß. »Ich bin's nicht gewesen, das war mein Freund, Joey DePino. Das war allein seine Idee. Wollen Sie seine Adresse und Telefonnummer?« Joey wußte, daß er keinem Menschen einen Vorwurf daraus machen konnte, daß er sein Leben in die Hände von so einem verkorksten Irren wie Billy gelegt hatte; daran war er selbst schuld.

Auf dem Bildschirm war ein bescheuert aussehender Typ auf einer schneebedeckten Straße mitten in der Stadt zu sehen, der Passanten interviewte. »Was halten Sie von dem Schnee? Wie steht es mit Ihnen, mein Herr? Wie finden Sie den Schnee?«

»Verdammte Arschlöcher«, sagte Joey laut und schaltete einen anderen Sender ein.

Doch auch die anderen Programme berichteten über den Schneesturm. Joey fragte sich, ob Billy die Kleine zwar geschnappt hatte, die Polizei die Sache aber noch nicht öffentlich machen wollte. Vielleicht arbeiteten sie insgeheim bereits an diesem Fall, verfolgten die Spuren. Vielleicht aber hatte Billy das Mädchen auch überhaupt nicht entführt. Joey konnte nur hoffen, daß das nicht stimmte. Carlos wollte sein Geld in vier Tagen sehen, und wenn Joey dann nichts vorzuweisen hatte, würde er diesmal nicht mit ein paar Nähten im Gesicht davonkommen. Wieder sah Joey die gottverdammte Anzeige ÜBERPRÜFUNG vor seinem inneren Auge aufleuchten, und er dachte daran, wie leicht dieser ganze Mist hätte vermieden werden können.

Wenn er nur ans Wetten dachte, wurde Joey schon ganz kribbelig. Er wollte zurück auf die Rennbahn, wieder fettige Snacks essen, Zigarettenrauch einatmen. Ihm fehlte das Gefühl, eine *Racing Form* oder ein Rennprogramm in Händen zu halten, die Aufregung, die ihn überkam, wenn er bei Abenddämmerung eine Rennbahn betrat. Was auch am Tag zuvor geschehen war, wieviel Geld er auch immer verloren hatte, stets begann er von vorn, stets galt es ein neues Rennen auszurechnen. Im nächsten Monat fingen die Entscheidungsspiele der NCAA an. Und ehe er es sich recht versah, würde der Beginn der Baseballsaison sein, dann kamen die Entscheidungsspiele in Hockey und Basketball. Das Leben war eine langweilige Zeitverschwendung, wenn er keine Wette laufen hatte.

Maureen kam ins Wohnzimmer. Sie hatte sich fürs Büro zurechtgemacht und sah genauso herausgeputzt wie gestern aus, massenhaft Make-up und einen kurzen Rock, den Joey noch nie zuvor gesehen hatte. Da er fand, daß sie zur Abwechslung mal gut aussah, sagte Joey: »Verdammt, warum hast du dich so aufgedonnert?«, und sie sagte: »Weil mir danach war.«

Joey begriff nicht, was im Kopf dieser Frau vorging, und er würde seine Zeit nicht damit verschwenden, es herausfinden zu wollen.

Maureen überprüfte ihr Make-up im Spiegel der Puderdose und summte vor sich hin.

»Wieso bist du so gut gelaunt?«

»Das liegt am Schnee. Der läßt alles so festlich aussehen.«

Joey schüttelte den Kopf.

»Solltest lieber im Büro anrufen. Wer weiß – vielleicht bleibt der Laden heute geschlossen.«

»Glaub ich nicht. Und wenn doch, dann mach ich einen schönen Spaziergang durch den Schnee.«

»Tu mir einen Gefallen und leih mir einen Zwanziger.«

»Was willst du mit dem Geld?«

»Wir reden über ’nen verdammten Zwanziger«, sagte Joey. »Ich brauch’s zum Essen.«

Maureen legte einen Zwanzig-Dollar-Schein auf den Tisch. Sie ließ die Puderdose zuschnappen und steckte sie dann in die Handtasche.

Im nachhinein dachte Joey, wie merkwürdig es doch gewesen war, Maureen in ihrer Bürokluft so glücklich zu sehen. Er hätte was dazu sagen können, hätte neugieriger sein können, fand es aber schön, sie in guter Stimmung zu wissen, ohne daß sie ihm wegen Geld oder Jobsuche auf die Nerven ging, und er wollte den Bogen nicht überspannen.

Joey wählte noch einmal Billys Nummer. Nach dem dritten Freizeichen nahm Billy endlich ab.

»Scheiße, wo bist du gewesen?«

»Wann?«

»Gestern, heute …«

»Ich war hier.«

»Warst du nicht, ich habe versucht, dich anzurufen.«

»Ich schwör’s.«

»Hab ich dir nicht gesagt, daß du mich sofort anrufen sollst?«

»Verdammt«, sagte Billy. »Ich wußte, daß ich was vergessen hatte.«

»Hast du die Kleine?«

»Klar, ich hab sie«, sagte Billy.

»Ehrlich?«

Plötzlich wurde Joey übel.

»Wo ist sie? Dich hat doch keiner gesehen, oder?«

»Nö, glaub nicht.«

»Du glaubst? Was soll das heißen?!«

»Kein Arsch hat mich gesehen, okay?«

»Heilige Scheiße! Und geht's ihr gut? Gibst du ihr was zu essen? Wo ist sie? In deinem Keller?«

»Sicher, aber da unten ist's eiskalt, Mann. Daran haben wir nicht gedacht. Nur gut, daß ich noch einen Radiator hier herumstehen hab.«

»Was du auch treibst, bring sie nicht nach oben.«

»Wofür hältst du mich? Für einen Trottel?«

»Und gestern ist alles gut gelaufen? Sie ist gleich in den Wagen eingestiegen?«

»Nicht ganz.«

»Wie meinst du das?«

»Sie wollte nicht, also mußte ich nachhelfen. Aber jetzt ist sie hier, und darauf kommt's an, stimmt's?«

»Mein Gott, Billy! Dich hat keiner gesehen. Bist du dir da ganz sicher?«

»Absolut. He, wie wär's mit einem kleinen Glückwunsch? Ich hab getan, was ich tun sollte, hab dir diese verfluchte Kleine verschafft, und das ist alles, was ich an Dank zu hören kriege?«

»Noch haben wir's nicht geschafft«, sagte Joey. »Uns die Kleine zu holen war erst der Anfang. Außerdem sollten wir darüber nicht am Telefon reden. Wir müssen uns heute nachmittag treffen, vier Uhr bei McDonald's, Ecke Nostrand Avenue. Schreibst du mit?«

»Was?«

»Was ich dir gerade gesagt habe.«

»Nostrand Avenue.«

»Welche Zeit?«

»Hör auf, mir Löcher in den Bauch zu fragen.«

»Dann sag's mir.«

Nach kurzem Schweigen sagte Billy: »Sechs Uhr.«

»Nein, um vier. *Vier*, du Idiot! Soll ich dir's buchstabieren?«

»Sag nicht Idiot zu mir.«

»Dann schreib's auf.«

»Hab ich schon.«

»Es ist ernst, Billy. Wir dürfen diesen Scheiß nicht vermasseln. Ich meine, glaub ja nicht, bloß weil wir die Kleine haben, ist die Sache gelaufen. Ich will, daß du dich voll konzentrierst, okay?«

»Mach ich ja.«

»Und vergiß nicht: Was du auch tust, erwähne nie meinen Namen.«

Wieder folgte ein Schweigen, und Joey wußte, daß irgendwas nicht in Ordnung war.

»Was ist los? Du hast doch keinen Stuß erzählt, oder?«

»Nein«, sagte Billy.

»Was denn?«

»Nichts.«

»Ich merk doch, daß was nicht stimmt. Sag's mir.«

»Ich hab nichts getan. Ich meine, ich hab deinen Namen nicht genannt oder so. Ich hab bloß gesagt, daß ich einem Freund einen Gefallen tu.«

»Verdammt, warum hast du das gesagt?«

»Ist mir einfach so rausgerutscht.«

»Sind die Worte wohl einfach von allein aus deinem Mund geflogen, wie?«

»Ist doch keine große Sache, Herrgott noch mal! Schließlich weiß sie doch gar nicht, wer meine Freunde sind.«

»Und wenn die Bullen dich schnappen? Wenn sie mit der Kleinen reden? Die werden als erstes deine sämtlichen Freunde überprüfen, um nachzusehen, ob es irgendwelche Verbindungen gibt. Aber wenn sie zu mir kommen, reden sie auch mit Maureen, und das war's dann.«

»He, glaub bloß nicht, daß ich dich aus dem Spiel lasse, wenn die Bullen mich schnappen. Das ist genau wie bei diesem Scheiß im Farbenladen – wird einer geschnappt, werden alle geschnappt. Denkst du, ich geh wegen dieses Mists für dich in den Bau? Na klar doch! Ich sag denen, daß das Ganze deine Idee war, weil es nämlich tatsächlich deine Idee gewesen ist.«

»Schon gut«, sagte Joey. Er dachte daran, wie verkorkst Billy war und daß ihm einfach alles zuzutrauen war, mochte es noch so dämlich sein. »Ist jetzt auch egal. Wahrscheinlich ist's gar nicht so schlimm, wie's sich anhört. Aber sag lieber nichts mehr, okay?«

»He, glaubst du, ich will mit dir in den Knast wandern?«

Als David sich einen Kaffee holen ging, sah er eine Schar Reporter im Foyer. Hätte er nichts getan, hätten sie ihn vermutlich gar nicht beachtet, aber da er stehenblieb und sie anstarrte, hätte er ebensogut mit einem Megaphon verkünden können, daß sein Name David Sussman lautete.

Er wollte zurück in den Fahrstuhl, aber die Tür hatte

sich bereits geschlossen. Als er sich wieder umdrehte, starrten ihm die Journalisten, Mikrophone und Kameras ins Gesicht.

»Entschuldigen Sie, Mr. Sussman.«

»Können wir Sie einen Augenblick sprechen, Mr. Sussman?«

»Möchten Sie eine Bitte an die Entführer Ihrer Tochter richten, Mr. Sussman?«

Dann prasselten die Fragen derart auf ihn nieder, daß er sie kaum verstehen konnte. Der Portier und einer der Haustechniker versuchten, die Reporter zurückzudrängen, doch waren es sicherlich an die fünfzehn Leute, die gleichzeitig Fragen auf ihn abfeuerten. Endlich glitt die Fahrstuhltür auf. David wehrte die Menge ab, doch erst nachdem die Tür einige Male zu- und wieder aufgegangen war, war er endlich wieder allein.

Als er wieder in die Wohnung kam, telefonierte Leslie in der Küche. So hysterisch, wie sie sich anhörte, wußte David gleich, daß sie mit ihrer Mutter sprach. Er ging auf die Toilette – er war derart nervös, daß er Durchfall hatte –, dann duschte und rasierte er sich. Trotz all der Dinge, die ihm durch den Kopf gingen, fiel ihm unwillkürlich auf, wie alt und abgespannt er aussah. Die Ringe unter seinen Augen waren dunkel angelaufen und dehnten sich jetzt bis zur Nase aus; auf seiner Stirn zeigten sich neue Falten.

Leslie telefonierte immer noch, als er aus dem Bad kam. David ging ins Wohnzimmer und stellte Kanal sieben ein; man zeigte ein Bild von Jessica. Es war das Schulbild vom letzten Jahr, eine Vergrößerung des Fotos, das auf dem Nachttisch im Schlafzimmer stand. Sie trug ein breites Lächeln zur Schau – wahrscheinlich sagt sie gerade *cheese* –, und der Blitz ließ ihre nußbraunen Augen glänzen, als würde in ihrem Innern ein winziges Licht brennen. David wunderte sich, wie die Medien so schnell ein Bild von ihr aufgetrieben hatten.

Leslie stand mit blutunterlaufenen Augen da. David sagte: »Hast du Jessicas Bild im Fernsehen gesehen?«

»Das wurde vorhin auch schon gezeigt. Meine Eltern kommen nach New York.«

»Hältst du das für eine gute Idee?«

»Wieso? Willst du sie nicht hier haben?«

»Nein, darum geht's nicht«, sagte David, merkte aber selbst, daß er nicht sonderlich überzeugend klang. Er konnte Leslies Eltern nicht ausstehen, und das wußte Leslie. »Ich dachte bloß an das schwache Herz von deinem Dad, und deine Mutter wird doch so schnell hysterisch.«

»Was hätte ich Ihnen denn sagen sollen? Sie wollen hier sein, und ehrlich gesagt, ich finde, daß sie ein Recht darauf haben.«

»Schon gut«, sagte David.

»Wo ist der Kaffee?«

»Da unten geht es zu wie in einem Irrenhaus. Ich bin nicht aus dem Haus gekommen.«

Während sie auf den Fernseher schaute – es folgte ein Bericht über den Schnee –, fragte Leslie: »Was Neues?«

»Meinst du nicht, daß die Polizei uns anrufen würde, wenn es was Neues gäbe?«

»Man weiß ja nie. Heutzutage informiert man die Familie als letztes.«

David überlegte, ob das stimmte. Dann fragte er sich, ob die Polizei Amys Leichnam oder die noch lebende Amy entdeckt hatte und eine Untersuchung durchführte, ohne die Öffentlichkeit davon zu unterrichten.

Leslie hatte etwas gesagt.

»Wie bitte?« fragte David.

»Hörst du mir nicht zu? Ich habe gefragt, was man von uns erwartet, etwa, daß wir wie Gefangene in der Wohnung hocken?«

»Dann geh doch da runter«, fauchte David sie an.

»Ich brauche einen Kaffee, sonst kippe ich um.«

»Iß doch was.«

Leslie steckte sich eine Zigarette an.

»Was tust du?«

»Wonach sieht's denn aus?«

»Es sieht aus, als wolltest du dich umbringen.«

Leslie nahm einen übertrieben tiefen Zug.

»Es beruhigt mich.«

»Du kannst dich in deinem Sarg beruhigen.«

Leslie nahm noch einen Zug und drückte dann die Zigarette in einer Porzellanschale auf dem Couchtisch aus. Sie setzte sich neben David und sagte: »Glaubst du, daß wir sie jemals wiedersehen?«

»Ja.«

»Woher willst du das wissen?«

»Ich weiß es einfach.«

»Was ist, wenn sie tot ist? Ich habe eben schon darüber nachgedacht, als ich mit meiner Mutter telefoniert habe – ich hätte mich nie operieren lassen dürfen.«

»Hörst du jetzt auf?«

»Aber es stimmt doch. Ich weiß, es klingt schrecklich. Ich meine, ich wünsche mir Jessica mehr als alles auf der Welt zurück, ich würde auf der Stelle mein Leben für sie geben. Aber wenn sie nicht wiederkommt – dann war's das. Wir würden niemals Kinder oder Enkel haben. Wir wären für immer allein.«

»Ich will nicht darüber reden.«

»Und wenn die Operation nicht rückgängig gemacht werden kann? Wenn ich zu alt bin? Viele Frauen …«

»Ich sagte, ich will nicht darüber reden!«

16

Wahrscheinlich war es der unvergeßlichste Tag in Maureen DePinos Leben. Am Morgen war sie wegen ihrer Verabredung mit Pete derart nervös, daß sie sich überhaupt nicht auf ihre Arbeit im Büro konzentrieren konnte. Gegen zehn Uhr rief sie Leslie an, da sie dachte, dadurch wieder etwas Boden unter den Füßen gewinnen zu können, aber Leslie schien nicht zum Reden aufgelegt. »Ich bin gerade erst zur Tür reingekommen«, sagte sie, und es sah Leslie gar nicht ähnlich, so abweisend zu wirken. Maureen fragte sich, ob die beiden sauer waren, weil Joey letztens irgendwas Unverschämtes zu David gesagt hatte.

Als sie mit dem Fahrstuhl nach unten fuhr, da sie sich mit Pete im Foyer treffen wollte, kam Maureen zu dem Schluß, daß die letzten Tage eine Art Traum gewesen sein mußten. So etwas passierte einer Maureen DePino einfach nicht. Es war doch unmöglich, daß sich ein so hinreißender, intelligenter Mann wie Pete für eine Frau wie sie interessierte. Irgendwas konnte da nicht stimmen – wahrscheinlich war er ein blödes Arschloch, das ihr bloß wie ein netter Typ vorkam. Doch wenn sie daran dachte, wie höflich und nett er gewesen war, wollte Maureen das einfach nicht glauben. Falls sie also die ganze Geschichte nicht bloß geträumt haben sollte, dann konnte man ihr nur einen üblen Scherz spielen. Sie mußte einen Widersacher haben, von dem sie noch nichts wußte, einer, der Pete zum St.Vincent Hospital geschickt hatte; nie im Leben würde sich Pete tatsächlich blicken lassen.

Maureen war so davon überzeugt, daß Pete nicht da sein würde, daß ihr der Atem stockte, als sie ihn am Empfang stehen sah, eine einzelne rote, langstielige Rose in der Hand. Er sah sogar besser aus, als sie ihn in Erinnerung hatte – falls das überhaupt möglich war. Er hatte im Warteraum fast nur gesessen, und als er aufstand, um zu gehen, war Maureen zu schüchtern gewesen, ihn richtig in Augenschein zu nehmen. Er war gut über einsachtzig und hatte breite, kräftige Schultern, und er trug eine braune Lederjacke zu khakifarbenen Hosen. Am Bauch war er zwar etwas füllig, doch im Gegensatz zu Joey standen ihm diese zusätzlichen Pfunde ganz gut. Das aschblonde Haar hatte er sich aus dem gebräunten, wettergegerbten Gesicht gekämmt, und seine Augen waren noch ebenso hell und strahlend blau, wie sie sie in Erinnerung hatte. Wäre er ihr auf der Straße begegnet, hätte sie ihn für einen ehemaligen Football-Spieler gehalten.

»Die ist für Sie.«

Maureen war immer noch so perplex, daß sie mehrere Sekunden brauchte, um zu verstehen, was er gesagt hatte. Sie dankte ihm umständlich, und sie gingen hinaus auf die Avenue. Es schneite jetzt wieder kräftiger, und Pete sagte etwas über den Schneesturm, doch Maureen hörte nur mit halbem Ohr zu. Unablässig mußte sie daran denken, wie sie aussah – hatte sie ihr Make-up zu dick aufgetragen? –, und was sollte sie sagen, wenn eine Gesprächspause aufkam? Im Büro hatte sie sich vorhin eine Liste möglicher Themen zurechtgelegt, aber jetzt fiel ihr kein einziges mehr davon ein.

»Entschuldigung, wie war das?«

»Ich sagte, Sie sehen heute nachmittag besonders bezaubernd aus.«

Maureen wurde rot. Sie war es nicht gewohnt, daß man ihr Komplimente machte, und sie dachte mit Schrecken daran, daß Pete merken mußte, wie sie errötete, und daß er sie bestimmt auslachen würde. Doch falls Pete die Röte auf Maureens Wangen tatsächlich nicht entgangen sein sollte, so verlor er kein Wort darüber, hatte er doch bereits damit begonnen, ihr etwas von dem zu erzählen, was ihm auf der Arbeit passiert war. Eine Bombe hätte mitten auf der Straße explodieren können, und Maureen hätte nichts davon gemerkt. Die Zeit war so völlig aus dem Takt geraten, daß sie nur wenige Sekunden, nachdem Pete ihr gesagt hatte, wie bezaubernd sie heute aussehe, vor der Eislaufbahn im Rockefeller Center zu stehen schienen. Maureen hatte kaum bemerkt, daß sie vier Straßen weit durch den Schnee gelaufen waren.

Sie gingen zum Café bei der Eislaufbahn. Maureen bestellte ein Sandwich, wußte aber genau, daß sie bestimmt keinen Bissen davon hinunterbekam.

Nach und nach entspannte sie sich und begann, mit ihm zu reden, ohne darüber nachzudenken, wie sie aussah oder welche Themen sie anschneiden sollte. Nie zuvor hatte sich Maureen bei einem Mann so geborgen gefühlt wie bei Pete. Es war, als würde sie mit einem alten Freund zu Mittag essen. Auch wenn sie nicht viel miteinander verband – Pete stammte aus New Jersey und hatte seinen Abschluß in Betriebswirtschaft an der Rutgers University gemacht –, hatten sie doch denselben Sinn für Humor. Einige Male brachte Pete sie derart zum Lachen, daß sie keine Luft mehr bekam, und ihr war egal, wie sie dabei aussah oder wie sie sich anhörte. Sie wußte nicht mehr, wann sie zuletzt über etwas, das Joey gesagt hatte, gelacht oder auch nur gelächelt hatte.

Pete war Maureens Traummann. Er sah nicht nur phantastisch aus und war von anziehender Persönlichkeit, er verfügte auch über ein gerüttelt Maß an Selbstvertrauen, an dem es Joey eindeutig fehlte. Obwohl sie sich gar nicht ähnlich sahen, erinnerte Pete sie irgendwie an David Sussman. Wie David gehörte Pete zu jener Sorte Männer, die stets für ihre Frau und ihre Familie da sind, die selbstbewußt und stark sein würden, was auch geschehen mochte. Und nach dem ersten Eindruck zu schließen war Pete auch ein guter Brötchenverdiener. Er redete von dem Zweifamilienhaus, das ihm in Hoboken gehörte, und von den Wochenenden, die er in Jersey am Strand verbrachte. Außerdem erwähnte er, daß er einen Finanzanlageberater hatte und sich vor dem fünfzigsten Lebensjahr aus dem Geschäft zurückziehen wollte, also mußte es im Teppichgeschäft ziemlich gut für ihn gelaufen sein.

Nachdem Pete mit einer Gold Card fürs Essen bezahlt hatte, gingen sie wieder ins Erdgeschoß und schauten auf die Eislaufbahn. Der Schnee fiel immer dichter, und die Windböen peitschten die Flocken über die Rockefeller Plaza. Auf dem Eis waren nur noch wenige Schlittschuhläufer. Während Maureen und Pete ihnen zusahen, redeten sie und lachten miteinander oder waren einfach nur still und genossen den winterlichen Anblick. Maureen wünschte sich, der Weihnachtsbaum würde noch stehen. Sie hatte sich oft ausgemalt, wie romantisch es doch sein mußte, mit dem Mann, den sie liebte, unter dem riesigen Baum zu stehen. Jeden Winter bat sie Joey, mit ihr hierherzukommen, und jedesmal sagte er: »Was kann ich schon gewinnen, wenn ich mir einen Weihnachtsbaum ansehe?«, und so endete es stets damit, daß sie allein oder gar nicht ging.

Pete hielt ihre Hand. Maureen fand das so selbstverständlich, daß sie es kaum bemerkte. Und obwohl sie beide Handschuhe trugen, meinte sie, die Wärme seines Körpers spüren zu können. Sie schaute auf die Uhr. Es war schon fast halb zwei. Wegen der langen Mittagspause würde ihr Chef sie umbringen, doch wollte sie sich nicht von Pete trennen. Aber plötzlich ging ihr Joey nicht mehr aus dem Sinn. Sie hatte keine Lust auf einen weiteren zerstrittenen Abend, auf die vergebliche Mühe, ihn vom Spielen abzuhalten. Sie wollte glücklich verheiratet sein, und sie wollte, daß ihre Kinder einen Vater wie Pete bekamen.

»Was ist los?«

Maureen schaute immer noch auf die Schlittschuhläufer, sah einem Mann und einer Frau nach, die sich an den Händen hielten und gemeinsam um den Platz liefen.

»Nichts«, sagte Maureen. »Es ist bloß... ach, nichts.«

»Ich hoffe, es gefällt Ihnen hier«, sagte Pete, »denn mir gefällt es sehr.«

»Soll das ein Witz sein? Ich habe mich noch nie so gut gefühlt. Fast schon *zu* gut.«

»Was soll das denn heißen?«

»Ich dachte nur... ach, nichts weiter«, sagte Maureen. »Ich hätte gar nicht davon anfangen sollen.«

Maureen entzog ihm ihre Hand.

»Was ist?«

»Nichts«, sagte Maureen.

»Kommen Sie«, sagte Pete. »Lassen Sie mich raten, Sie haben einen Freund.«

»Wenn es nur so wäre«, sagte Maureen. »Ich hätte es Ihnen schon letztens im Krankenhaus sagen sollen. Es geht um mehr als nur um einen Freund. Ich habe im Krankenhaus meinen Ring nicht getragen, aber... ich wollte Ihnen nichts vormachen. Ich meine, ich habe nie geglaubt, daß ein Mann wie Sie sich je... ich meine, es ist nicht, daß ich nicht glücklich bin oder so. Es läuft einfach echt beschissen mit uns. Er ist ein krankhafter Spieler, und ich bringe ihn nicht mal soweit, daß er es einsieht. Wir streiten uns bloß noch. Ich habe schon daran gedacht, was dagegen zu unternehmen – ich weiß nicht, vielleicht hätte ich ihn sogar verlassen –, und dann sind Sie aufgetaucht. Tut mir leid, okay? Ich kann es einfach nicht fassen, daß all dies hier passiert.«

Pete küßte sie. Seine Zunge war ein Zauberstab, und Pete drückte Maureen so fest an sich, daß sie tatsächlich erregt wurde. Nie hatte sie jemand derart leidenschaftlich geküßt. Manchmal gab Joey ihr wochenlang nicht mal ein Küßchen auf die Wange.

Pete brachte Maureen zurück zum Büro. Sie verabredeten sich für den kommenden Tag auf einen Drink nach der Arbeit, und dann gab Pete ihr einen langen Abschiedskuß.

Maureen konnte den ganzen Tag an nichts anderes als an Pete denken. Einer der Anwälte im Büro sagte ihr, sie solle aufhören, Löcher in die Luft zu starren, und sich wieder an die Arbeit machen. Gewöhnlich hätte Maureen eine solche Bemerkung arg zugesetzt, aber heute war ihr die Arbeit das Unwichtigste auf der Welt. Was kümmerte es sie, ob irgendein häßlicher, schmieriger Anwalt sie mies behandelte? Er war doch bloß so ein elender Kerl, der mit sich selbst nichts anzufangen wußte, so daß er seine Zeit damit verbrachte, anderen das Leben schwerzumachen, aber das Leben war zu kurz, um sich über solche Leute auch nur Gedanken zu machen.

Am liebsten hätte Maureen mit jemandem über ihr Rendezvous geredet. Sie dachte daran, Leslie noch mal anzurufen, aber bei ihrem letzten Gespräch war sie nicht gerade zum Reden aufgelegt gewesen. Und wenn sie so darüber nachdachte, schien Leslie schon seit einiger Zeit nicht mehr ganz die alte zu sein. Beim Essen damals hatte sie viel stiller als sonst gewirkt, und sonderlich gesund hatte sie auch nicht ausgesehen. Seit sie als Teenager unter Anorexie gelitten hatte, war ihr Leslie nicht mehr derart schlank vorgekommen. Maureen beschloß, Leslie beim nächsten Mal danach zu fragen, allerdings mußte sie die Sache vorsichtig angehen. Leslie war sehr auf ihre Privatsphäre bedacht, und sie redete nicht gern über ihre Probleme.

Meistens ging Maureen von der Arbeit zu Fuß nach Hause, aber in der Fifty-seventh Street beschloß sie wegen des Blizzards, den Stadtbus zu nehmen. Während sie aus dem Fenster ins Schneegestöber schaute, fühlte sich Maureen, als würde sie aus einem Traum erwachen. War sie denn verrückt, noch eine Verabredung für morgen abzumachen? Schließlich war sie eine verheiratete Katholikin, wie nett und adrett Pete auch immer sein mochte. Die Sünde einer Scheidung war schon schlimm genug, aber sie konnte unmöglich mit einem anderen Mann ausgehen, solange der Bund ihrer Ehe noch bestand. Maureen hatte zwar kein schlechtes Gewissen, aber der Kuß war dennoch eine Sünde gewesen, und sie nahm sich vor, noch diese Woche zur Beichte in die Kirche zu gehen.

Dann kam sie nach Hause und sah Joey, der in Unterwäsche auf der Couch saß und sich, das linke Bein übers rechte Knie geschlagen, die Fußnägel säuberte.

»Hast du was zu essen mitgebracht?«

»Nein.«

»Verfluchte Scheiße!«

›Zum Teufel mit Joey DePino!‹, dachte Maureen. Sie hatte genügend Zeit ihres Lebens damit verschwendet, ihn ändern zu wollen, sich Vorwürfe zu machen und sich mies zu fühlen. Wie Leslie schon sagte: Woher wollte sie wissen, was Joey trieb, wenn sie nicht daheim war? An all den Abenden, an denen sie geglaubt hatte, er sei auf der Rennbahn, hätte er ebensogut mit einer anderen Frau zusammensein können.

Am nächsten Morgen summte Maureen die Melodie ihres Lieblingssongs – David Cassidys *I Think I Love You* – und prüfte ihr Make-up im Spiegel ihrer Puderdose, als Joey fragte: »Warum bist du so fröhlich?«

»Das liegt am Schnee. Da sieht alles so festlich aus.«

Joey schüttelte den Kopf und lächelte vor sich hin.

Nach einem Blizzard war New York die schönste Stadt

der Welt. Es schneite immer noch sanft, und die wenigen Autos auf der Straße fuhren leise und langsam. Natürlich würde es nicht so bleiben. Der Schnee würde braun werden, dann grau, dann schwarz, doch kam es Maureen wenigstens im Augenblick so vor, als unternähme sie einen Spaziergang durchs Paradies.

Pete hielt einen Strauß von mindestens einem Dutzend roter, rosafarbener und gelber Rosen in der Hand, als sie ihn diesmal im Foyer des Bürogebäudes traf. Sie küßte ihn leidenschaftlich und kümmerte sich nicht darum, ob jemand vom Büro oder ein Bekannter von Joey sie sah.

Der Schnee zerschmolz bereits zu braunen, matschigen Pfützen, aber mit Pete an der Hand fühlte sich Maureen, als lebte sie in ihrer eigenen, privaten Welt. Zwar kümmerte es sie eigentlich nicht, doch als sie nach etwa fünfzehn Minuten zur Thirty-fourth Street kamen, fragte Maureen: »Also, wo ist denn nun das Restaurant?«

»Wart's ab.«

Sie gingen noch einige Straßen weiter. Normalerweise wäre Maureen von all der Lauferei längst müde und außer Atem gewesen, aber jetzt machte ihr die Anstrengung nichts aus. Auf der East Twenty-ninth Street blieben sie vor dem Hotel Deauville stehen.

»Das ist kein Restaurant.«

Lächelnd schaute Pete sie mit seinen Paul-Newman-Augen an und sagte: »Ich dachte mir, wir könnten uns was aufs Zimmer bestellen.«

Maureen zögerte, doch nur einen kurzen Augenblick, und als sie Joey wieder vor sich sah, wie er sich die Fußnägel reinigte, war ihr Entschluß gefaßt.

Pete hatte für den Nachmittag ein ruhiges Zimmer im hinteren Teil des Hotels bestellt. Kaum hatte er die Tür zu ihrem Zimmer geschlossen, preßte er Maureen an die Wand. Er küßte sie heftig. Eine seiner Hände war in ihrem Haar, die andere glitt unter ihrem Kleid nach oben. Er flüsterte: »Sag mir, wenn ich aufhören soll.«

Doch Maureen sagte kein Wort.

17

Jessica Sussman wußte, wie ein nackter Mann aussah. Sie war schon oft ins Schlafzimmer ihrer Eltern gelaufen und hatte dabei zufällig ihren unbekleideten Vater und seinen Penis gesehen – ein blödes Wort, wie sie fand –, der für sie wie ein kleiner rosiger, in einem Fleckchen braunen Grases wachsender Pilz aussah. In der Schule redeten Jessica und ihre Freundinnen ständig über Penisse und über Sex. Karen, die Schwester ihrer Freundin Rachel, ging bereits in die achte Klasse und hätte es fast schon einmal mit Danny Lipman getrieben.

Die Arme und Beine taten ihr weh, weil sie so lange gefesselt waren, und die Binde vor ihren Augen saß derart fest, daß sie nicht mal weinen konnte. Ihr Mund war trokken, und die Kehle fühlte sich an wie damals bei der Mandelentzündung. Als der Mann ihr die Socke aus dem Mund nahm, um sie zu füttern, konnte sie kaum reden. Sie fragte ihn, ob er ihr die Augenbinde lockern könne, und er sagte, das würde schon gehen, wenn sie verspreche, sich wie ein liebes Mädchen zu benehmen. Kaum hatte der Mann die Binde gelockert, begann sie zu weinen, und sie weinte, bis er ihr sagte, sie solle lieber damit aufhören, sonst würde er die Binde wieder straffziehen und sie nie wieder lockern.

Sie konnte sich nicht vorstellen, jemals einzuschlafen,

aber irgendwie schaffte sie es dann doch. Sie träumte, es tobe der mächtigste Schneesturm in der Geschichte New Yorks, und die Schneewehen seien so hoch wie die Gebäude. Als sie aufwachte, stand der Mann wieder neben ihr; sie haßte seinen Atem, der nach Paprikachips stank. Sie wollte weiterschlafen, träumen, konnte aber nicht, also kniff sie bloß die Augen zusammen und stellte sich vor, sie sei im Central Park und spiele mit ihrem Dad im Schnee.

Später dann fragte sie der Mann, ob sie noch mehr Paprikachips wolle. Sie haßte Paprikachips, aber der Mann fütterte sie mit nichts anderem – nur mit Chips und Pepsi. Sie aß trotzdem, weil sie hungrig war und weil sie nicht verhungern wollte. Außerdem wußte sie, daß irgendwann die Polizei mit ihrem Vater kommen, diesen Mann fangen und ihn bestrafen würde, denn ihre Mami und ihr Papi hatten ihr immer versprochen, daß sie nie zulassen würden, daß ihr etwas Schlimmes geschah.

Um Viertel vor vier betraten Elaine und Alan Schlossberg die Wohnung der Sussmans. David war vor dem Fernseher eingeschlafen und wachte durch die aus dem Wohnzimmer dringende, kratzige Stimme von Leslies Mutter aus einem Alptraum auf, der sich aus allem zusammengesetzt hatte, was in den letzten vierundzwanzig Stunden geschehen war.

Als David ins Wohnzimmer kam, umarmte Elaine ihre Tochter, während Alan auf dem Sofa saß und seinen Koffer öffnete. Elaine war klein und mollig, ihr Haar blond gefärbt. Alan war einige Zentimeter größer als sie, glatzköpfig und überaus hager. David hatte Alan schon immer für den größten Langweiler gehalten, der ihm je über den Weg gelaufen war, so daß er es nahezu unmöglich fand, ein Gespräch mit ihm zu beginnen.

»Wie geht es dir, David?« fragte Elaine. Sie kam zu ihm, umarmte ihn, und ihr Lippenstift hinterließ wie üblich einen rosigen Fleck auf seiner Wange. »Das ist ja alles so schrecklich. Der reinste Alptraum.«

Alan stand kurz auf, um David die Hand zu schütteln, machte sich dann aber wieder daran, den Koffer zu durchwühlen, und hustete dabei etwas Schleim in sein Taschentuch.

Leslie erzählte ihren Eltern, daß bei der Suche nach Jessica noch keinerlei Durchbruch erzielt worden sei, und als sie daraufhin zu weinen begann, wurde sie von ihrer Mutter getröstet.

»Was ist mit dir, Leslie?« fragte Elaine und kniff ihr in den Oberarm, dann in die Rippen. »Du wirst ja immer weniger.«

»Tu ich nicht«, sagte Leslie.

»Schau dir das an, Alan«, sagte Elaine. Sie wartete, bis Leslie ihr in die Augen blickte. »Wieviel wiegst du?«

»Soviel wie immer.«

»Soviel wie immer, natürlich. Sieh doch mal, Alan, wie sie versucht, es zu verheimlichen, trägt weite Kleider, genauso wie mit sechzehn. Und schau dir die dunklen Ringe unter ihren Augen an. Sie ist wieder magersüchtig.«

»Bist du wieder magersüchtig?« fragte Alan, ohne von seiner Zeitung aufzublicken.

»Nein«, antwortete Leslie.

Elaine wandte sich nun an David.

»Und was ist mit dir? Ist dir nichts aufgefallen? Muß sie erst zum Skelett werden, bis du ihr was zu essen machst?«

»Ich finde, sie sieht prima aus«, erwiderte David.

»Prima?« rief Elaine. »Auf welchem Planeten lebst du denn? Hast du das gehört, Alan? Sie ist ein krankes Mädchen. Wenn sie so weitermacht, liegt sie bald wieder im Krankenhaus.«

»Ich bin kein Mädchen.«

»Du bist kein Mädchen? Was soll das heißen? Natürlich bist du mein Mädchen.«

»Ich bin eine Frau, und jetzt laß uns bitte damit aufhören, ja?«

»Iß was«, sagte Elaine. »Ich mach dir was zu essen. Möchtest du etwas Toast, *matzo brie*?«

»Mir ist nicht nach Essen.«

»Natürlich ist dir nicht danach.«

»Dad, sagst du ihr bitte, daß …«

»Das ist allein deine Schuld«, sagte Elaine zu David. »Vielleicht würde dir auffallen, wie deine Frau aussieht, wenn du wenigstens ab und zu mal Sex mit ihr hättest.«

»Mom!«

»Weißt du, als du dein Eheversprechen abgelegt und ›bis daß der Tod uns scheidet‹ gesagt hast, da hieß das auch ›habt Sex, bis der Tod euch scheidet‹.«

»Würdest du jetzt bitte damit aufhören, Mom? Sonst werfe ich euch beide auf der Stelle hinaus. Es ist doch wirklich nicht zu fassen, daß du dich gerade jetzt so aufführen mußt.«

Es folgte eine kurze, peinliche Stille, dann legte Elaine ihren Arm um Leslie, und Tränen traten ihr in die Augen.

»Tut mir leid, *Mejdele*«, sagte sie. »Ich bin bloß so durcheinander wegen der kleinen Jessica, daß ich unwillkürlich an mein eigenes kleines Mädchen denken mußte. Aber jetzt komm, ich mach dir was zu essen. Du mußt doch bei Kräften bleiben.«

Elaine machte ihnen Toast. Bei Tisch herrschte eine gedrückte Stimmung. Elaine und Leslie schluchzten gelegentlich auf, und es kam zu langen Gesprächspausen. Alan konzentrierte sich unterdessen auf seinen Teller. David sah ihm zu, wie er das Essen in gleichmäßige, zentimetergroße Würfel zerteilte und dann Happen für Happen aß. So, wie er kaute – andächtig, die Augen geschlossen –, war David davon überzeugt, daß er seine Kaubewegungen zählte. Und tatsächlich, David zählte mit und stellte fest, daß Alan exakt sechsundzwanzigmal kaute, ehe er den Bissen die Kehle hinuntergleiten ließ.

Nachdem Elaine und Leslie das Geschirr abgeräumt hatten, blieben David und Alan am Tisch sitzen. David hing seinen eigenen Sorgen nach und hörte kaum zu, während sein Schwiegervater endlos vom neuen Swimmingpool brabbelte, der auf dem Gelände ihres Apartmenthauses gebaut wurde.

Der Summer ertönte, und David sprang zur Gegensprechanlage. Es war der Portier, der ihnen sagte, daß ein Polizeibeamter auf dem Weg zu ihnen sei.

»Warum?«

»Er will mit Ihnen reden.«

»Was glaubst du, was der will?« fragte Leslie, die aus der Küche gestürzt kam und fast hysterisch schrie: »Glaubst du, jetzt ist es soweit? Kommt der her, um uns zu sagen …«

»Ich habe keine Ahnung«, fauchte David sie an, während er spürte, wie ihm schon wieder die Luft ausging. Jetzt kam man, um ihn zu verhaften. Ganz bestimmt.

»Laßt uns beten, daß Gott heute auf seiten der kleinen Jessica steht«, sagte Elaine.

Sie gingen alle auf den Flur, um den Beamten zu empfangen, sobald er aus dem Fahrstuhl trat. Bis es klingelte und die Fahrstuhltür sich öffnete, schien eine Ewigkeit zu vergehen. Endlich kam ein junger, hispanisch aussehender Mann mit schmalem Schnurrbart zum Vorschein. Er trug Hemd und Schlips und unter einem langen, blauen Mantel ein Anzugsjackett. Er zeigte seine Dienstmarke und sagte, er heiße Detective Dominguez.

»Was ist los?« fragte Leslie. »Lebt meine Tochter? Oder ist sie tot?«

»Ich glaube, wir sollten hineingehen und drinnen miteinander reden«, sagte Dominguez.

»Sagen Sie es mir jetzt sofort. Ich muß es wissen.«

»Sind Sie Mrs. Sussman?«

»Ja, sie ist Mrs. Sussman«, antwortete Elaine. »Aber um Gottes willen, jetzt reden Sie doch!«

»Dann sind Sie gewiß David Sussman?«

»Ja«, sagte David und versuchte, sein Zittern zu verbergen. »Was ist passiert?«

»Das würde ich gern von Ihnen wissen«, erwiderte Dominguez und starrte David direkt ins Gesicht. Die Augen des Detective kamen David wie die Löcher in den Läufen einer Flinte vor, die direkt auf ihn gerichtet waren. Zu Leslie sagte Dominguez: »Tut mir leid, Mrs. Sussman, über Ihre Tochter wissen wir noch nichts Neues. Bis ich herkam und die Beamten vom hiesigen Revier und die Reporter sah, wußte ich ehrlich gesagt nicht mal, was all das zu bedeuten hatte.«

»Wie meinen Sie das?« fragte Elaine. »Wovon reden Sie eigentlich?«

»Ich bin vom Morddezernat. Der Name der Toten, um die es hier geht, lautet Amy Lee.«

18

Amy Lee? Wer ist Amy Lee?«

»Das ist sie! Dieselbe Frau, stimmt's?«

»Welche Frau?«

»Amy Lee. Die Tote.«

»Aber wer soll das sein?«

»Eine Mitarbeiterin von Mr. Sussman.«

»Eine Mitarbeiterin? Soll das heißen, du hast mit dieser Frau zusammen gearbeitet?«

Nach und nach verschmolzen die Stimmen in Davids Kopf zu einem einzigen großen Lärm.

Leslie weinte, ihr Gesicht zu einer häßlichen Miene verzerrt. Sie heulte: »Du hast sie gekannt, stimmt's? Deshalb ist sie mir nachgelaufen. Oder war es noch schlimmer? Hast du was mit ihr gehabt? Ist es so gewesen? Du Hurenbock! Du Arschloch! Du hast die ganze Zeit Bescheid gewußt, oder? Das hast du doch, ja?«

David wußte, daß es sinnlos war, jetzt zu lügen. Er nickte langsam.

Schreiend rannte Leslie zurück in die Wohnung. David wollte ihr nach, aber Dominguez hielt ihn am Arm fest.

»Nicht so schnell, Freundchen. Ich habe da noch ein paar Fragen.«

»Was für Fragen?«

»Zum Beispiel die Frage, wo Sie gestern zwischen Viertel nach fünf und sieben Uhr abends gewesen sind.«

»Verdammt, was soll das?«

»Ist doch eine einfache Frage.«

»Ich war im Büro… ich meine, auf dem Heimweg vom Büro.«

»Sind Sie sicher?«

»Wo hätte ich denn sonst sein sollen?«

»Vielleicht waren sie in Amy Lees Wohnung und haben die Frau mit einer Bratpfanne erschlagen.«

»Um Himmels willen«, kreischte Elaine, »ich glaube, er kriegt einen Herzinfarkt!«

Alan Schlossberg stand an eine Wand gelehnt und stützte sich mit ausgestreckten Armen ab. Seine Beine knickten ein, der Blick war glasig. Elaine stürzte zu ihm, um ihm zu helfen, schrie nach seinen Herztabletten, und daß dies alles Davids Schuld sei.

David und Detective Dominguez halfen Alan zurück in die Wohnung, und Elaine durchsuchte den Koffer nach seiner Herzmedizin. Als klar war, daß es Alan besserging und er nicht sterben würde, sagte Elaine, die neben ihm auf dem Sofa hockte: »Merkst du jetzt, was du für ein Trottel bist? Ich habe dir doch gesagt, daß du nicht vergessen darfst, deine Pillen zu nehmen, und nun schau dir an, wohin das führt. Ich hätte dich krepieren lassen sollen.«

»Vielleicht sollten Sie besser ein andermal wiederkommen«, sagte David.

»Ich glaube nicht«, sagte Dominguez. Er hielt einen kleinen Notizblock in der Hand. »Sie sind als letzter mit Amy Lee gesehen worden.«

»Bin ich das?« fragte David.

»Gestern abend haben Sie kurz nach fünf das Büro mit ihr verlassen.«

»Ach ja? Ich habe sie nicht umgebracht, falls Sie darauf hinauswollen.«

»Sie schienen aber auch nicht sonderlich überrascht, als ich Ihnen sagte, daß sie ermordet wurde.«

»Haben Sie eine Ahnung, was ich in den letzten vierundzwanzig Stunden mitgemacht habe? Meine Tochter wird vermißt, und alles andere ist mir einfach scheißegal.«

»Verhaften Sie ihn!« ertönte Elaines Stimme vom Sofa. »Nehmen Sie den Hurenbock gleich mit!«

»Wie sind Sie gestern abend von der Arbeit nach Hause gekommen?« fragte Dominguez.

David spürte, wie ihm der Schweiß die Achselhöhlen hinunterrann.

»Wieso fragen Sie mich das eigentlich alles?« wollte er wissen. »Ich habe sie doch kaum gekannt.«

»Gerade haben Sie noch zugegeben, eine Affäre mit ihr gehabt zu haben.«

»Ich meine, so gut habe ich sie nun auch wieder nicht gekannt.«

»Mir ist was anderes zu Ohren gekommen«, sagte Dominguez. »Ich habe mit einigen Leuten aus Ihrem Büro gesprochen, und die haben mir alles über diese kleine ›Affäre‹ erzählt, die Sie mit Ms. Lee hatten. Wenn ich es recht verstanden habe, lief das zwischen ihnen beiden schon eine ganze Weile so, bis Sie sich dann vor kurzem zerstritten haben. Eric Henrikson sagte, Sie hätten sich ziemlich aufgeregt. Er meinte, Sie hätten ihm gesagt, daß Sie Amy Lees

›Blödsinn‹ nicht länger hinnehmen würden. Die Sache mit Ihrer Tochter tut mir wirklich leid, Mr. Sussman, aber ich schätze, ich habe genügend Belastungsmaterial zusammen, um Sie auf der Stelle verhaften zu können. Wollen Sie meine Fragen also hier beantworten oder lieber auf dem Revier mit mir reden?«

David stieß einen tiefen Seufzer aus und sagte dann: »Ich bin mit dem Bus nach Hause gefahren.«

»Fahren Sie immer mit dem Bus?«

»Manchmal.«

»Warum nicht mit dem Taxi?«

»Weil ein Schneesturm tobte. Haben Sie schon mal versucht, bei einem Schneesturm mitten in der Stadt ein Taxi aufzutreiben?«

»Wie lange hat die Fahrt gedauert?«

»Ich habe die Zeit nicht gestoppt.«

»Ungefähr.«

»Ich weiß nicht. Fünfundvierzig Minuten – eine Stunde.«

»Warum so lange?«

»Es hat eine Weile gedauert, bis der Bus kam.«

»Nach dem, was Sie mir vorhin erzählt haben, verließen Sie Ihr Büro also gegen fünf Uhr und nahmen denselben Fahrstuhl wie Amy Lee, die dann nach Hause fuhr, während Sie auf den Bus gewartet haben?«

»Ich weiß nicht genau, wann ich gegangen bin, aber das könnte stimmen.«

»Das heißt, daß Sie spätestens um sechs Uhr daheim waren. Richtig?«

»Nein«, sagte David. »Es war eher kurz vor sieben, als ich nach Hause kam.«

»Und wo waren Sie zwischen sechs und sieben?«

»Der Bus. Wahrscheinlich hat er länger gebraucht, als ich gedacht habe. Außerdem, ach ja, ich war noch im Supermarkt. Das heißt, ich wollte zum Supermarkt in der Lexington Road gehen, aber da es zu heftig geschneit hat, bin ich dann doch nach Hause gegangen.«

Dominguez grinste zynisch. Er sagte: »Amys Leichnam wurde etwa um Viertel vor sieben entdeckt, falls Sie sich das gefragt haben. Gegen Viertel vor sechs hat eine Nachbarin den Schrei einer Frau und anschließend – wie sie es nannte – ›ein lautes Krachen‹ gehört; daraufhin hat sie die Polizei angerufen. Das hätte Ihnen … Entschuldigung, das hätte dem Mörder Zeit genug gelassen, aus der Wohnung zu gelangen und noch vor sieben in den Norden der Stadt zurückzufahren, selbst wenn Sie, verzeihen Sie, selbst wenn der Mörder die U-Bahn genommen haben sollte.«

»Ich sage Ihnen doch, daß ich gestern gleich nach Hause gefahren bin.«

»Macht es Ihnen etwas aus, wenn ich Ihre Frau frage?«

»Ja, das macht mir etwas aus. Verdammt, was glauben Sie denn, wer Sie sind, daß Sie uns in einer solchen Situation mit diesem Blödsinn behelligen? Ich habe nichts getan, und nichts von dem, was ich Ihnen sage, kann Ihnen weiterhelfen.«

»Wie wär's, wenn ich mich ein wenig in Ihrer Wohnung umsehe?«

»Wie wär's, wenn Sie von hier verschwinden?«

»Ich würde an Ihrer Stelle nicht so mit mir reden.«

»Wenn Sie mich verhaften wollen, nur zu«, sagte David. »Aber ich habe nichts getan, und Sie haben wohl auch keine

Beweise gegen mich in der Hand, denn sonst hätten Sie mich längst festgenommen. Wenn Sie meine Zeit also lange genug verschwendet und meine Familie zu einem äußerst schwierigen Zeitpunkt lange genug belästigt haben, wüßte ich es sehr zu schätzen, wenn Sie endlich aus meiner Wohnung verschwinden würden.«

Dominguez lächelte süffisant und steckte den kleinen Notizblock wieder in die Jackentasche.

»Wenn Sie die harte Tour wollen, dann kriegen Sie eben die harte Tour«, sagte er. »Aber ich komme wieder – mit einem Durchsuchungsbefehl –, und wenn es sein muß, buchte ich Sie ein. Während meiner Abwesenheit sollten Sie allerdings über ein Geständnis nachdenken. Damit könnten Sie immerhin das Strafmaß ein wenig reduzieren.«

Leslie hatte sich im Schlafzimmer eingeschlossen. Elaine stand an der Tür und versuchte, sie wieder herauszulocken. Alan lag auf dem Sofa und erholte sich von seinem Herzanfall.

David setzte sich neben Alan. Ihm war zumute, als hätte er gerade einen Marathonlauf hinter sich gebracht. Von der Heulerei und vom Schlafmangel war er völlig ausgelaugt, außerdem hatte er Dominguez so laut angeschrien, daß ihm der Hals weh tat.

David wußte, daß Dominguez mit ihm noch nicht fertig war. Er würde weitere Fragen stellen, und beim nächsten Mal würde es ihm schwerer fallen, ruhig zu bleiben. Wenn sich jetzt noch keine Zeugen gefunden hatten, würde das sicherlich bald geschehen; bestimmt meldete sich der Taxifahrer, der sie in die Morton Street gebracht hatte. David ging nicht davon aus, daß sich der Typ an ihn erinnern konnte, aber ihm brauchte bloß einzufallen, daß er zwei Leute aufgelesen und zwei Leute wieder abgesetzt hatte. Außerdem gab es da noch die Spurenauswertung. Dominguez hatte bereits herausgefunden, daß Amy mit einer Bratpfanne erschlagen worden war. Vermutlich hatte noch Blut an der Pfanne geklebt, also mußte sich David jetzt zu hundertfünfzig Prozent sicher sein, daß sich an seinen Kleidern und an den Schuhen keine Blutflecken fanden. Ob er am Tatort Haarfasern, Fingerabdrücke oder sonstige Beweise hinterlassen hatte, würde er allerdings wohl kaum prüfen können.

David ging in die Küche. Er beugte sich übers Spülbecken und spritzte sich kaltes Wasser ins Gesicht. Als er sich mit einem Geschirrtuch abtrocknete, kam Elaine herein und sagte: »Sie will nicht rauskommen. Wenn sie irgendwas Verrücktes anstellt, aus dem Fenster springt oder so, mache ich dich dafür verantwortlich. Dann hast du sie auf dem Gewissen, wie du die andere Frau auf dem Gewissen hast.«

»Ich habe niemanden umgebracht.«

»Das geht mich nichts an, und das kümmert mich auch nicht. Aber meine Tochter geht mich was an, und ich will, daß du dich von jetzt an von ihr fernhältst.«

David hörte, wie die Schlafzimmertür aufging. Er stürzte auf den Flur, schob seinen Fuß zwischen Tür und Angel, drängte sich ins Zimmer, zog die Tür hinter sich zu und schloß ab.

»Bleib mir vom Leib«, sagte Leslie.

»Was willst du von mir hören?« sagte David. »Wir haben es nur ein paarmal miteinander gemacht. Es war falsch, okay?«

»Hast du sie umgebracht?«

»Herrgott noch mal – natürlich nicht.«

David hoffte, daß ihn seine Oberlippe nicht verriet.

»Ich halte es mit dir nicht mehr aus – ich ertrag es nicht länger, in dein widerliches, betrügerisches Gesicht zu sehen.«

Leslie wollte aus dem Zimmer laufen, blieb aber stehen, als David sagte: »Ich glaube, sie hat sich Jessica geholt.«

»Bist du sicher?«

»Du hast sie doch gesehen. Sie war labil, völlig durchgedreht. Die ganze Woche hat sie mir die Hölle heiß gemacht, weil sie wollte, daß ich dich verlasse.«

»Aber sie ist tot. Wie kann sie Jessica haben, wenn sie tot ist?«

»Vielleicht hatte sie Jessica in ihrer Wohnung versteckt.«

»Sollten wir das nicht der Polizei erzählen?«

»Die hat bestimmt schon alles durchsucht.«

»Woher willst du das wissen?«

»Na schön, ich sag's der Polizei, aber sie könnte überall sein. Vielleicht hat Amy mit jemandem zusammengearbeitet – einem Freund.«

»Mit wem?«

»Keine Ahnung.«

»Jetzt sag mir eines. Das hast du doch schon gestern gewußt, daß diese Frau sie haben könnte, oder? Hast du's gewußt?«

»Nein, ich – das ist mir erst jetzt eingefallen.«

»Das ist wichtig – die Zeit war entscheidend. Wir hätten…«

»Ich schwöre es dir, Leslie, ich habe es nicht gewußt. Ehrlich nicht.«

Leslie begann zu weinen. David wollte sie umarmen, aber Leslie stieß ihn fort.

Sie sagte: »Was ist mit der Kassette? Glaubst du, daß sie mir die Kassette geschickt hat?«

»Möglich.«

»Warum? Was hat die Kassette damit zu tun?«

»Sie hat sie geschickt, um mich einzuschüchtern. Weiß Gott, was diese Frau gedacht hat.«

»Und jetzt ist sie tot. Warum ist sie tot? Wer hat sie umgebracht?«

»Möglicherweise ihr Freund. Vielleicht haben sie sich übers Lösegeld gestritten, was weiß ich. Der Freund hat Amy getötet und Jessica dann woanders hingebracht.«

David fand die Geschichte glaubwürdig. Er beschloß, sie beizubehalten für den Fall, daß er noch mal von der Polizei befragt werden sollte.

»Aber wenn dieser Freund verrückt genug ist, Amy zu töten, dann ist er vielleicht auch so verrückt, Jessica umzubringen.«

»Vielleicht ist es ja kein Freund, sondern eine Freundin«, sagte David. »Aber ich glaube nicht, daß jemand so etwas tun würde.«

»Woher willst du das wissen? Amy war verrückt, also könnte ihr Freund auch verrückt sein. Und wenn Jessica tot ist, dann ist das allein deine Schuld. Hättest du der Polizei gestern gesagt, wo Amy wohnt, hätten wir Jessica gestern vielleicht noch finden können. Aber jetzt ist es zu spät. Jetzt ist sie vermutlich schon tot.«

»Komm schon, Lez, das weißt du doch gar nicht…«

Leslie hämmerte mit den Fäusten auf Davids Brust.

»Ich will nichts davon hören. Ich will einfach nichts davon hören! Finde sie! Finde diesen Freund! Finde Jessica! Und dann verschwinde aus meinem gottverdammten Leben!«

19

Joey saß im McDonald's an der Kreuzung Nostrand und Flatbush und aß seinen zweiten Big Mac. Billy war schon eine halbe Stunde zu spät dran, und Joey fragte sich, ob er überhaupt noch auftauchen würde.

Am nächsten Tisch unterhielt sich laut lachend eine Gruppe Teenager, offenbar von der Midwood High-School, und veranstaltete einen ziemlichen Lärm. Es waren überwiegend Schwarze, und Joey hatte irgendwie den Eindruck, die Zielscheibe ihrer Späße zu sein. Er dachte schon daran, aufzustehen und sich an einen anderen Tisch zu setzen, wollte sich aber nicht den Anschein geben, als ob er Angst habe. Also konzentrierte er sich auf seinen Big Mac und dachte sich, von einer Bande Halbstarker was übergezogen zu bekommen sei wirklich das letzte, was er jetzt brauchen könne.

»Komme ich zu spät?« Mit breitem Grinsen im Gesicht stand Billy vor Joeys Tisch.

»Verdammt, wo bist du gewesen?«

»Bevor ich los konnte, mußte ich dafür sorgen, daß die Kleine gut gefesselt ist. Du willst doch auch nicht, daß sie verschwindet oder ein Telefon in die Hände kriegt, nicht?«

»Setz dich«, sagte Joey, »es gibt da noch eine ganze Menge, um das wir uns kümmern müssen.«

»Willst du wirklich hierbleiben?« fragte Billy. »Warum setzen wir uns nicht weiter nach hinten, weg von diesen Urwaldaffen?«

Billy hatte viel zu laut geredet. Bestimmt hatte ihn der eine Halbstarke, dieser Typ mit den Korkenzieherlocken, genau verstanden.

»Willst du uns umbringen?« flüsterte Joey.

»Wieso?«

»Du bist nicht in Canarsie oder Howard Beach«, sagte Joey. »Die haben hier keine Angst vor uns.«

Billy verzog das Gesicht, als wäre Joey der Irre, und setzte sich. »Ich weiß nicht, was mit dir los ist, DePino«, sagte Billy. »Das Leben in der City hat einen richtigen Waschlappen aus dir gemacht.«

Wieder lächelte Billy in seinen Bart und sah noch schwachsinniger aus als vorher.

»Worüber freust du dich so?«

»Ein schöner Tag«, sagte Billy, »mit dem Schnee und all diesem Scheiß. Erinnert mich an damals, als wir noch Kids waren. Weißt du noch, wie wir auf der Albany Avenue diese Forts gebaut und die Jungs von der Forty-second Street mit Eiskugeln angegriffen haben, bis denen die verdammten Schädel platzten? Das waren noch Zeiten, Mann!«

»Können wir jetzt den Anruf erledigen?« fragte Joey, der allmählich die Geduld verlor.

Billy war mit seinen Gedanken woanders und schaute hinüber zu den Teenagern.

»Verdammt, Billy, wir haben keine Zeit für diesen Blödsinn.«

»Okay, okay, ich bin ja da.«

»Wir müssen üben«, sagte Joey. »Wenn du was Falsches sagst oder so klingst, als ob du's nicht ernst meinst, vergeigst du noch die ganze Chose.«

»Ich ruf an, und ich verlange Geld.«

»So einfach ist das nicht. Du mußt sagen – hörst du mir zu? –, du mußt sagen: ›Wenn Sie Ihre Tochter lebend wiedersehen wollen, schaffen Sie dreißigtausend Mäuse ran …«

»Mehr nicht? Ich dachte, wir wollten fünfzig verlangen?«

»Ich hab noch mal drüber nachgedacht – fünfzig sind zuviel. So viel Geld kann der bestimmt nicht so schnell auftreiben. Also – jetzt paß auf! Du sagst: ›Wenn Sie Ihre Tochter lebend wiedersehen wollen, bringen Sie dreißigtausend Mäuse in kleinen, unmarkierten Scheinen zum Kings-Plaza-Parkhaus in Brooklyn, oberstes Parkdeck, Südostecke, morgen abend um acht Uhr.‹ Dann sagst du: ›Falls das Geld markiert ist oder irgendwelche Bullen auftauchen, schieß ich der Kleinen ein Loch in den Kopf.‹ Das ist alles, mehr brauchst du nicht zu sagen, dann hängst du auf. Kannst du das behalten?«

»Arschloch!«

»Ich hab's jedenfalls für dich aufgeschrieben. Lies es, lern's auswendig, dann sag's mir zehnmal auf. Und was auch passiert, du darfst dich nicht unterbrechen lassen, auf keinen Fall, hörst du? Lies einfach weiter vor und leg dann auf.«

»Mir fällt da gerade was ein«, sagte Billy. »Was ist, wenn die Bullen das Telefon anzapfen, so wie im Film?«

»Und wenn schon. Dann finden sie eine Telefonzelle in

Brooklyn. Im Film brauchen sie außerdem mindestens zwanzig Sekunden, um den Anruf zurückverfolgen zu können. Bis dahin hast du längst aufgelegt.«

»Vielleicht ist das Quatsch, was sie im Film zeigen«, sagte Billy. »Vielleicht kann die Polizei in Wirklichkeit direkt feststellen, woher das Gespräch kommt.«

»Konzentrier dich einfach auf das, was du tun sollst«, sagte Joey. »Wir wollen schließlich keine Schwierigkeiten. In spätestens zwei Tagen soll die Kleine wieder zu Hause sein.«

Billy hatte wieder dieses irrwitzige Grinsen im Gesicht.

»Was gibt's da zu grinsen?«

»Ich grinse ja gar nicht.«

»Wie geht's der Kleinen?«

»Dem Mädchen? Ach, dem geht's gut.«

»Paß lieber anständig auf sie auf«, sagte Joey. »Gibst du ihr was zu essen? Hat sie's warm?«

»Ich füttere sie mit massenhaft Paprikachips«, sagte Billy.

»Gut«, sagte Joey, »denn daß ihr was passiert, das wäre das letzte, was wir jetzt gebrauchen können. Denk dran, sie ist die Tochter meines besten Freundes. Sie muß gesund bleiben.«

»Ich sorg schon dafür, daß sie gesund bleibt«, sagte Billy und grinste wieder. Joey fiel ein, was Billy gestern im Wagen gesagt hatte, daß er finde, Jessica habe einen hübschen Hintern. Dann sah er das Bild vor sich, wie Billy auf dieser zurückgebliebenen Kleinen lag – den auf- und abwippenden weißen Arsch.

»Rühr sie bloß nicht an!« sagte Joey.

»Sie anrühren?« fragte Billy. »Was meinst du denn damit?«

»Ich glaube, selbst du bist nicht so blöd, daß du so was tust, aber komm lieber gar nicht erst auf den Gedanken. Ich schwöre dir, wenn ich rausfinde, daß dem Kind was passiert ist, komm ich zu dir nach Hause und schneid dir die gottverdammten Eier ab.«

»Das war gut, Mann«, sagte Billy. »Du solltest es mal beim Film probieren.«

»Ich mein's ernst.«

»Ich auch. Du klingst besser als dieser blöde Al Pacino, da krieg ich echt Muffensausen.«

»Ich will wieder in der City sein, ehe Maureen heimkommt. Also, liest du mir jetzt den Zettel vor oder nicht?«

»Ich dachte bloß«, sagte Billy, »daß ich vielleicht 'ne Spritze bei mir haben sollte, wenn ich den Vater von der Kleinen oben am Kings-Plaza treffe.«

»'ne Spritze?«

»Du weißt schon, eine Wumme, eine Knarre – eine Waffe.«

»Nein, solltest du nicht«, sagte Joey.

»Warum nicht? Ich meine, was ist, wenn er pampig wird und sagt, daß er das Geld nicht rüberrücken will? Wäre doch möglich, daß er mir den Zaster nicht gibt, oder nicht? Ich brauch was, damit er begreift, daß ich's ernst meine.«

»Und woher willst du dir eine Waffe besorgen?«

»Zu Hause im Schrank hab ich den 45er Colt von meinem Alten. Ich hab auch die Kugeln dafür.«

»Keine Kugeln«, sagte Joey. »Die Waffe reicht. Können wir jetzt bitte den Text üben?«

Billy hatte wieder dieses irre Grinsen aufgesetzt.

»Sag's noch mal.«

»Was denn?«

»Du weißt schon, diesen Al-Pacino-Kack. Daß du mir die Eier abschneiden willst.«

Leslie saß mit ihren Eltern am Eßtisch, schluchzte in Papiertaschentücher und wartete auf Neuigkeiten von der Polizei. David duschte sich. Als das Telefon klingelte, sprang Leslie auf und nahm ab.

»Hallo?«

»Mrs. Sussman?«

Die rauhe Männerstimme am anderen Ende sprach mit deutlichem New Yorker Akzent. Leslie nahm an, daß es sich um einen Polizeibeamten handelte.

»Ja«, sagte sie und wappnete sich gegen das, was er zu sagen haben würde. Elaine und Alan standen neben ihr und versuchten mitzuhören.

»Wenn Sie Ihre Tochter lebend wiedersehen wollen, bringen Sie dreißigtausend Mäuse in unmarkierten Scheinen zum Kings-Plaza-Parkhaus in Brooklyn, oberstes Parkdeck…«

»Wer sind Sie?«

»Das ist unwichtig. Hören Sie mir einfach zu.«

»Sagen Sie mir, wer Sie sind.«

»Was will er denn?« fragte Elaine.

»He, wer ist da bei Ihnen?« fragte die Stimme. »Passen Sie bloß auf, daß keiner von diesen verdammten Bullen bei Ihnen ist.«

»Ich will wissen, wer Sie sind«, sagte Leslie.

»Ich hab doch gesagt, daß das nicht wichtig ist, hören Sie mir einfach zu.« Mit der Stimme eines Drittklässlers, der von einem Stück Papier abliest, fuhr er fort: »Wenn Sie Ihre Tochter lebend wiedersehen wollen, bringen Sie dreißigtausend Mäuse in unmarkierten Scheinen zum Kings-Plaza-Parkhaus in Brooklyn, oberstes Parkdeck...«

»Was soll das sein?«

»Wie?«

»Kings-Plaza-Parkhaus, haben Sie gesagt. Was soll das sein?«

»Ein Einkaufszentrum – halt die Schnauze!«

»Was?«

»Sie waren nicht gemeint.«

»Woher soll ich wissen, welches Einkaufszentrum in Brooklyn Sie meinen?«

»Es liegt in der Flatbush Avenue, und die zweigt vom Belt Parkway ab.«

In ein Handtuch gehüllt trat David aus dem Bad. Er sagte: »Mit wem redet sie?«

Mit einer Handbewegung deuteten Elaine und Alan an, daß er den Mund halten solle.

Die Stimme sagte: »He, wie viele Leute sind da eigentlich in Ihrer Wohnung?«

»Nur meine Familie. Ich will wissen, wie es meiner Tochter geht. Geht es ihr gut?«

»Wenn da mal bloß keine Bullen sind.«

»Hier ist keine Polizei. Wie geht es meiner Tochter?«

»Gut.«

»Ich will mit ihr reden.«

»Sie ist nicht hier.«

»Wo ist sie?«

»Würden Sie mich bitte ausreden lassen? Scheiße, ich hab den Ort vergessen. Ach ja, bringen Sie die dreißigtausend Mäuse in unmarkierten Scheinen zum Kings-Plaza-Parkhaus in Brooklyn, oberstes Parkdeck …«

»Wie soll ich denn dreißigtausend Dollar in bar auftreiben?«

»Wer sind Sie?« Das war Davids Stimme. Er war am Schlafzimmerapparat.

»Und wer sind Sie?« fragte die Stimme.

»Ich bin David Sussman, also, wer sind Sie?«

»Ich bin Es-kümmert-dich-einen-Scheiß-wer-ich-bin, der bin ich. Und jetzt lassen Sie mich verdammt noch mal sagen, was ich zu sagen habe. Dreißigtausend Mäuse in unmarkierten Scheinen zum Kings-Plaza-Parkhaus in Brooklyn, oberstes Parkdeck, Südostecke, morgen abend um acht Uhr. Falls das Geld markiert ist oder irgendwelche Bullen auftauchen, schieß ich der Kleinen ein Loch in den Kopf.«

»Ich weiß, wer Sie sind«, sagte David.

Am anderen Ende herrschte Stille – der Mann hatte nicht aufgehängt.

»Blödsinn«, sagte er schließlich.

»Nein, ich habe Sie schon mal gesehen«, sagte David. »Ich weiß, wer Sie sind. Und wenn Sie mir nicht sofort meine Tochter zurückbringen, sag ich es der Polizei …«

»Blödsinn«, sagte die Stimme. »Blödsinn. Absoluter Blödsinn.«

»Daß Sie mir ja meiner Tochter nichts tun.«

Klick.

»Hallo?« fragte David.

»Hallo!« schrie Leslie.

Leslie hatte so heftig und so lange geweint, daß ihr alles vor den Augen verschwamm. Ihr war, als hätte man ihr einen kräftigen Schlag verpaßt, sie bewußtlos geprügelt.

David sagte: »Die Polizei ... das wäre viel zu riskant. Wir wissen nicht, wozu dieser Typ fähig ist.«

»Aber die Polizei weiß, wie sie damit fertig wird«, sagte Elaine. »Die hat Spezialisten.«

»Keine Polizei«, sagte David. »Wir reden hier schließlich über meine Tochter.«

»Und über meine Enkelin.«

»Willst du auf ihre Beerdigung gehen?«

»Hört auf!« schrie Leslie und preßte die Hände auf die Ohren. »Hört sofort auf! Ihr macht mich verrückt!«

David wartete einige Augenblicke, dann sagte er: »Sie hat recht. Laßt uns nicht in Panik geraten.«

»Ich würde nur zu gern wissen, wer dieser Typ ist«, sagte Alan.

»Ein Irrer«, sagte Elaine. »Das ist er.«

»Wahrscheinlich ein Freund von Amy«, sagte David.

»Welche Amy?« fragte Elaine.

»Die Frau, die umgebracht wurde«, erwiderte Alan.

»Warum sollte ein Freund dieser Frau die kleine Jessica entführen?«

»Das ist eine ziemlich lange Geschichte«, sagte David und schaute Leslie an, »auf die wir uns jetzt lieber nicht einlassen sollten. Wichtig ist nur, daß wir ihm das Geld bringen und Jessica sicher nach Hause holen.«

»Dahinter stecken mehr Leute«, sagte Leslie.

»Woher willst du das wissen?« fragte David.

»Er hat mit jemandem geredet, als wir telefonierten. Er sagte: ›Halt die Schnauze!‹, aber nicht zu mir – da muß noch jemand bei ihm gewesen sein.«

»Falls es noch eine zweite Person gibt, wird die Sache erst recht gefährlich«, sagte David. »Der andere Typ könnte Jessica gefangenhalten und abwarten, ob die Polizei sich zeigt oder nicht.«

»Ich finde, wir zahlen das Geld«, sagte Leslie, »damit dieser Alptraum endlich aufhört.«

»Ich habe zwölftausend auf einem Konto bei der Citybank«, sagte David.

»Seit wann?«

»Ich hab's für Notfälle gespart.«

»Woher nehmen wir das restliche Geld?«

»Wir verkaufen ein paar Aktien.«

»Geht das so rasch?«

»Wir werden unser Bestes versuchen müssen.«

»Ich meine immer noch, daß wir die Polizei zuziehen sollten«, warf Elaine ein.

»Keine Polizei«, sagte David. »Ich will allein damit fertigwerden.«

20

Als Leslie ihrer Freundin erzählte, man habe Jessica entführt, kam Maureen zu dem Schluß, daß hier der Zorn Gottes im Spiel sein müsse. Leslie hatte ihr geraten, einen anderen Typen kennenzulernen, und da Maureen sogar noch Schlimmeres getan hatte, zahlte Gott es Leslie heim.

Und als Leslie ihr von all den übrigen schrecklichen Dingen erzählte, die in ihrem Leben abliefen, war Maureen endgültig davon überzeugt. Obwohl Pete so ein großartiger Typ und so wunderbar im Bett war – an einem Nachmittag war sie dreimal gekommen, häufiger als während ihrer ganzen Ehe mit Joey –, beschloß sie daher, ihn nicht wiedersehen zu wollen. Joey war immer noch ihr Ehemann, und wenn sie ihn weiterhin betrog, würde Gott sie alle dafür bestrafen.

Nachdem sie aufgelegt hatte, ging Maureen ins Wohnzimmer, um Joey die Neuigkeiten zu erzählen. Er saß auf dem Sofarand und sah sich ein Basketballspiel an.

»Ich muß dir was Schreckliches erzählen«, sagte Maureen und begann zu weinen.

»Mach schon, Ewing, du dämliches Stück Scheiße!«

»Hast du gehört, was ich gerade gesagt habe? Leslie war am Apparat – Jessica ist entführt worden.«

Joey starrte immer noch auf den Bildschirm, aber Maureen wußte, daß er ihr zuhörte.

»Und?« fragte er.

»Hörst du mir denn zu?«

»Ich sehe mir gerade ein Spiel an.«

»Jessica ist entführt worden, habe ich gesagt. Ihre Tochter!«

»Was heißt das: Sie ist entführt worden?«

»Mehr hat sie nicht gesagt. Es ist vor ihrer Schule passiert.«

»Hat man sie schon gefunden?«

»Noch nicht, Sie war ziemlich aufgeregt und hat nicht viel geredet.«

»Mist«, sagte Joey.

»Die Polizei ist dagewesen – Leslie meinte, es sei in den Nachrichten gekommen. Ich kann es noch gar nicht fassen.«

»Die finden sie bestimmt«, sagte Joey.

»Woher willst du das wissen?«

»Weil die Polizei gut darin ist, Kinder zu finden«, sagte Joey und starrte auf den Fernsehapparat. »Du weißt doch, wie's läuft. Jedesmal behaupten sie, die Kinder würden vermißt, aber letzten Endes werden sie dann doch gefunden.«

»Hoffentlich hast du recht«, sagte Maureen. »Leslie tut mir so leid. In letzter Zeit mußte sie ganz schön was durchmachen. Sie hat mir nämlich noch was erzählt – was Fürchterliches über David. Er hat sie betrogen.«

»Das wußte ich schon«, sagte Joey.

»Seit wann?«

»David hat's mir letztens erzählt.«

»Und warum hast du mir nichts davon gesagt?«

»Weil ich gedacht hab, du würdest es brühwarm deiner Leslie erzählen.«

»Schlimm, nicht?« sagte Maureen. »Ich hab David immer für einen treuen Ehemann gehalten. Aber das ist noch nicht alles – hör dir das an –, die Frau wurde umgebracht.«

Diesmal wandte Joey den Blick vom Fernseher ab.

»Was soll das heißen: Sie wurde umgebracht?«

»Das hat sie gesagt – jemand sei in ihre Wohnung eingebrochen oder was weiß ich und hätte sie umgebracht. Die Polizei hat David offenbar schon verhört. Kannst du dir diesen Alptraum vorstellen – am selben Tag, an dem du erfährst, daß deine Tochter entführt wurde?«

»Und ich hab gedacht, ich hätte 'ne Pechsträhne.«

»Also, was genau hat David dir erzählt?«

»Nur, daß er mit so einer chinesischen Nutte in seinem Büro herumgevögelt hat.«

»Und was hast du daraufhin gesagt?«

»Ich hab ihm gesagt, daß ich es falsch finde, Leslie zu betrügen, und daß er lieber an seine Frau und an sein Kind daheim denken sollte.«

Maureen starrte auf den Fußboden.

»Jetzt schieß doch! Schieß doch!« schrie Joey.

»Joey?«

»Was ist?«

»Ich muß dir was sagen.«

»Gerade läuft das letzte Viertel.«

»Aber es ist wichtig.«

»Hat das nicht Zeit?«

»Du sollst bloß wissen, daß du mir wichtig bist – und daß ich dich immer noch liebhabe, obwohl wir uns in letzter Zeit oft gestritten haben und so.«

Joey sah Maureen an.

»Alles in Ordnung?«

»Liebst du mich auch?«

»Würdest du bitte aufhören, dich so aufzuspulen, bloß weil Leslie und David dieser Scheiß passiert ist?«

»Wir sollten morgen abend bei ihnen vorbeischauen.«

»Herrje, warum das denn?«

»Um ihnen beizustehen.«

»Mach schon, Starks! Ich halte das für keine gute Idee.«

»Und warum nicht?«

»Darum.«

»Warum darum?«

»Weil wir nicht zu ihrer Familie gehören.«

»Leslie gehört für mich zur Familie, falls ich denn je eine gehabt habe. Ich muß einfach zu ihnen, und ich will, daß du mitkommst.«

Joey gähnte und stierte auf den Fernseher.

»Wenn du meinst«, sagte er.

Joey wußte, daß er Maureen die Bitte nicht abschlagen konnte. Hätte er deshalb Zoff gemacht, wäre das viel zu auffällig gewesen, und er wollte Maureen nicht auf dumme Gedanken bringen. Sie war immer noch ziemlich seltsam, tat ständig so hypernett wegen allem Scheiß. Joey nahm an, daß wohl ihr Mitleid mit Leslie daran schuld war, doch so, wie ihre Launen in letzter Zeit von einem Extrem ins andere umschlugen, lag es vielleicht auch an was anderem. Wenn diese Geschichte erst vorbei war – wenn er seinen Anteil am Lösegeld eingestrichen und Carlos, Frank und die anderen ausbezahlt hatte –, würde er ein bißchen Geld zur Seite legen, damit Maureen mal zu einem Seelenklempner gehen konnte. Vielleicht hatte der ein paar Pillen oder irgendwas für sie.

Es überraschte Joey, wie viele Fernsehkameras und Reporter vor dem Gebäude der Sussmans standen. Er konnte gar nicht glauben, daß sie alle bloß wegen der Entführung gekommen waren. Bestimmt hatte es auch was mit dieser Chinesin zu tun.

Die Wohnung der Sussmans wirkte auf ihn wie ein Bestattungsunternehmen. Leslies Eltern waren aus Florida gekommen – Maureen hatte nichts davon gesagt –, und sie hockten mit Leslie auf dem Sofa, weinten und hielten einander Händchen. Maureen saß bei ihnen und wischte sich die Tränen, als wäre es ihre eigene verdammte Tochter, die vermißt wurde. Nachdem Joey seinen Sermon von wegen ›Tut mir so leid wegen der Kleinen‹ abgelassen hatte, setzte er sich in einen Sessel in die Ecke. Er fragte sich gerade, wo David war, als Maureen ihrer Freundin dieselbe Frage stellte.

Mit leiser Stimme flüsterte Leslie: »Er ist zur Bank gegangen, um das Lösegeld zu holen.«

»Das Lösegeld?« fragte Maureen. »Du hast mir nichts von Lösegeld gesagt.«

Leslie erzählte ihnen die Geschichte von der Lösegeldforderung, die Joey nicht sonderlich interessierte, bis Leslie sagte, daß sie tun wollten, was ihnen der Typ geraten habe, und keine Polizei einschalten würden. Wenigstens etwas, dachte Joey, um das ich mir keine Sorgen machen muß. Vielleicht kam diese ganze Chose doch noch zu einem guten Ende.

Einige Augenblicke später traf David ein. Er sah müde aus, war unrasiert und hatte dunkle Ringe unter den Augen, als hätte er gerade einen Boxkampf über zwölf Runden durchgestanden. Er wirkte zehn Jahre älter als bei ihrer letzten Begegnung, aber Joey interessierte sich mehr für die Aktentasche, die er in Händen hielt. Er nahm an, daß er zur Bank gegangen war und wenigstens einen Teil des Geldes geholt hatte.

Maureen spulte vor David denselben Blödsinn ab, den Joey ihr hätte vorsprechen können, sagte, wie leid es ihr tue und wie schrecklich es doch für ihn sein müsse. Dann kam David zu ihm, setzte sich neben ihn, und Joey wußte, daß der heutige Abend genauso wie der letzte ablaufen würde.

»Es ist einfach verrückt, Mann«, sagte David. »Heute morgen bin ich aufgewacht und hab als erstes zu mir selbst gesagt: ›Ich faß es nicht, daß mir dieser Scheiß passiert.‹«

Er fängt schon wieder an, dachte Joey, redet von ›Scheiß‹ und ›Mann‹, als wollte er in einer anderen Sprache reden.

»Willste einen Rat?« fragte Joey. »Mach bloß, was du tun mußt. Bring ihm das Geld und verschwinde, so schnell du kannst.«

»Ich sag dir was«, erwiderte David. »Falls ich je rausfinde, wer diese miesen Schweine sind, jag ich sie, bis ich sie hab, und bring sie zur Strecke, das schwör ich dir. Ich weiß noch nicht, wie, aber verdammt, ich mach's.«

Plötzlich ging etwas von David aus, das Joey an Billy erinnerte. Die Polizei nahm an, hatte Maureen ihm erzählt, daß die Chinesin von jemandem getötet worden war, der ihr mit einer Bratpfanne den Schädel eingeschlagen hatte. Und Joey stellte sich David in der Wohnung dieser Frau vor, wie er wie ein Irrer auf sie einschlug. Aus irgendeinem Grund fiel es ihm nicht schwer, sich das auszumalen.

»Du klingst wie dieser, wie heißt er noch«, sagte Joey, »wie Charles Bronson.«

»Clint Eastwood«, erwiderte David ernst. »Vielleicht würdest du mich verstehen, wenn du eine Tochter hättest. Es gibt einfach nichts Schlimmeres, was einem Mann passieren kann.«

»Markier nicht den Helden«, sagte Joey. »Tu nur, was der Typ dir sagt.«

»Wir glauben, daß es zwei Typen sind.«

»Wieso?«

»Als der eine Kerl gestern angerufen hat, meinte Leslie, daß noch jemand bei ihm war.«

»Ist ja auch egal«, sagte Joey. »Ich bin mir sicher, daß diese Typen nichts mit Gewalt im Sinn haben. Wahrscheinlich wollen die bloß ihr Geld und dann verschwinden.«

In der Wohnung war es still geworden, und alle hörten Joey und David zu.

»Mir kommt da eine Idee«, sagte Maureen zu Joey. »Vielleicht solltest du David heute abend begleiten.«

»Kein schlechter Gedanke«, sagte Leslies Mutter.

»Nein, davon halte ich nichts«, sagte Joey und versuchte, den scharfen Stich in seinem Magen zu ignorieren.

»Er hat recht«, sagte David. »Dieser Scheißkerl gerät womöglich noch in Panik und hält Joey für einen Bullen.«

»Ich hab Angst«, sagte Leslie.

»Ich werde schon damit fertig«, behauptete David. »Aber eins sag ich euch: Ich werde mir diesen Typen lange und gründlich ansehen, und wenn die ganze Geschichte vorbei ist, dann werde ich – nicht sofort, aber eines Tages – diesen Kerl zu fassen kriegen. Und dann werde ich seinen Freund aufspüren, und ich weiß nicht, was ich dann tu, aber für das Leid, das sie uns angetan haben, werde ich sie zahlen lassen.«

Während das Gespräch sich wieder Jessica zuwandte, begann Joey, sich über eine Menge Dinge Sorgen zu machen, vor allem aber über Billy. Der Kerl hatte nicht mal den Anruf hinbekommen, wie wollte er da das Lösegeld kassieren? Joey dachte daran, die ganze Sache abzublasen, aber das ging nicht. Ihm blieben nur noch zwei Tage bis zu Carlos' Termin. Die Nähte in seinem Gesicht schmerzten wie verrückt, als er sich daran erinnerte, wie es sich angefühlt hatte, abends auf dem Bürgersteig zu liegen und einen Seitenschneider ins Gesicht zu kriegen, während vier harte Füße abwechselnd mit seinem Kopf Fußball spielten. Die ganze Sache war längst außer Kontrolle geraten, und er hatte das dumme Gefühl, daß es nur noch schlimmer werden konnte.

Billy saß, Skimaske vorm Gesicht, im eisigen Auto in der Ecke des Kings-Plaza-Parkhauses, oberstes Parkdeck, und massierte die große Beule in seiner Jeans. Er hatte nie kapiert, wieso es manchen Typen schwerfiel, einen Steifen zu bekommen. Selbst jetzt, bei minus zehn Grad oder wie kalt es auch immer sein mochte, war sein Schwanz hart wie eine Brechstange.

Das wurde ihm so lästig, daß er seinen Gürtel abschnallte, die Jeans aufmachte und sich zu reiben begann. Er brauchte nicht lange, wischte sich danach die Hände am Sweatshirt ab und merkte, wie er ruhiger wurde.

Er wollte bloß wissen, wo zum Teufel dieser David Sussman blieb. Laut Uhr am Armaturenbrett war es acht, und sollte er sich nicht um acht mit ihm treffen? Oder hatten sie halb neun ausgemacht? Scheiße, er war sich nicht mehr sicher, und Joey hatte ihm befohlen, das verdammte Papier wegzuwerfen. Vor McDonald's hatte er ihn angeschrien, als er vom Telefon kam und behauptete, er hätte zu viel gequasselt. Allmählich hatte Billy die Nase voll von Joey. Er war ein richtiger Citytyp geworden, warum wollte er das bloß nicht zugeben? Außerdem konnte er es nicht ausstehen, wenn Joey ihm immer und immer wieder dasselbe sagte – mach dies nicht, mach das nicht, red nicht so laut vor diesen Typen –, als würde irgendwas nicht mit ihm stimmen. Dabei wußte Billy genau, daß mit ihm alles in Ordnung war. Klar, der Unfall hatte ihn ziemlich durchgerüttelt, aber eigentlich war das auch nicht schlimmer gewesen als das, was ein Quarterback jeden Sonntag nachmittag mitmacht, und deshalb behandelt man einen Quarterback noch lange nicht, als wäre er geistig minderbemittelt, oder?

Manchmal kam es Billy so vor, als hätte die ganze Welt eine Schraube locker.

Ein Wagen kam über die Auffahrt. Vor Billys Karre

wurde er langsamer, rollte dann aber weiter ans andere Ende des Parkhauses. Hoffentlich hatte Joey recht, und der Typ hatte keine Bullen geholt. Er verstand nicht, wieso sich Joey in allem immer so sicher war wie ein echter Schwerverbrecher, und er war froh, daß er ihm klipp und klar gesagt hatte, daß sein Hals bei dieser Sache mit in der Schlinge steckte. Eigentlich hatte es ihn überrascht, daß Joey nicht gekniffen hatte, als er ihm das sagte, so wie damals, als er die Kleine – verdammt, wie hieß die noch? –, als er die jedenfalls nicht mit den anderen Kerlen vom Farbenladen bumsen wollte. Es paßte gar nicht zu Joey, so eine Sache tatsächlich durchzuziehen, und Billy wußte, daß es um diesen Zockerscheiß schlimmer stehen mußte, als er behauptet hatte. Er dürfte bis zum Hals in der Scheiße stecken und hatte bestimmt zehn oder zwanzig Riesen miese. Was für ein Schwachkopf, latschte seit der zweiten Klasse jeden Samstag und Sonntag mit seinem Alten auf die Rennbahn. Und als der Alte dann abnippelte, so etwa zu High-School-Zeiten, hatte Joey angefangen, die Schule zu schwänzen, zur Rennbahn zu gehen und abends im Wettbüro rumzuhängen. Damals war er sechzehn, benahm sich aber schon wie ein alter Mann.

Billy kam langsam auf Hochtouren, wie er so über Joey nachdachte. Ständig saß der auf dem hohen Roß und redete so einen Schwachsinn wie: ›Faß mir ja die Kleine nicht an‹, dabei war er doch der verkorkste Irre. Schließlich war nichts dabei, jemanden flachzulegen und sich ein bißchen Spaß zu gönnen. Frauen waren zum Bumsen da, so einfach war das. Egal, wie alt sie waren, Hauptsache, sie hatten eine Muschi. Wie diese irische Göre, die er letztes Jahr auf der

Straße getroffen hatte. Elf Jahre sei sie alt, hatte sie behauptet, aber Billy wußte, daß sie jünger war, weil ihr noch nicht mal ein Busch wuchs. Na ja, viele Leute mochten annehmen, daß so eine Göre viel zu jung zum Bumsen war, aber die Kleine war wie ein Dynamo gewesen – einer der besten Ficks, die Billy je gehabt hatte. Was nur mal wieder beweist, daß es keine festen Regeln für gar nichts gibt, und außerdem war Billy sowieso scheißegal, was die anderen dachten.

Billy sah Scheinwerfer näher kommen. Wer es auch war, der Dreckskerl stellte das Fernlicht nicht ab. Billy hielt sich eine Hand vor das Gesicht, als ihm die Augen anfingen, weh zu tun. Dann ging das Licht aus, und es dauerte eine Weile, bis er wieder was sehen konnte. Er erkannte einen schwarzen oder dunkelblauen Mercedes, neueres Modell, dürfte an die vierzig Riesen gekostet haben. Dann stieg diese hochgewachsene Pfeife aus. Joey hatte ihm gesagt, was der Vater des Mädchens für ein Fuzzi war, aber Billy hatte nicht damit gerechnet, es mit einer solchen Schwuchtel zu tun zu kriegen. Immerhin trug der Kerl Hemd und Schlips unter seinem langen, schwarzen Mantel. Ihm fiel die Zigarette rauchende Frau mit blondem Haar und scharfer Figur ein, die gestern mit dem kleinen Mädchen die Straße entlanggegangen war. Und er wußte, daß eine solche Braut nur aus einem einzigen Grund mit einem solchen Schlaffi zusammen war, und der Grund hieß Geld. Das hatte gar nichts damit zu tun, wie groß sein Pimmel war und wie er es ihr besorgte.

Der Fuzzi hielt eine braune Aktentasche in der Hand. Zehn Schritte vor Billys Auto blieb er in einer Matschpfütze stehen. Billy holte den 45er Colt von seinem Alten aus dem Handschuhfach und steckte ihn sich in die Jeans.

David ließ noch einige Sekunden das Fernlicht an, weil er sehen wollte, ob Jessica in dem Auto saß, doch konnte er nur einen Typen mit dunkler Skimaske erkennen.

Er stellte das Fernlicht ab, nahm die Aktentasche voller Geld vom Rücksitz und stieg aus dem Wagen. Ein scharfer, eisiger Wind blies ihm in den Rücken. Die Böen waren so stark, daß er sich gleichsam von ihnen vorwärts geschoben fühlte. Riesige Schneehalden säumten den Parkplatz hinter dem Wagen des Mannes, und der Boden war eisglatt. Als David stehenblieb, sah er, wie sich der Mann im Wagen nach rechts beugte, dann öffnete er die Fahrertür und stieg aus.

»Wo ist meine Tochter?« wollte David wissen.

Er kam sich wie in einem Film vor – wie Clint Eastwood, jederzeit bereit, den Typen abzuknallen. Das Problem war nur, daß er keine Waffe hatte, außerdem war er nicht Clint Eastwood.

»Schön der Reihe nach«, sagte der Mann mit der Skimaske. »Geben Sie mir das verdammte Geld, dann bring ich Ihre Tochter heute abend zur U-Bahn.«

David erkannte die Stimme des Mannes wieder. Es war derselbe, der ihn gestern abend angerufen hatte, der Typ mit dem ausgeprägten Brooklyner Akzent.

»Sie kriegen das Geld erst, wenn ich meine Tochter gesehen habe«, sagte David, der sich immer noch wie Eastwood fühlte. »Also, wo ist sie?«

»He, he, Moment mal«, sagte der Mann. »Ich bin hier

derjenige, der die Regeln aufstellt, nicht Sie. Und jetzt spielen Sie nicht den Blödmann, lassen Sie die Aktentasche fallen, und verschwinden Sie von hier!«

»Ist sie im Wagen? Jessica!«

»Sind Sie bescheuert, Sie Schwachkopf?« fragte der Mann. »Wenn Sie noch mal so schreien, sehen Sie Ihre Tochter nicht lebend wieder.«

»Hör zu, du Schwanzlutscher«, sagte David.

»Wie war das?«

»Ich geb dir drei Sekunden, und dann sagst du mir, wo meine Tochter steckt.«

»Sonst? Erstarren Sie zur Eissäule?« Der Mann lachte kurz, hörte dann aber plötzlich auf und zog eine Waffe. »Lassen Sie die Tasche fallen, sofort, oder ich knall Sie ab.«

David zitterte. Plötzlich begriff er, daß er nicht Clint Eastwood war – ganz und gar nicht –, und daß er nicht hier draußen auf einem Parkdeck sterben wollte. Sein Instinkt riet ihm, die Tasche fallen zu lassen, zu tun, was ihm der Mann sagte, aber dann mußte er an Jessica denken. Dieser Typ klang wie ein Wahnsinniger, und er würde Jessica auf jeden Fall umbringen, statt sie freizulassen.

Im nächsten Augenblick sprintete David zu seinem Wagen. Er verlor das Gleichgewicht, glitt auf dem Eis aus und stürzte schwer zu Boden. Im selben Moment hörte er drei laute Geräusche in rascher Folge, dann spürte er einen unglaublich scharfen Stich in der linken Hüfte und ebenso scharfe Stiche im unteren Rücken. Er begriff, daß auf ihn geschossen worden war. Dann fiel ihm die Aktentasche ein, und er wollte nach hinten greifen, aber der Mann schnappte sich die Tasche, bevor David sie zu fassen bekam. Mühsam richtete er sich auf und taumelte zu seinem Wagen. Er konnte sich nicht erinnern, den Motor angestellt zu haben. Der Mann saß schon in seinem Auto und wollte verschwinden, als David Gas gab und frontal in ihn hineinfuhr. Er sah, wie der andere Wagen ins Schleudern geriet und in einem Schneehaufen landete. Eine Hupe jaulte auf, alles wurde weiß.

21

Als Leslie auf der Intensivstation eintraf, sagte Detective Dominguez zu ihr: »Wir müssen miteinander reden.«

»Jetzt nicht«, sagte Leslie. »Erst muß ich meinen Mann sehen.«

»Na gut«, erwiderte er, »aber Sie sollten lieber nicht durch einen der Hinterausgänge von hier verschwinden.«

Sobald sie die Nachricht vom Vorgefallenen erhalten hatte, war Leslie mit dem Taxi ins Krankenhaus gefahren. Sie wußte nur, was man ihr am Telefon gesagt hatte – daß David angeschossen worden sei und daß er sich in einem kritischen, aber stabilen Zustand befinde.

Eine Krankenschwester machte sich an Davids Verletzungen zu schaffen; sie sagte ihr, daß David wach und bei Verstand sei. Statt wieder in den Wartesaal zu gehen – ihr war nicht danach, jetzt gleich mit dem Beamten zu reden –, setzte sich Leslie auf den Stuhl in der Zimmerecke. Einige Minuten später trat ein hochgewachsener Arzt mit grauem, zurückgekämmtem Haar herein und fragte Leslie, ob sie Davids Frau sei. Dann sagte er: »Ihr Mann hat unglaublich Glück gehabt. Die erste Kugel saß nur wenige Zentimeter neben dem Rückenmark, die zweite hat seine Hüfte getroffen, so daß er vermutlich eine künstliche

Hüfte brauchen wird. Die dritte Kugel hat eine Niere erwischt. Leider haben daraufhin sofort die Nieren versagt, so daß wir ihm die beschädigte Niere entfernen mußten, doch es gibt auch eine gute Nachricht: Die zweite Niere funktioniert einwandfrei. Er wird zwar einige Wochen lang zur Dialyse müssen, aber danach dürfte es ihm wieder gutgehen.«

Leslie nickte langsam und quetschte ein paar Tränen hervor. Der Arzt entschuldigte sich.

Leslie war nur deshalb so rasch nach Brooklyn gefahren, weil sie herausfinden wollte, ob David wußte, wo die Kidnapper Jessica gefangenhielten. Sie wollte zwar nicht, daß David starb, aber es freute sie, daß er ernsthafte Schmerzen litt. Für die Hölle, die er ihr zugemutet hatte, verdiente er es zu leiden. Leslie war eingefallen, daß Amy sicher nicht die erste Frau gewesen war, mit der David während ihrer Ehe eine Affäre gehabt hatte. Sie kam sich wie ein Trottel vor – wie sie jahrelang gelitten und sich alle Probleme selbst zugeschrieben hatte. Das einzig Gute an ihrer Ehe war Jessica, und jetzt hatte Leslie Angst, daß sie ihre Tochter auch noch verlieren würde.

Endlich sagte die Schwester, daß sie nun mit David reden könne, daß er aber müde sei und sie ihn nicht allzu lange wach halten solle. Erfreut sah Leslie die dicken, weißen Bandagen um Bauch und Hüfte. Die Augen waren geschlossen, und der Körper war an Schläuche angeschlossen.

Langsam schlug David die Augen auf.

»He da«, sagte er. Die Stimme krächzte, als wäre er gerade erst aufgewacht.

»Soll ich wieder gehen?«

»Nein«, sagte er und griff nach ihrer Hand. Leslie zögerte – der Gedanke, sämtliche Schläuche herauszuziehen und ihn sterben zu sehen, war zu verlockend –, doch dann umfaßte sie locker seine Hand. David lächelte.

»Jetzt fühle ich mich wie neugeboren.«

»Was ist mit Jessica?« fragte Leslie. »Hast du sie gesehen?«

»Nein«, erwiderte David kraftlos. »Ich dachte, er will sie umbringen, also habe ich versucht zu fliehen. Ich glaube, er hat das Geld.«

»Soll ich der Polizei Bescheid geben?«

»Ist vielleicht besser«, sagte David. Seine Stimme wurde schwächer. »Ich konnte sein verdammtes Nummernschild nicht erkennen. Wenigstens kann ich mich nicht daran erinnern. Kommt wahrscheinlich aufs selbe raus, nicht?«

»War nur ein Typ da?«

David nickte.

»Was ist mit seinem Wagen?«

»Der war blau. Ich schätze, ich hab ihm eine Beule verpaßt.«

Leslie nahm an, daß die Polizei ihren Mercedes als Beweisstück einbehalten hatte.

»Ist vermutlich nicht so wichtig«, sagte Leslie. »Bestimmt ist er ihn längst wieder losgeworden.«

»Ich will«, sagte David langsam, »ich will dir was sagen.«

Leslie wußte, daß er sich entschuldigen wollte, aber sie wollte nichts davon hören.

»Das ist jetzt unwichtig«, sagte sie.

»Ich muß aber«, sagte David und drückte Leslies Hand

noch fester. »Wegen allem, was passiert ist. Das ist mir wichtig... Ich meine, wenn es was gäbe, das ich jetzt tun könnte... Du kennst meine Gefühle...«

»Ruh dich aus«, sagte Leslie. »Meine Eltern sind noch hier – sie kümmern sich um mich.«

»Ich liebe dich.«

Leslie gab keine Antwort. Sie befreite ihre Hand, gab ihm einen flüchtigen Kuß auf die Stirn und ging dann, ohne sich noch einmal umzusehen, aus dem Zimmer. Sie war wütend auf sich, weil sie weich geworden war. Sie liebte David nicht mehr. Als sie ihn im Krankenhausbett sah, hatte sie unwillkürlich an Amy Lee denken müssen, an dieses kleine Luder, wie es rittlings auf ihm hockte und wie eine billige Nutte einen Orgasmus vortäuschte.

Ein Teil von ihr wollte immer noch zurückgehen und sämtliche Schläuche aus ihm herausreißen. Er war ein Lügner. Sie sah es ihm an, selbst im Krankenbett, und sie konnte einfach nicht glauben, daß sie achtzehn Jahre ihres Lebens mit ihm vergeudet hatte.

Eine Hand legte sich auf Leslies Schulter. Dominguez sagte: »Wie wäre es jetzt mit einer Tasse Kaffee?«

»Sieh es doch mal von dieser Seite«, sagte Joey. »Wir haben das Geld – jedenfalls einen Teil –, und jetzt brauchen wir bloß noch das Mädchen zurückzubringen. Das wäre dann alles.«

Joey saß mit Billy im chinesischen Schnellimbiß beim Wettbüro in der East Sixteenth Street in Brooklyn. Als er im Fernsehen sah, daß auf David Sussman geschossen worden war, dachte Joey: ›Das war's, den Rest deines Lebens verbringste in einer vier mal vier Meter großen Zelle.‹ Er würde nie wieder wetten können, falls er nicht gerade eine Schachtel Zigaretten riskieren wollte. Doch dann schien sich seine Lage wieder zu bessern. Maureen rief Leslie an und fand heraus, daß David offenbar nicht sterben mußte, und dann rief Joey Billy an und fand heraus, daß er den größten Teil des Geldes sicher hatte. Die Sache war also ein wenig verbockt worden, weil Billy David angeschossen hatte, aber falls die Bullen keinen Wind davon bekamen, würde Joey wenigstens den größten Teil seiner Schulden bezahlen können. Und wenn es gut lief, konnte er vielleicht doch noch auf die NCAA setzen.

Jetzt wollte Joey nur noch, daß Billy aufhörte, mehr Geld zu verlangen, damit er endlich ins Wettbüro gehen und auf das letzte Rennen im Aqueduct setzen konnte. Ihm gefiel dieser eine Gaul, und er wußte, daß der garantiert mühelos gewann, wenn er die Wette nicht unterbringen konnte.

Doch Billy schüttelte immer noch den Kopf. Er hatte eine Schnittwunde an der Stirn und eine geschwollene Oberlippe.

»Diese Schwuchtel hat meine Karre fast zu Schrott gefahren, und von unserem Geld fehlen achtzehn Riesen. Is nicht drin, Mann, is überhaupt nicht drin, ich will die achtzehn Riesen, und noch mal zehn und Schadenersatz für mein Auto, sonst kann er mich mal – behalte ich die Kleine eben für immer.«

»Sei kein Idiot«, sagte Joey. »Ich weiß, es fällt dir nicht leicht, aber versteh doch. Wir haben Glück gehabt. Hätte er sich dein Nummernschild gemerkt, hätte die Polizei dich längst verhaftet, hat sie aber nicht. He – hörst du mir zu? – wir dürfen jetzt keine Dummheiten machen. Laß die Kleine laufen. Setz sie auf dem Belt Parkway oder sonstwo aus – irgend jemand nimmt sie schon mit. Wir haben jeder sechs Riesen, und das sind zwölf Riesen mehr, als wir noch vor zwei Tagen hatten.«

»Weißt du, was mich das kostet, wenn ich meine Karre machen lasse?« fuhr Billy ihn an. »Ich frage dich, hast du eine Ahnung, was mich das kostet? Der Kühler ist platt, und selbst wenn ich ihn machen lasse, könnte ich nicht mehr damit fahren, falls ich mir vorher nicht neue Nummernschilder besorge. Wahrscheinlich muß ich mir einen neuen Wagen kaufen – und selbst gebraucht kostet der mich ein paar Riesen. Und was hab ich dann noch, einen Tausender? Und wofür? Dafür, daß ich meinen Arsch riskiert und einen Typen angeschossen habe, nur damit du deine dämlichen Schulden bezahlen kannst? Tut mir leid, aber du kannst mich mal, wenn du glaubst, daß ich mich damit zufriedengebe.«

»Und was willst du tun?« fragte Joey ungeduldig. Die Uhr in Billys Rücken zeigte drei Uhr fünfundfünfzig. Bestimmt wurden die Pferde fürs achte Rennen schon auf die Bahn gebracht.

»Ich ruf sie an«, sagte Billy, »die Frau von der Schwuchtel, meine ich, und sag ihr, daß wir zwanzig Riesen wollen.«

»Wir?«

»Ich – ist doch egal. Plus fünf Riesen für meinen Wagen.«

»Und wenn sie nein sagt?«

»Dann – Scheiße, weiß ich nicht. Ich weiß nur, daß ich mein Geld will und meinen Wagen. Seit ich sechzehn war, hab ich immer 'ne Karre gehabt. Kommt nicht in die Tüte, daß ich wieder mit diesen bescheuerten Bussen fahre. Wer bin ich denn, 'ne alte Oma?«

Während er Billy in die Augen sah, sagte Joey: »Ich sag dir was, ganz direkt – seit diesem Autounfall damals hast du einen Sprung in der Schüssel. Du kannst nicht mehr klar denken. Das merkst du selbst nicht, weil du nicht aus deiner Haut kannst, aber glaub mir, ich weiß, was ich sage. Das einzig Vernünftige wäre jetzt, die ganze Geschichte einfach abzublasen – gib die Kleine zurück und tu, als wenn nichts gewesen wäre.«

»Ich hab 'ne bessere Idee«, sagte Billy. »Wie wär's, wenn du mir deine sechs Riesen zurückgibst, damit ich mir einen neuen Wagen kaufen kann?«

Billy hatte Joey bereits seinen Anteil gegeben, und Joey hatte ihn in seinen blauen Beutel gestopft. Fünf Riesen waren für Frank und Carlos, der letzte Tausender würde für Rechnungen, Miete und ein paar Abende im Meadowlands draufgehen.

»Du weißt, daß ich das nicht kann«, sagte Joey.

»Dann reden wir mal Klartext«, erwiderte Billy. »Weil du ein abgehalfteter Zocker bist, bin ich der verdammte Irre, und ich soll wie ein blöder Nigger für den Rest meines Lebens mit dem Bus fahren?«

»Das habe ich nie gesagt. Und sei nicht so laut, okay?«

»Was?« rief Billy so laut, daß der Chinese hinterm Tresen herübersah. »›Nigger‹ hab ich gesagt, nicht ›Schlitzauge‹! Außerdem hab ich bislang allein den Kopf hingehalten, wenn ich das richtig sehe. Ich hab gestern abend in der Scheißkälte im Wagen gesessen und mein Leben riskiert. Dieser Typ ist frontal auf mich drauf – ich hätte glatt durch die Windschutzscheibe segeln können. Und wenn die Bullen gekommen wären, wer hätte die Kleine in seinem Keller gehabt? Wer kann von ihr wiedererkannt werden? Also, wie hört sich das an? Wie ist das, wenn ich sage, was Sache ist? Das ist jetzt was Persönliches – wer meiner Karre was tut, der hat mir was getan. Machst du nun mit oder nicht?«

»Ich ruf selbst die Polizei an«, antwortete Joey. »Sag ihr, wo die Kleine ist.«

»Blödsinn!« sagte Billy und schlug mit der Faust auf den Tisch. »Du willst doch auch nicht in den Knast, und ich würde den Bullen sagen, daß es deine Idee war. Was sagste jetzt?«

»Sei kein Idiot.«

»Danke, gleichfalls«, erwiderte Billy.

Er verließ das Restaurant. Joey wollte ihm nach, sah aber rasch ein, wie sinnlos das sein würde. Statt dessen ging er nach nebenan ins Wettbüro und kam gerade noch rechtzeitig, um das erste Pferd über die Ziellinie laufen zu sehen.

Leslie kam aus dem King's County Hospital und ging die Clarkson Avenue entlang, als die weiße Limousine am Bürgersteig hielt und der Mann mit der schwarzen Skimaske sagte: »Steigen Sie ein!«

Leslie begriff sofort, daß es sich um keinen Zufall handeln konnte – David hatte ihr gesagt, daß der Mann, der auf ihn geschossen hatte, eine schwarze Skimaske getragen hatte –, und sie zögerte keine Sekunde. Sie wußte, daß dieser Mann Jessica gefangenhielt, dachte an das Leben ihrer Tochter und stieg in den Wagen.

»Wer zum Teufel sind Sie?«

»Immer schön langsam«, sagte der Mann. Leslie kannte die Stimme. Er war der Mann, der gestern abend angerufen hatte. »Wie Sie sehen, ist da 'ne Beule unter meinem Wintermantel. Nicht in meiner Hose – da ist auch eine –, in meinem Mantel. Das ist eine Knarre, und die zielt direkt auf Sie, also machen Sie keinen Unsinn.«

»Wo fahren wir hin?«

»Mein Geld holen.«

»Was für Geld? Haben Sie gestern abend kein Geld gekriegt?«

»Ich meinte den Rest von meinem Geld. Sehen Sie nicht, was ich für 'ne Scheißkarre fahre? Das ist 'ne Schwuchtelschleuder – Arschlöcher fahren so was. Ich mußte mir den leihen, weil Ihr Alter meinen Le Sabre zu Schrott gefahren hat. Außerdem hatte er nicht genug Geld in seiner Aktentasche, es fehlten achtzehn Riesen. Jetzt will ich zwanzig, und die Sache ist geritzt.«

Leslie wußte nicht, wo sie zwanzigtausend Dollar auftreiben sollte, vor allem nicht an einem Nachmittag um drei Uhr. Doch sie fürchtete sich, nein zu sagen. Was, wenn der Mann verschwand und dies die letzte Gelegenheit war, Jessica zu retten?

»Also gut, ich gebe Ihnen das Geld«, sagte Leslie, »aber erst bringen Sie mich zu meiner Tochter.«

»Wofür halten Sie mich? Für blöd?« fragte der Mann. »Ich geb Ihnen die Kleine heil zurück, aber erst besorgen Sie mir das Geld.«

»Ich gebe Ihnen ja das Geld«, sagte Leslie. »Das verspreche ich Ihnen, aber es ist schon spät. Ich weiß nicht, wie ich es jetzt noch auftreiben soll.«

An der nächsten Kreuzung bog der Mann scharf in eine Seitenstraße ein und parkte am Bordstein.

»Sie verschaffen mir mein Geld, oder Sie verpissen sich aus diesem Auto.«

»Ist meine Tochter noch am Leben?«

»Haben Sie gehört, was ich gerade gesagt habe?«

»Was soll ich denn tun? Soll ich an einen Geldautomaten gehen und zwanzigtausend Dollar abheben? Ich brauche Zeit. Wenn Sie etwas früher gekommen wären...«

»Hören Sie auf mit dem Scheiß!«

Der Mann schrie. Leslie sah die Beule unter seinem Mantel und schnappte danach, aber der Mann packte sie an den Armen und hielt sie fest.

»Nicht so schnell, meine Liebe. Versuchen Sie das noch mal, mache ich Ihre Tochter kalt, bind sie an einen Betonklotz und werf sie in den East River. Ich schwöre Ihnen, das mach ich.«

Leslie weinte.

»Bitte«, flehte sie. »Was wollen Sie denn von mir?«

»Ich will meine zwanzig Riesen.«

»Ich habe sie aber nicht.«

»Dann steigen Sie verdammt noch mal aus meinem Wagen und rufen Sie mich an, wenn Sie sie haben.«

»Wie kann ich Sie anrufen?«

»Schön, ruf ich Sie eben an.«

Leslie wollte kein Risiko eingehen. Sie durfte jetzt nicht gehen. Irgendwie mußte sie bleiben.

»Ich weiß was«, sagte sie, »Sie können meinen Wagen haben. Einen Mercedes. Der ist mindestens zwanzigtausend Dollar wert. Er steht zu Hause in der Garage. Ich bringe Sie hin.«

»Damit mich die Polizei verhaftet? Nein danke, Liebste.«

»Sie müssen mich meine Tochter sehen lassen. Bitte. Sie müssen einfach.«

»Ich muß einen Scheißdreck«, sagte der Mann. »Aber ich schlage Ihnen einen Deal vor. Ich tu Ihrer Tochter nichts, wenn Sie sofort was für mich tun.«

Die Hand des Mannes steckte unter Leslies Mantel und massierte ihren bestrumpften Schenkel. Sie preßte die Beine zusammen und rutschte zur Tür.

»Wagen Sie es ja nicht!«

»Gerade eben hat es Ihnen doch noch gefallen.«

»Ich will sofort meine Tochter sehen.«

»Und ich wollte einen Deal mit Ihnen machen, aber Sie wollen offenbar nicht.«

Der Mann versuchte erneut, seine Hand auf Leslies Bein zu legen, doch Leslie rückte von ihm ab.

»Warum können Sie nicht einfach ein netter Kerl sein?« fragte Leslie. »Ich will Sie gar nicht ins Gefängnis bringen. Der Polizei werde ich von all dem nichts erzählen. Sie haben Ihr Geld. Ich behaupte, Sie hätten uns unsere Tochter zurückgegeben und sag, daß ich auch nicht mehr weiß.«

Wieder hob der Mann die Waffe, hielt sie dicht unters Armaturenbrett und zielte auf Leslies Bauch.

»Ich hab Ihnen gesagt, daß ich einen Deal will«, sagte er.

»Also, wollen Sie meinem Lümmel jetzt guten Tag sagen oder nicht?«

Mit der freien Hand zog der Mann den Reißverschluß seiner Jeans auf und streifte sich dann die Hose mit der Unterwäsche herunter. Vielleicht lag es einfach daran, daß sie zu nah neben ihm saß, aber es sah aus, als hätte er da zwei Fußbälle hängen.

Leslies Hand suchte nach dem Türgriff.

»Bitte«, sagte sie. »Warum können Sie nicht vernünftig sein?«

»Ihnen bleiben zehn Sekunden, oder Sie sehen Ihre Kleine nie wieder.«

»Ich kann nicht«, sagte Leslie. »Bitte, ich… ich geb Ihnen das Geld. Sogar fünfundzwanzigtausend. Ich gebe es Ihnen morgen, wenn Sie mich vorher zu meiner Tochter bringen.«

»Sechs.«

Weinend flehte Leslie: »Bitte, bringen Sie mich bloß zu meiner Tochter. Bringen Sie mich zu ihr!«

»Zwei.«

»Was ist bloß los mit Ihnen, verdammt?«

Der Mann drückte Leslies Kopf nach unten.

»Na schön«, sagte Leslie in voller Verzweiflung, »aber nicht hier. Lassen Sie uns irgendwo anders hinfahren.«

»Nichts da«, sagte der Mann und versuchte immer noch, ihren Kopf nach unten zu drücken. »An Ort und Stelle und jetzt sofort.«

»Die Straße ist viel zu belebt«, sagte Leslie. »Man könnte uns sehen.«

»Da ist niemand«, sagte der Mann.

»Ach nein? Und was ist mit ihr?«

Der Mann drehte sich um. Leslie dachte an Jessica, daran, daß dies die letzte Gelegenheit zu ihrer Rettung sein konnte, warf sich vor und griff mit der Rechten nach den riesigen Hoden. Sie waren hart und eiskalt. Sie drückte zu, grub ihre langen Fingernägel tief hinein. Je härter sie zudrückte, um so eher würde sie Jessica lebend wiedersehen. Der Mann schrie. Mit der freien Hand versuchte sie, ihm die Waffe zu entreißen, während sie ihm mit der anderen Hand weiterhin die Eier zerquetschte. Sie bekam den Lauf der Waffe zu fassen und gelangte mit dem Mittelfinger in die Nähe des Abzugs. Dann lenkte sie die Waffe ins Gesicht des Mannes. Ein Schuß löste sich. Die Kugel bohrte sich ins rechte Auge des Mannes. Leslie achtete nicht weiter auf den blutigen Brei und bekam die Waffe endlich richtig in den Griff. Sie schoß ihm vier weitere Kugeln in den Schädel. Das Magazin war leer, aber Leslie drückte immer wieder ab. Am liebsten hätte sie geweint, aber sie brachte keinen Laut hervor. Der Mann war zusammengesackt – der Kopf eine hellrote Masse. Leslie würgte und starrte geradeaus. Mit der rechten Hand quetschte sie immer noch seine riesigen Hoden zusammen.

22

Es ist aus«, sagte Dominguez. »Sie sind verhaftet.«

Er stand vor Davids Bett in der Rehabilitationsklinik in Manhattan. David war keineswegs überrascht, ihn zu sehen. Dominguez kam täglich mindestens einmal, um ihn wegen Amy Lee in die Zange zu nehmen. Meistens schaffte es David, ruhig zu bleiben, vor allem, weil er mit Beruhigungsmitteln und Schmerztabletten vollgestopft war. Doch heute hatte Dominguez zum ersten Mal behauptet, daß er ihn verhaften wolle.

»Weshalb?« brachte David hervor.

Von Dominguez' Rasierwasser wurde ihm übel.

»Ein Mann hat sich gemeldet«, sagte Dominguez. »Er sagte, er sei am Abend des Mordes kurz vor sechs an Amy Lees Gebäude vorbeigegangen und hätte gesehen, wie Sie das Haus verlassen haben und eilig zur Seventh Avenue South gegangen sind. Wir haben ihm ein Foto von Ihnen gezeigt, und er sagte, er würde Sie wiedererkennen.«

David war zu benommen, um klar denken zu können, doch er war überzeugt, daß Dominguez bluffte. Seit dem Mord war mehr als ein Monat vergangen. Warum sollte sich der Zeuge erst jetzt melden?

»Ich war nicht da«, entgegnete David kraftlos. »Wie oft sollen wir das denn noch durchgehen?«

»Es kommt nicht mehr darauf an, was Sie sagen oder was ich sage«, erwiderte Dominguez. »Jetzt reden die Tatsachen. Ich habe meine Zeugen, und ich habe meine Beweise. Unser Labor hat die Schuhe untersucht, die Sie laut Aussage Ihrer Frau am Abend des Mordes getragen haben. Sie passen perfekt zu den Fußspuren im Schnee, die wir vor Amy Lees Haus entdeckt haben.«

David wußte, daß dies Unsinn war. Es hatte an dem Abend so heftig geschneit, daß er keine Fußspuren hinterlassen haben konnte.

Dominguez setzte sich zu David aufs Bett und beugte sich über sein Gesicht. Er mußte eine ganze Flasche von diesem Rasierwasser verbraucht haben. »Hör mal, du Wichser«, sagte er leise. »Ich weiß, daß du diese Frau umgebracht hast. Mir ist egal, wie oft ich noch herkommen muß und wie lange es dauert, aber ich hol das Geständnis aus dir raus. Und deine Kleine kümmert mich dabei einen Dreck, auch, daß du selbst ein Opfer bist. Für diese Sache wanderst du in den Knast.«

Eine Woche später wurde David aus der Klinik entlassen. Leslie hatte ihn angerufen, um ihm zu sagen, daß sie ihn nicht abholen würde, obwohl das Krankenhaus nur vierzig Straßen von ihrer Wohnung entfernt lag. Während seiner Zeit im Brooklyner Krankenhaus hatte Leslie behauptet, daß sie zu geschockt sei, um ihn noch einmal besuchen zu können, aber in Manhattan hatte sie sich auch nicht blicken lassen. David hatte sich darüber ziemlich geärgert, wollte deshalb aber am Telefon keinen großen Streit anfangen.

David mußte das Krankenhaus an Krücken verlassen. Die Ärzte hatten ihm gesagt, daß er für den Rest seines Lebens vermutlich hinken würde und sich zumindest in den nächsten Wochen zu einem Physiotherapeuten in ambulante Behandlung begeben müsse.

Während der Fahrt im Taxi bekam David Platzangst. Er fürchtete zu ersticken und verfluchte den Arzt, der sein Beruhigungsmittel abgesetzt hatte. Er ließ den Fahrer anhalten und einige Minuten warten, bis er wieder zu Atem gekommen war.

Als er die Wohnung betrat, hoffte er, mit einer kleinen Feier willkommen geheißen zu werden. Vielleicht hatte Leslie einige Freunde eingeladen, die gleich vorstürzen und laut ›Überraschung!‹ rufen würden. Doch statt dessen war die Stimmung eher düster. Leslies Eltern waren schon vor zwei Wochen nach Florida zurückgekehrt. Leslie stand im Flur, und er hätte sie fast nicht wiedererkannt.

»Alles in Ordnung?«

»Natürlich«, erwiderte Leslie ohne jegliche Regung. »Wieso?«

»Du siehst nur ... ich meine, ich glaub, du warst noch nie so dünn.«

»Ich bin fett«, sagte Leslie ernsthaft. »Und mir wäre es lieb, wenn du endlich aufhören würdest, mir zu sagen, wie ich aussehe, da es mir ehrlich gesagt zum Hals heraushängt.«

David mußte sich setzen. Die Hüfte machte ihm noch zu schaffen, und der Arzt hatte ihm gesagt, daß er es vermeiden sollte, längere Zeit zu stehen. Doch erst wollte er seine Tochter sehen.

»Wo ist Jessica?«

Leslie war in die Küche gegangen. Es roch nach gebratenem Hähnchen, und David hörte das Fett in der Bratpfanne zischen. Er humpelte in die Küche und wiederholte seine Frage.

»Sie ist in ihrem Zimmer«, sagte Leslie, goß eine Portion Malzbier in eine Schüssel mit Kartoffelbrei und gab ein Stückchen Butter hinzu. Dann rührte sie die Mischung mit einem Holzlöffel um.

»Ist das die ganze Begrüßung? Nicht mal einen Kuß auf die Wange?«

»Hör zu«, sagte Leslie. »Ich kann da gerade nicht mit umgehen, okay? Und mir wäre es wirklich lieber, du würdest mich verdammt noch mal in Ruhe lassen.«

David zuckte zusammen und spürte einen scharfen Schmerz in der Hüfte. Er fühlte sich plötzlich so schwach – das Zimmer drehte sich vor seinen Augen.

»Jessica!« rief David und humpelte ins Wohnzimmer. »Ich bin wieder zu Hause!« Er wartete einige Sekunden, streifte mit einiger Mühe seine Schuhe ab und rief dann wieder: »Jessica! Jessica!«

Endlich kam Jessica aus ihrem Zimmer. Da Leslie sich geweigert hatte, ihn im Krankenhaus zu besuchen, hatte David seine Tochter nicht mehr gesehen, seit sie von der Polizei aus dem Keller in Brooklyn befreit worden war. Er erkannte sie kaum wieder. Sie hatte an Gewicht verloren und tiefe, dunkle Ringe unter den Augen. Ihr Haar war fettig und verfilzt, als hätte sie seit Tagen nicht mehr geduscht.

»Komm her, Prinzessin«, sagte David und tat, als würde

er nichts Ungewöhnliches an ihr wahrnehmen. »Gott sei Dank, du bist wieder da.«

Jessica blieb, wo sie war, und starrte auf ihre geballten Fäuste. David beugte sich vor, um ihr einen Kuß zu geben, doch Jessica wich einige Schritte vor ihm zurück.

»Was ist los, Liebes?« fragte David. »Willst du deinem Papa nicht hallo sagen?«

Leslie kam aus der Küche, den Holzlöffel in der Hand.

»Jessica mag es nicht, wenn man sie anfaßt.«

»Warum nicht?«

»Weil sie es nicht mag. Muß man dir alles zweimal sagen?«

Leslie hatte genug für zehn Leute gekocht. Voller Entsetzen sah David, wie sie sich das Essen in den Mund stopfte und dann ins Bad stürzte, um sich zu übergeben. Jessica war eifrig darum bemüht, ihr Hähnchen in kleine, mundgerechte Bissen zu zerteilen, aß aber nichts. Doch David war längst mit seinen eigenen Problemen beschäftigt. Plötzlich hatte er unglaubliche Schmerzen im unteren Rücken. Sicher war irgendwas mit seiner Niere nicht in Ordnung – er mußte wieder zur Dialyse. Er hatte keine Ahnung, wie er die Nacht ohne Beruhigungsmittel überstehen sollte.

Als er später im Bett lag, wurden die Schmerzen unerträglich. Irgendwann glaubte er, sterben zu müssen, und er bat Leslie, das Krankenhaus anzurufen. Leslie sagte ihm, er solle aufhören, sich wie ein Kind zu benehmen, und rückte so weit wie möglich von ihm ab.

Die ganze Nacht über war David hypernervös. Er glaubte, Dominguez säße an seinem Bett und beuge sich über ihn, dann sah er Amy im Zimmer stehen, wie sie mit einer Waffe auf ihn zielte, Blut rann ihr übers Gesicht. Dann verwandelte sich Amy in William DiStefano, trug seine schwarze Skimaske und lachte auf diese irre Art. Die Vision war derart grauenhaft, daß er sich zu Leslie umdrehte und einen Arm um ihre knochigen Schultern legte.

»Faß mich nicht an!« fauchte Leslie. Sie war hellwach.

Die übrige Nacht lag David auf dem Rücken. Sein Kopf begann zu jucken, und er fürchtete, daß ihm auch noch die letzten Haare ausfielen. Dann mußte er unaufhörlich an seinen Herzschlag denken. Er wurde schneller und immer schneller, und David war überzeugt, daß mit seiner Niere was nicht stimmte. Er lag im Sterben, und keiner unternahm etwas, um ihn zu retten. Dann sah er sich selbst – wieder in diesem Parkhaus, wie er zu seinem Wagen lief. Er hörte die drei Schüsse und sah sich zusammenbrechen. Dann war er in Amys Küche. Sie war gerade hingefallen, und er griff nach der Bratpfanne. Er schlug zu, immer und immer wieder.

Am nächsten Morgen berichtete die *Times*, daß es einen Durchbruch im Mordfall Amy Lee gegeben habe. Die Polizei hatte festgestellt, daß die am Tatort gefundene Waffe ein Jahr zuvor bei einem ungelösten Mordfall in Amys Wohnviertel benutzt worden war. Jetzt stellte man Verbindungen zwischen dem Fall Amy Lee und diesem Mord her und untersuchte, ob ein Freund des Toten – ein Drogendealer, der wegen sexueller Belästigung gesucht wurde – Amy aus Rache getötet haben könnte. Die Polizei war sich noch nicht sicher, ob es eine Verbindung zwischen Amy und William DiStefano gab, jenem Mann, der Jessica Sussman angeblich vor ihrer Schule in Manhattan gekidnappt und im Keller seines Hauses in Brooklyn gefangengehalten hatte, doch neigte sie zu der Annahme, daß DiStefano ein Einzeltäter gewesen war.

David war erleichtert. Er wußte, daß dies nur eine Behauptung war, wahrscheinlich eine von vielen, die die Polizei aufstellte. Er wußte auch, daß Dominguez wieder kommen würde, um ihn erneut in die Zange zu nehmen, und daß er ihm immer wieder zusetzen und versuchen würde, ihn zu einem Geständnis zu bewegen. Und selbst wenn die Polizei letztlich diesen Mord jemand anderem anlastete, würde das kein Grund zum Feiern sein. Was auch geschah, er war immer noch ein Mörder, und er würde für den Rest seines Lebens damit fertigwerden müssen. Nur glaubte er, daß er bereits genug gelitten hatte.

Er ging an Krücken in die Küche. Auf jeder Flamme stand ein Topf, und Leslie rührte wie verrückt in zweien davon herum.

»Hier«, sagte David, schlug den Artikel über Amy Lee auf und legte ihr die Zeitung hin. »Falls du mich immer noch für einen Mörder hältst.«

Leslie warf einen Blick auf den Artikel und machte sich ohne ein Wort wieder ans Kochen.

»Weißt du, ich habe keine Ahnung, was du damit bezweckst«, sagte David. »Willst du dich von mir scheiden lassen? Nur zu! Nimm bloß keine Rücksicht auf mich!«

David wankte hinaus, vorbei am Eßzimmer, und kam dann zurück in die Küche.

»Und warum ist der Tisch für vier gedeckt?«

Leslie gab keine Antwort.

»Hast du gehört, was ich dich gefragt habe? Verdammt, rede ich in dieser Wohnung eigentlich mit den Wänden?«

»Wir kriegen Besuch«, sagte Leslie.

»Ach!« sagte David. »Man sollte doch annehmen dürfen, daß du mir vorher Bescheid gibst. Was soll's denn werden, meine verspätete Willkommensparty?«

»Nein, die Party ist für Maureen«, sagte Leslie leise. »Sie hat letzte Woche eine gute Neuigkeit erhalten. Sie ist schwanger.«

Es gab da nur einen Punkt in dieser ganzen Schwangerschaftsgeschichte, der für Joey keinen Sinn ergab. Maureen sagte, das Kleine würde irgendwann im November kommen, also stellte Joey ein paar Überlegungen an und rechnete sich aus, daß sie irgendwann im Februar angebufft worden sein mußte. Aber das ergab keinen Sinn, weil er sich nicht erinnern konnte, Maureen im Februar gevögelt zu haben. Als sie es letzte Woche miteinander getrieben hatten, war es das erste Mal seit Monaten gewesen, und schon ein paar Tage zuvor hatte Maureen ihm gesagt, daß sie ein Baby kriegen würde.

Doch Joey kam zu dem Schluß, daß es offenbar eine Menge Dinge über Frauen gab, die er nie kapieren würde. Vielleicht gab es ja Schwangerschaften, die nur acht Monate dauerten. Vielleicht war es auch ein Rest von seinem alten Glibber gewesen, der irgendwie in ihr steckengeblieben war. Aber weshalb sollte er sich deshalb den Schädel zerbrechen, wo doch alles andere so gut lief. Er hatte wieder eine Stelle bei einer Verkabelungsfirma, war dank einiger Gewinne auf der Rennbahn seine Schulden los und hatte für die NCAA-Endspiele ein paar Wetten laufen. Was konnte ein Mann mehr verlangen?

Als sie zum Essen zu den Sussmans kamen, fiel Joey sofort auf, daß irgendwas anders war. Die Wohnung sah aus wie der Wartesaal in einem Krankenhaus. Maureen hatte ihm gesagt, daß mit Leslie was nicht stimmte, irgendeine Frauengeschichte, und daß David für den Rest seines Lebens krank sein würde. Doch Joey begriff nicht, warum Maureen sich deshalb Vorwürfe machte. Jeden Tag lief sie in die Kirche und redete davon, daß alles ihre Schuld sei. Joey glaubte immer noch, daß sie lieber irgendwelche Pillen einnehmen sollte.

Zum ersten Mal gab es bei den Sussmans was Vernünftiges zu essen. Keine Naturkostscheiße, keine Bestellung beim Chinesen – Leslie servierte ein Vier-Gänge-Menü mit Roastbeef und Kartoffeln, und Joey langte kräftig zu und genoß jeden Bissen. Es wurde nicht viel geredet. Maureen brummelte irgendwas über Jesus vor sich hin, und Leslie stopfte sich voll und verschwand dann im Bad. David saß bloß da und stierte blöd vor sich hin. Doch das Beste an diesem Abend war, daß es nach dem Essen kein schwachsinniges Kindertheater gab. Alle saßen sie nur da, aßen Schokoladenkuchen, tranken Kaffee und sagten kein Wort. Wenn doch nur jeder Abend bei den Sussmans so wäre, dachte Joey.

Jason Starr
Top Job

Roman. Aus dem Amerikanischen
von Bernhard Robben

Bill Moss ist knapp über dreißig, hat Geschichte und Betriebswirtschaft studiert und war erfolgreich in einer Werbeagentur in Seattle. Nun ist er seit zwei Jahren arbeitslos in New York, bewirbt sich erfolglos bei allen möglichen Agenturen und verdient sein Geld als Telefonverkäufer in einer Firma, die ihre Teilzeitmitarbeiter brutal ausbeutet. Seine Freundin Julie sähe ihn gern auf einem lukrativeren Job, vor allem da sie heiraten und Kinder haben will. Die bereits fünf Jahre bestehende Beziehung der beiden kommt in die Krise, aber Julie hält tapfer zu Bill, sogar dann, als dieser sich mehrmals heftig danebenbenimmt. Eines Tages werden in Bills Firma zwanzig Prozent der Teilzeitkräfte fristlos entlassen. Alle bangen um ihre Stelle. Auch Greg, ein guter Kumpel von Bill, wird entlassen. Als Bill ins Büro des Abteilungsleiters Ed gerufen wird, ist er sicher, daß auch er gleich auf der Straße stehen wird, denn er hatte am Vortag einen saftigen Streit mit Ed. Ed, ein mieser Rassist, redet von Greg nur als ›Nigger‹. Bill setzt gerade zu einer Verteidigung seines Freundes an, als ihm Ed jeglichen Wind aus den Segeln nimmt: Er bietet ihm eine gutbezahlte Vollzeitstelle im Management an, der lang ersehnte *Top Job* scheint in Sicht.

»Ein Thriller, der mehr Drehungen und Windungen hat als ein Eistanz und einen genauso frösteln läßt. Ein zum Fürchten guter Plot.« *The Times, London*

»Brillant gebaut und rabenschwarz wie die Hollywood-Thriller der vierziger Jahre. Ein Genuß.«
Martina I. Kischke/Brigitte, Hamburg

Jim Thompson im Diogenes Verlag

Der Mörder in mir

Roman. Aus dem Amerikanischen von Ute Tanner und Ulrike Wasel

Lou Ford scheint ein sympathischer, menschenfreundlicher Deputy Sheriff zu sein. Ein Bulle mit Herz – denken die kleinen Ganoven in Central City. Die meisten wissen allerdings nichts von seinem furchtbaren Geheimnis: einem traumatischen Erlebnis aus früheren Zeiten, das ihn unberechenbar macht. Ein *underground*-Klassiker, durch den der Name Jim Thompson einst identisch wurde mit dem *roman noir.*

Verfilmt mit Stacey Keach als Lou Ford.

»Seine besten Geschichten gehen weit über das Genre hinaus, nicht nur weil sie vom Mord erzählen aus der Perspektive der Täter, sondern weil diese Täter sich zu ihren Taten eine ganze Philosophie erfinden, eine Theologie des Mordes und die Moral dazu.«
Annette Meyhöfer / Der Spiegel, Hamburg

Gefährliche Stadt

Roman. Deutsch von Ute Tanner und Werner Rehbein

Als David ›Bugs‹ McKenna von Mike Hanlon, einem verkrüppelten Millionär, als Hoteldetektiv eingestellt wird, hofft er, seine dunkle Vergangenheit hinter sich lassen zu können. Aber der Tod des Buchhalters und das Verschwinden von fünftausend Dollar bringen ihn ganz schön ins Schwitzen.

»Thompsons obsessive Finsternisse sind alles andere als einfach herbeifabuliert, um aufzufallen; sie sind wütende Reflexe eigener Erfahrungen.«
Wolfram Knorr / Die Weltwoche, Zürich

Getaway

Roman. Deutsch von
Günther Panske und Klaus Timmermann

Der Bankraub war ein Spaziergang. Alles hatte so geklappt, wie Doc McCoy es geplant hatte: Sie hatten sich fast 300 000 Dollar geschnappt, und niemand hatte sie verfolgt. Aber dann fingen die Probleme an. Denn die Flucht war alles andere als ein Spaziergang: ein Verbrecherpärchen will der Verfolgung durch die amerikanische Polizei quer durch die Staaten und über die Grenze nach Mexiko entkommen.

Verfilmt von Action-Spezialist Sam Peckinpah mit Steve McQueen in der Hauptrolle.

Zwölfhundertachtzig schwarze Seelen

Roman. Deutsch von E. R. von Schwarze und Andre Simonoviescz
Mit einem Nachwort von Wolfram Knorr

Zwölfhundertachtzig schwarze Seelen zählt das gottverlassene Pottsville im amerikanischen Süden. Ein ödes und schmutziges Kaff. Was nicht zuletzt dem Sheriff zu verdanken ist, der ein Regime von Grausamkeit, Lynchjustiz und Erpressung errichtet hat.

»Mein liebster Krimi-Autor – oft kopiert, nie erreicht – ist Jim Thompson.« *Stephen King*

After Dark, My Sweet

Roman. Deutsch und mit einem Nachwort
von Andre Simonoviescz

Gleißendes Licht, Hitze, Highways ohne Ende. Vor dieser Kulisse treffen Fay, die spröde Schönheit, und Kid Collins, der attraktive, aber kaputte Preisboxer, aufeinander. Eine leidenschaftliche Liaison beginnt… Doch Fay treibt ein falsches Spiel. Sie nimmt Collie aus purer Berechnung in ihrem Haus auf. Er soll ihr und Onkel Bud, einem ehemaligen Polizisten, bei einer spektakulären Kindesentführung helfen. Aus

Zuneigung zu Fay läßt sich Collie auf die Sache ein. Eine Katastrophe bahnt sich an…

Verfilmt von James Foley mit Jason Patric und Rachel Ward.

Eine klasse Frau

Roman. Deutsch von Andre Simonoviescz

Das Manton scheint ein Hotel von gutem Ruf zu sein. Dusty Rhodes scheint ein selbstloser junger Mann zu sein, der als Nachtportier dort arbeitet. Die Frau in 1004 sieht wie ein verarmter Engel aus. Aber manchmal täuscht der Schein – wie Jim Thompson in diesem grotesken Kriminalroman beweist, in dem der Autor eine raffinierte, niederträchtige Erpressung mit der Geschichte ödipaler Verstrickungen verbindet.

»Wenn Raymond Chandler, Dashiell Hammett und Cornell Woolrich sich zusammengetan und einen literarischen Nachfolger gezeugt hätten, müßte er Jim Thompson heißen.« *Washington Post*

Revanche

Roman. Deutsch von Andre Simonoviescz

Pat Cosgrove hat als Jugendlicher mal einen Fehler begangen – er hat eine Bank ausgeraubt. Fünfzehn Jahre später sitzt Pat immer noch im Zuchthaus Sandstone. Gäbe es nicht den hilfsbereiten Dr. Luther, müßte er den Rest seines Lebens hinter Gittern verbringen. Doch nach seiner Entlassung entdeckt Pat, daß sich hinter Luthers Hilfsbereitschaft noch ein anderes Motiv verbirgt.

»Wie die Filme Clint Eastwoods sind die Romane Jim Thompsons solche für Rednecks, Lastwagenfahrer, Versager, Psychopathen und Professoren. Er ist einer der größten amerikanischen Autoren und gewiß der, der uns am meisten erschreckt. Thompson steht mit dem Teufel auf du und du.« *The New Republic*

Muttersöhnchen

Roman. Deutsch von Andre Simonoviescz

Roy Dillon ist ein kleiner Trickbetrüger mit großen Problemen. Die drei Frauen in seinem Leben wollen ihn alle für sich haben: Carol, die junge Krankenschwester, möchte von ihm geheiratet werden, Moira will in erster Linie, daß er beruflich vorwärtskommt, während seine Mutter Lilly ihn zum Aussteigen aus dem Milieu ermuntert. Doch als Roy schließlich einen ruhigen Bürojob gefunden hat, verwandelt sich der kalte Krieg zwischen Lilly und Moira in eine mörderische Auseinandersetzung. Roy muß sich entscheiden…

»Einer der drei Säulenheiligen des rabenschwarzen Thrillers.« *Wolfram Knorr/Die Weltwoche, Zürich*

Von Stephen Frears mit Anjelica Huston unter dem Titel *The Grifters* verfilmt!

Kill-off

Roman. Deutsch von Andre Simonoviescz

Manduwoc ist ein heruntergekommenes Seebad, das einmal bessere Zeiten gesehen hat. Das gilt auch für Luane Devore, die als junge Schönheit zur Hautevolee zählte. Aber das ist schon lange her; seit Jahren vergiftet die über Sechzigjährige durch bösartige Gerüchte das Klima der Kleinstadt. Die Kandidatenliste derer, die ihr den Tod wünschen, ist lang: Da ist zum Beispiel ihr Ehemann Ralph, zwanzig Jahre jünger, der sich in eine hübsche Sängerin verliebt hat. Oder Staatsanwalt Williams, dessen Schwester ein Baby von ihrem Bruder erwartet.

»Ein mörderisch phantasievoller Krimi-Autor, ein packender Erzähler! Jim Thompson ist gewalttätiger, unmoralischer, lakonischer und schneller, als James M. Cain es je war. Ein klassischer amerikanischer Schriftsteller.« *Kirkus Review, New York*

Der King-Clan

Roman. Deutsch von Michael Georgi

Der alte Ike King ist Herr über riesige Ländereien in Oklahoma. Seine drei Söhne bekriegen sich bis aufs Blut. Zumal die Entscheidung ansteht, wer ›King's Junction‹ weiterführen soll. Günstling scheint der jüngste Sohn Critch zu sein, der mit einem kleinen Vermögen auf die väterliche Ranch zurückgekommen ist. Aber sein Bruder Arlie wittert schnell, daß da etwas oberfaul ist. Und er entdeckt, daß es noch mehr Leute gibt, die die dicken Scheine für sich in Anspruch nehmen.

»Die härtesten Kriminalromane, die je geschrieben wurden. Thompson-Fans behaupten, er schreibe bessere Bücher als Hammett und Chandler. Diese Behauptung ist albern; Thompsons Romane ähneln keinen andern.«
Newsweek, New York

Ein Satansweib

Roman. Deutsch von Andre Simonoviescz

Dolly Dillon hat es im Leben nicht gut angetroffen: er ist erfolgloser Vertreter, unglücklicher Ehemann und ständig pleite. Bei einem seiner Hausbesuche lernt er Mona kennen, die von ihrer alten Tante wie eine Sklavin gehalten wird. Als Dolly erfährt, daß der alte Drachen ein Vermögen im Keller hortet, entwirft er mit Mona einen Plan, um sie aus dem Weg zu räumen. Alles läuft nach Plan, bis Dolly seiner Frau Joyce wieder näher kommt und nunmehr Mona als Last empfindet …

»Thompsons Romane sind so rabenschwarz wie die Seelen seiner Helden. Die Sprache ist dem Inhalt angepaßt: kurz, hart, lakonisch. Pflichtlektüre für Anhänger des Hard-boiled-Krimis.«
Kölner Stadtanzeiger

Kein ganzer Mann

Roman. Deutsch von Thomas Stegers

Clinton Brown wurde mit einem Himmelfahrtskommando über ein Minenfeld geschickt. Er trägt eine Verletzung davon, die er zu verbergen sucht. Besonders die Frauen werden ihm dabei gefährlich. Denn sie wollen einfach nicht akzeptieren, daß sich der attraktive Reporter in Suff und Einsamkeit flüchtet. Irgendwann gehen die Nerven mit ihm durch. Clinton gibt, was man von ihm erwartet – aber auf seine Art.

»Thompsons Krimis gehören zu den unerbittlichsten, die das Genre zu bieten hat. Sie beleuchten immer das zwiespältige Verhältnis der amerikanischen Gesellschaft zur Gewalt. Und das erlaubt keine happy-ending Stories.«
Hamburger Abendblatt

Es war bloß Mord

Roman. Deutsch von Thomas Stegers

Joe Wilmot hat es geschafft. Sein Kleinstadtkino ist eines der angesehensten im ganzen Staat. Doch dann begeht er eine Dummheit und gerät in große Schwierigkeiten. Und plötzlich erinnern sie sich – all die unliebsamen Konkurrenten, die Joe damals mit höchst fragwürdigen Methoden kaltgestellt hat.

»Jim Thompsons Romane zählen zum Besten, was die amerikanische Kriminalliteratur hervorbrachte.«
Gerhard Moser / Werk & Kultur, Wien

»Jim Thompson ist ein echter amerikanischer Klassiker.«
The New York Times Book Review

Patricia Highsmith im Diogenes Verlag

»Die Highsmithschen Helden, gewöhnt an die pflaumenweiche Perfidie und hämisch-sanfte Tücke des Mittelstandsbürgertums, trainiert aufs harmlose Lügen und Verstellen, begehen Morde so, als wollten sie mal wieder Ordnung in ihre unordentlich gewordene Wohnung bringen. Da gibt es keine moralischen Skrupel, die bremsend eingreifen, da herrscht nur die Logik des Faktischen. Meist sind es Paare, enttäuschte Liebhaber, Beziehungen, die in der Sprachlosigkeit gestrandet sind, sich nur noch mittels Mißverständnissen einigermaßen arrangieren, ehe das scheinbar funktionierende Getriebe einen irreparablen Defekt bekommt. Diese ganz normalen Konstellationen sind es, übertragbar auf alle Gesellschaften, die die Autoren und Filmer im deutschsprachigen Kulturraum so faszinieren. Denn Patricia Highsmith findet für ihre seelischen Offenbarungseide immer die schauerlichsten, alptraumhaftesten Rahmen, die ihren ›Beziehungskisten‹ den rechten Furor geben.
Die Highsmith-Thriller sind groteske, aber präzise Befunde unserer modernen bürgerlichen Gesellschaft, die an Seelenasthma leidet.«
Wolfram Knorr/Die Weltwoche, Zürich

Der talentierte Mr. Ripley
Roman. Aus dem Amerikanischen von Barbara Bortfeldt

Ripley Under Ground
Roman. Deutsch von Anne Uhde

Ripley's Game
oder Der amerikanische Freund
Roman. Deutsch von Anne Uhde

Der Junge, der Ripley folgte
Roman. Deutsch von Anne Uhde

Ripley Under Water
Roman. Deutsch von Otto Bayer

Venedig kann sehr kalt sein
Roman. Deutsch von Anne Uhde

Das Zittern des Fälschers
Roman. Deutsch von Anne Uhde

Lösegeld für einen Hund
Roman. Deutsch von Anne Uhde

Der Stümper
Roman. Deutsch von Barbara Bortfeldt

Zwei Fremde im Zug
Roman. Deutsch von Anne Uhde

Der Geschichtenerzähler
Roman. Deutsch von Anne Uhde

Der süße Wahn
Roman. Deutsch von Christian Spiel

Die zwei Gesichter des Januars
Roman. Deutsch von Anne Uhde

Kleine Geschichten für Weiberfeinde
Eine weibliche Typenlehre in siebzehn Beispielen. Deutsch von Walter E. Richartz. Zeichnungen von Roland Topor

Kleine Mordgeschichten für Tierfreunde
Deutsch von Anne Uhde

Der Schrei der Eule
Roman. Deutsch von Gisela Stege

Tiefe Wasser
Roman. Deutsch von Eva Gärtner und Anne Uhde

Die gläserne Zelle
Roman. Deutsch von Gisela Stege und Anne Uhde

Ediths Tagebuch
Roman. Deutsch von Anne Uhde

Der Schneckenforscher
Elf Geschichten. Deutsch von Anne Uhde. Mit einem Vorwort von Graham Greene

Leise, leise im Wind
Zwölf Geschichten. Deutsch von Anne Uhde

Ein Spiel für die Lebenden
Roman. Deutsch von Anne Uhde

Keiner von uns
Elf Geschichten. Deutsch von Anne Uhde

Leute, die an die Tür klopfen
Roman. Deutsch von Anne Uhde

Nixen auf dem Golfplatz
Erzählungen. Deutsch von Anne Uhde

Suspense
oder Wie man einen Thriller schreibt. Deutsch von Anne Uhde

Elsie's Lebenslust
Roman. Deutsch von Otto Bayer

Geschichten von natürlichen und unnatürlichen Katastrophen
Deutsch von Otto Bayer

Meistererzählungen
Deutsch von Anne Uhde, Walter E. Richartz und Wulf Teichmann

Carol
Roman einer ungewöhnlichen Liebe. Deutsch von Kyra Stromberg

›Small g‹ – eine Sommeridylle
Roman. Deutsch von Christiane Buchner

Drei Katzengeschichten
Deutsch von Anne Uhde

Zeichnungen

Patricia Highsmith – Leben und Werk
Mit Bibliographie, Filmographie und zahlreichen Fotos. Herausgegeben von Franz Cavigelli, Fritz Senn und Anna von Planta

Außerdem erschienen:

Anthony Minghella
Der talentierte Mr. Ripley
Drehbuch mit zahlreichen Filmfotos sowie einem Vorwort. Nach dem Roman von Patricia Highsmith. Aus dem Englischen von Christa E. Seibicke und Sebastian Wohlfeil

Raymond Chandler im Diogenes Verlag

»Mit Philip Marlowe schuf Chandler eine Gestalt, die noch heute weltweit als der Prototyp des Privatdetektivs gilt. Humphrey Bogart in der Rolle des Philip Marlowe hat diesen Typus auch optisch bis heute unverdrängbar festgeschrieben.«
Kindlers Literatur Lexikon

»Ich halte es für möglich, daß der Ruhm des Autors Raymond Chandler den des Autors Ernest Hemingway überdauert.« *Helmut Heißenbüttel*

Gefahr ist mein Geschäft
und andere Detektivstories. Aus dem Amerikanischen von Hans Wollschläger

Der große Schlaf
Roman. Deutsch von Gunar Ortlepp

Die kleine Schwester
Roman. Deutsch von Walter E. Richartz

Der lange Abschied
Roman. Deutsch von Hans Wollschläger

Das hohe Fenster
Roman. Deutsch von Urs Widmer

Die simple Kunst des Mordes
Briefe, Essays, Notizen, eine Geschichte und ein Romanfragment. Herausgegeben von Dorothy Gardiner und Kathrine Sorley Walker. Deutsch von Hans Wollschläger

Die Tote im See
Roman. Deutsch von Hellmuth Karasek

Lebwohl, mein Liebling
Roman. Deutsch von Wulf Teichmann

Playback
Roman. Deutsch von Wulf Teichmann

Mord im Regen
Frühe Stories. Deutsch von Hans Wollschläger. Vorwort von Philip Durham

Erpresser schießen nicht
und andere Detektivstories. Deutsch von Hans Wollschläger. Mit einem Vorwort des Verfassers

Der König in Gelb
und andere Detektivstories. Deutsch von Hans Wollschläger

Englischer Sommer
Drei Geschichten und Parodien, Aufsätze, Skizzen und Notizen aus dem Nachlaß. Mit Zeichnungen von Edward Gorey, einer Erinnerung von John Houseman und einem Vorwort von Patricia Highsmith. Deutsch von Wulf Teichmann, Hans Wollschläger u.a.

Meistererzählungen
Deutsch von Hans Wollschläger

Frank MacShane
Raymond Chandler
Eine Biographie. Deutsch von Christa Hotz, Alfred Probst und Wulf Teichmann. Zweite, ergänzte Auflage 1988